U0017214

各行各業說中文
ADVANCED BUSINESS CHINESE

TEXTBOOK 課本

主編策劃　國立臺灣師範大學國語教學中心
MANDARIN TRAINING CENTER NATIONAL TAIWAN NORMAL UNIVERSITY

總編輯　張莉萍
編寫教師　何沐容、孫淑儀、黃桂英、劉殿敏

1

CONTENT
目次

序

　　中文的範疇浩瀚無邊，它不僅是用來溝通的語言，也是博大精深的中華文化的重要載體。近二十年來，由於中國在國際上的崛起，學習中文更成為一股熱潮。在二十一世紀的前期，全球商務的往來頻繁，對於以廣大的中國作為標的市場的商務人士而言，中文的學習，無論是對於工作或是日常的生活都有重要的功用。然而，在不同的行業中工作，專業上使用的中文往往不盡相同，許多人在學習完入門的中文課程後，已經能掌握日常生活需要的語言能力，但是在專業工作上，卻發現需要更進一步針對不同行業和不同工作性質的中文學習內容。然而針對這些不同行業的中文學習的素材，在市面上卻不易發現。

　　有鑑於此，台師大國語教學中心編製了這套《各行各業說中文》，針對不同行業中所需要的中文做有系統的編纂與呈現，希望能幫助在不同行業中工作的人士，提供在工作以及日常生活中所需要的中文應用。本書內容涵蓋職場中不同的面向，針對不同的主題，匯集常用的中文來呈現。除了素材的特色之外，材料的變作也特別重視實用，每課都有個案的應用，每課也明列出學習的目標，讓學生更容易掌握學習的方向。

　　本套教材定位在為中高級商務華語的學生而設計，適合中文有一定基礎，也學習過初級商務華語課程的學生。市面上目前類似的教材選擇並不多，期望這套書籍能夠真的為需要較高程度商務華語的學生提供適當的素材，滿足學生在學習商務華語上的需求。

沈永正 2018 年 11 月 20 日
於臺師大國語教學中心

編者的話

　　商務的範圍非常廣，編輯團隊從前人對使用者的需求分析或問卷中總結出，學習者關心個人社交技能甚於專門商務技能，因此我們將新編教材《各行各業說中文》定位在提高學習者在商務環境中使用中文的能力而非商業知識。為了讓學習者接觸多樣的商務環境，我們刻意在編寫課文時，設定不同的產業別，以讓使用者可以學習到不同產業所常用的詞語。這些產業包括，出版業、服務業、農林業、製造業、科技業、金融保險業、批發零售業、建物裝潢業、電子商務業等等。

　　這個教材分為上下兩冊，每冊 10 課，第 1 冊的主題著重在公司內部的交流或同事、朋友間談論工作的情境。第 2 冊則著重在公司與外部的交流實況。因此課文的主題情境小自描述新人的第一天、員工旅遊、產品的行銷、客訴的處理，大至裁員、公司併購等議題都囊括在內。每冊課文以 1-2 個對話為主。每段對話後有生詞和語言點（useful expression），以加強學習者對詞語、句式的運用。另有回答問題、個案分析（case study）、課室活動以及文化點。書末則附上詞語索引和簡體課文。

　　此教材的重要特色包括：1. 除了對話形式外，每課附有個案分析，讓學生運用所學，在實際的商務個案中討論以及解決問題。2. 在語言點的挑選上，不同於傳統語法點的做法，呈現較長的句式，並具體說明與練習這種語言表達方式可以用在什麼商務情境下。3. 文化點的設計則是著重在華人商務行為或活動的描述，利於學習者跨文化溝通。4. 每課清楚列出當課重要的學習目標與語言功能。學完兩冊，可以增進的語言技能包括，如何排解糾紛、如何做簡報、如何介紹產品、如何與人談判、怎麼表達讚美、怎麼婉轉拒絕等等。

　　此教材的語言程度相當於歐洲共同語言架構（CEFR）的 B2-C1 等級，適合學過《當代中文課程 4》或《遠東商務漢語 3》的學習者學習，約三個月可以學完一冊。本冊共 50 個語言點、808 個詞語（含四字格、熟語）。學習後必定可以大大增進學習者在商務環境中使用中文的能力。

編者謹識於臺師大國語教學中心

2018 年 8 月

詞類表

Symbols	Parts of speech	八大詞類	Examples
N	noun	名詞	水、五、昨天、學校、他、幾
V	verb	動詞	吃、告訴、容易、快樂，知道、破
Adv	adverb	副詞	很、不、常、到處、也、就、難道
Conj	conjunction	連詞	和、跟，而且、雖然、因為
Prep	preposition	介詞	從、對、向、跟、在、給
M	measure	量詞	個、張、碗、次、頓、公尺
Ptc	particle	助詞	的、得、啊、嗎、完、掉、把、喂
Det	determiner	限定詞	這、那、某、每、哪

Verb Classification

Symbols	Classification	動詞分類	Examples
V	transitive action verbs	及物動作動詞	買、做、說
Vi	intransitive action verbs	不及物動作動詞	跑、坐、睡、笑
V-sep	intransitive action verbs, separable	不及物動作離合詞	唱歌、上網、打
Vs	intransitive state verbs	不及物狀態動詞	冷、高、漂亮
Vst	transitive state verbs	及物狀態動詞	關心、喜歡、同意
Vs-attr	intransitive state verbs, attributive only	唯定不及物狀態動詞	野生、公共、新興
Vs-pred	intransitive state verbs, predicative only	唯謂不及物狀態動詞	夠、多、少
Vs-sep	intransitive state verbs, separable	不及物狀態離合詞	放心、幽默、生氣
Vaux	auxiliary verbs	助動詞	會、能、可以

Vp	intransitive process verbs	不及物變化動詞	破、感冒、壞、死
Vpt	transitive process verbs	及物變化動詞	忘記、變成、丟
Vp-sep	intransitive process verbs, separable	不及物變化離合詞	結婚、生病、畢業

Default Values of the Symbols

Symbols	Default values
V	action, transitive
Vs	state, intransitive
Vp	process, intransitive
V-sep	separable, intransitive

各課概要

2. 能捍衛自己的權利，解釋情況
3. 能排解糾紛、安慰他人
4. 能總結討論並說明決定

語言點

1. 應該檢討的是…，若反過來…，這樣是否有點…呢？
2. 一旦…，再…也…
3. 這樣吧！寧可…，才不會…
4. …別放（在）心上，沒必要為了…
5. 撇開…不談
6. 不然…，…如何？

熟語

滿腹委屈、計畫趕不上變化、悶悶不樂、芝麻綠豆、（在）雞蛋裡挑骨頭、越描越黑、就事論事、愛理不理、理所當然、體無完膚

LESSON 3
專業經理人
Professional Manager

產業別

網路暨電子商務業
internet and e-commerce industry

學習目標

1. 能在會議上簡報產品銷售情況
2. 能根據統計圖表分析數據
3. 能確認所接收到的訊息
4. 能表達觀點、提出新方案

語言點

1. 從…到…，呈現逐漸下跌的趨勢
2. 讓我確認一下，你是說，…

3. 我們應該…，貿然…，風險會不會太高？
4. 我們現有的客戶中，高達…
5. 從中我們可以預期，…

熟語

不無道理、截然不同、不成問題、放手一搏、屹立不搖、
活到老學到老、半途而廢、任君挑選

LESSON 4
說話的藝術
The Art of Speaking

產業別

建物裝潢業
building renovation industry; remodeling industry

學習目標

1. 能將功勞歸給他人
2. 能得體地回應他人的讚美
3. 能用不同方式稱讚別人
4. 能婉轉拒絕不合理的要求

語言點

1. 若不是…，…肯定…
2. 大致上沒什麼問題，只是…
3. 連…都…，怪不得…
4. …過獎了，我沒那麼…
5. 託你的福，我只是…

熟語

恰到好處、包在我身上、人外有人，天外有天、肺腑之言、
託你的福、同在一條船上、燙手山芋、心安理得、明文規
定

LESSON 5
舊瓶裝新酒
Repackaging

LESSON 6
給員工打考績
Giving Employees Evaluations

> 語言點

1. 打從…，總是…，從不敢…
2. …千萬別再…了，言歸正傳…
3. 論…怎麼樣也都該…沒想到…竟然…
4. 其實…，沒想到…反倒…

> 熟語

差強人意、判若兩人、兢兢業業、言歸正傳、拖拖拉拉、
伯仲之間、皇親國戚、裙帶關係

LESSON 7
旅遊補助
Travel Allowance

> 產業別

金融及保險業
financial and insurance industry

> 學習目標

1. 能表達喜好或偏好
2. 能統整意見做出建議
3. 能比較、說明補助的標準
4. 能提出周延的計畫與安排

> 語言點

1. 有一部分的人傾向…
2. …就可以了。況且，…
3. 就我所知，…。…沒辦法…，還是以…為優先吧！
4. 跟…接洽之前，還要…
5. …有…的規定，…才能…

> 熟語

攜家帶眷、有聲有色、心花怒放、一視同仁、有所不知、
大同小異、老少咸宜

LESSON 8
裁員風波
Layoff Crisis

產業別

醫療保健及社會工作服務業
medical and health care and social services industry

學習目標

1. 能描述自身在職場遇到的突發狀況
2. 能與律師溝通請求協助
3. 能說明法律條文、強調重點
4. 能針對對方疑慮提出具體解決方法

語言點

1. …忽然被（公司）告知…
2. …規定…，尤其是…，一定要…
3. 真的沒想到…，我們該怎麼自保？
4. 不要說…，倘若真的…

熟語

共體時艱、風風雨雨、關關難過關關過、一夕之間、何去
何從、無可避免、好聚好散、曠日費時、求助無門、毋庸
置疑

LESSON 9
老闆與老闆娘
The Boss and His Wife

產業別

補教業
supplementary education business

學習目標

1. 能詳述自己遇到的困境
2. 能描述自己工作場域的管理模式
3. 能分析不同管理模式的優缺點
4. 能針對不同狀況提出因應方式

1. …也好不到哪兒去。…
2. 這樣一來，…應該…吧！
3. 算了吧！…就是這樣
4. 表面上…，暗地裡…
5. A 說了算
6. 和…相比，…比較…

熟語

勾心鬥角、斤斤計較、說來話長、井水不犯河水、惱羞成怒、一言不合、公私分明、無所適從、白手起家、朝令夕改

LESSON 10
人往高處爬
Rise to the Challenge

產業別

出版傳媒業
publishing and media industry

學習目標

1. 能描述工作性質
2. 能分析事理與事情的優劣
3. 能從不同角度勸說他人
4. 能詳細敘述對新工作的期望

語言點

1. 比起…，(B) 可是只有 A 的 X 分之 Y 喔！
2. …只不過是…，可別為了…，不值得呀！
3. 眼看…，而…卻…
4. 由於…，…只好…
5. 首先…，接下來…，主要目標是…

熟語

人往高處爬、讚不絕口、夢寐以求、亂槍打鳥、每況愈下、
人心惶惶、獅子大開口、一路走來、神祕兮兮、賠了夫人
又折兵

LESSON 1

第 1 課
新人的第一天

學習目標

能敘述相關經驗
能用不同的方式提問
能說明及指導工作內容
能清楚地說明原則及規定

語言功能

提出假設、表達意願、說明指導、
次序性描述

產業領域

批發零售業

對話 Dialogue

 01-01 請聽對話，試著判斷下面敘述的正確性。對的圈 T；錯的圈 F。

T / F　這是關於量販店賣場的對話。

T / F　這個新人沒有工作經驗。

T / F　這家店賣的東西很單純，人員的工作很輕鬆。

T / F　這家賣場有電腦可以隨時查詢產品的庫存量。

T / F　員工一星期可以休兩天，但有時要加班。

情境

量販店的主任周開文帶領新人林中平，交辦任務、說明工作職責、協調工時。

周開文：　我們正在籌備新的賣場，到時你會被派到那裡。新賣場位於最熱鬧的商業地段，規模也比其他分店大。你有類似的工作經驗嗎？

林中平：　有的，我對賣場工作很熟悉，在便利商店待過半年，還有一年小型連鎖超市的工作經驗。不過，我從來沒在那麼大的賣場工作過，商品種類和倉儲數量是過去的好幾倍，所以需要進一步了解實際的工作項目。

周開文：　我們這家分店的商品，主要分為生鮮、食品、日用百貨、家電用品、紡織品等五個部門。我們是負責日用百貨的部分。第一步你得熟悉不同商品的擺放貨架及位置。畢竟品牌和品項林林總總，賣場的員工都必須能在第一時間回答顧客的詢問。

林中平：　好的。架上的商品看得我眼花撩亂，三號櫃是洗髮精系列產品，四號櫃是牙刷和漱口水，嗯……我發現有些商品的數量多，在貨架上占的排面比較大；有些放在顯眼的位置，但有些卻被堆在角落。不知道在上架的時候，有什麼地方是我該注意的？

周開文：　嗯，每天我們都會依據銷售量來更動排面，賣得好的就多進一點貨，位置也比較靠近中間，盡量讓顧客一眼就找到。因此，上架的時候，你得一個一個對照貨品名稱跟標籤上的是不是符合。除此以外，整個賣場每週都會選出幾款新的主打商品，大量地把貨鋪在特賣區來展示，吸引顧客隨手放進購物車。

以上這些都是上架跟補貨的常態性工作。

林中平： 咦，這排洗面乳怎麼只剩一條了？架上都空了，該補貨了。對了，後場好像在很遠的地方？這麼一來，要補貨時，恐怕速度上會受影響吧？有沒有安排特別的補貨路線？

周開文： 你很有概念。不過，我們沒有一定的補貨路線，但是到後場去補貨以前，倒是有幾個步驟。首先，得把整面貨架瀏覽一遍，把該補的商品一次記錄下來。接下來，我們每一區都會有一台電腦，你可以立刻透過電腦查詢各項商品的庫存量。來，我帶你過去看看。

林中平： 這就是我們的進銷存電腦系統嗎？那除了庫存量，我是不是還能在裡頭查詢到單日銷售情況、當日的到貨量、員工排班表之類的資料？

周開文： 沒錯，你真會舉一反三。每個員工都會分配到一組帳號密碼，然後就可以登入電腦系統，查詢本部門的所有資料。正常的補貨流程就是，你從電腦螢幕上查到該商品的庫存狀況，再到後場倉庫取貨，最後拿到賣場補貨。有一點要特別留意，補的時候，排面要拉整齊，順便檢查一下貨架乾不乾淨。

林中平： 我一定會全力以赴的。不過，剛剛提到電腦系統可以查詢人事排班表，請問員工排班的原則是什麼呢？

周開文： 原則上台灣分公司的要求是，一星期可以排休兩天。如果碰到重要檔期，公司會另外雇用約聘人員來支援，但是正職員工還是免不了要加班的。

林中平： 那如果真的有急事，需要請假怎麼辦？當然這種情況不是常常發生，我只是想了解一下有沒有彈性安排的可能。

周開文： 這畢竟是公司的規定，也只好請你多配合了。不過，我個人是很能體諒大家的。如果你真的碰到非常緊急的狀況，我會幫你協調找人代班的。

林中平： 謝謝！我會盡量避免這種狀況，好好表現，也有信心很快就可以上手！

生詞 New Words

01 - 02

	生詞		拼音	詞性	英譯
1.	情境	情境	qíngjìng	N	situation
2.	量販店	量販店	liàngfàndiàn	N	hypermarket
3.	任務	任务	rènwù	N	mission; task; assignment
4.	職責	职责	zhízé	N	responsibility
5.	工時	工时	gōngshí	N	working hours
6.	籌備	筹备	chóubèi	V	to prepare
7.	位於	位于	wèiyú	Vst	to be located; situated
8.	地段	地段	dìduàn	N	district; area
9.	類似	类似	lèisì	Vs	similar
10.	從來	从来	cónglái	Adv	has always been; all along
11.	生鮮	生鲜	shēngxiān	N	fresh
12.	紡織品	纺织品	fǎngzhīpǐn	N	textile product; clothing
13.	貨架	货架	huòjià	N	shelf; rack
14.	品項	品项	pǐnxiàng	N	item
15.	詢問	询问	xúnwèn	V	to inquire; inquiry; question
16.	系列	系列	xìliè	N	series; line
17.	排面	排面	páimiàn	N	shelf layout
18.	顯眼	显眼	xiǎnyǎn	Vs	to stand out; be conspicuous
19.	角落	角落	jiǎoluò	N	corner
20.	上架	上架	shàngjià	Vi	to stock shelves
21.	依據	依据	yījù	Prep	to be based on; according to

22.	更動	更动	gēngdòng	V	to change; modify
23.	進貨	进货	jìnhuò	V-sep	to replenish stock; restock
24.	對照	对照	duìzhào	V	to compare; contrast
25.	標籤	标签	biāoqiān	N	label
26.	主打	主打	zhǔdǎ	Vs-attr	to feature; star; be a hit
27.	展示	展示	zhǎnshì	V	to display
28.	補	补	bǔ	V	to replenish
29.	常態性	常态性	chángtàixìng	Vs-attr	to be regular; ordinary
30.	咦	咦	yí	Ptc	gee; hnnn
31.	後場	后场	hòuchǎng	N	stockroom; "the back"
32.	步驟	步骤	bùzòu	N	step
33.	記錄	记录	jìlù	V	to record
34.	庫存	库存	kùcún	N	inventory
35.	進銷存 電腦系統	进销存 電腦系統	jìnxiāocún diànnǎo xìtǒng	Ph	enterprise resource planning (ERP) computer system
36.	到貨量	到货量	dàohuòliàng	N	volume of goods arrived
37.	排班表	排班表	páibān biǎo	N	work schedule (排班,Vi, to arrange a work schedule; to schedule work/shifts)
38.	組	组	zǔ	M	measure for sets of objects
39.	密碼	密码	mìmǎ	N	code
40.	登入	登入	dēngrù	V	to log on; login
41.	流程	流程	liúchéng	N	process; flow

42.	原則上	原則上	yuánzé shàng	Ph	in principle
43.	排休	排休	páixiū	Vi	to schedule days off
44.	檔期	档期	dǎngqí	N	slot
45.	雇用	雇用	gùyòng	V	to hire（雇＝僱）
46.	約聘	约聘	yuēpìn	Vs-attr	to hire by contract; to hire (temps)
47.	支援	支援	zhīyuán	V	to support
48.	正職	正职	zhèngzhí	Vs-attr	regular (employee)
49.	免不了	免不了	miǎnbùliǎo	Adv	unavoidable; not be able to avoid
50.	只好	只好	zhǐhǎo	Adv	have to; have no option but to; have no choice but to
51.	體諒	体谅	tǐliàng	Vst	to be understanding
52.	上手	上手	shàngshǒu	Vp	to master

四字格、熟語　 01 - 03

林林總總
línlín zǒngzǒng

各式各樣，種類很多。
numerous; all kinds

1 便利商店的商品，有些是本地的，有些是進口的，林林總總，加起來有上百（千）種。

2 這個品牌推出林林總總的美妝用品，建立了專業的形象。

眼花撩亂
yǎnhuā liáoluàn

種類很多，不知道怎麼選擇，或不知道該從哪裡看起。
dazzling

1 市面上有各種智慧型手機的週邊商品，光是手機套的款式，就讓人看得眼花撩亂。

2 你可要小心讓人眼花撩亂的商業廣告手法，免得掉進了商人的陷阱。

除此以外 chúcǐ yǐwài	除了以上所說的之外。 in addition

① 店長要懂銷售和服務，除此以外，還要懂得怎麼帶人。

② 大賣場常常以改變陳列或包裝來促銷，除此以外，降價活動也是吸引顧客的好方法。

舉一反三 jǔyī fǎnsān	反應很快，舉一個例子，就能想到其他有關的事情。 draw inferences

① 上司都喜歡能舉一反三的下屬，做起事來比較輕鬆。

② 這個新人只要講一次就懂了，還能舉一反三。

全力以赴 quánlì yǐfù	盡全力去做一件事。 go all out; spare no effort; pull all the stops

① 他的成功不是靠運氣，而是做任何事都全力以赴。

② 他辭掉工作以後，就全力以赴經營自己的事業。

請根據對話，回答下面問題。

1. 這家分店的商品分成哪幾個部門？

2. 哪些是上架跟補貨的常態性工作？

3. 到後場去補貨以前，有哪幾個步驟？

4. 進銷存電腦系統可以查詢到哪些資訊？

5. 員工排班的原則是什麼？有沒有彈性安排的可能？

對…熟悉，在…待過…，有…的工作經驗

功能 用來說明自己的工作經驗。

例句 我對賣場工作很熟悉，在便利商店待過半年，還有一年小型連鎖超市的工作經驗。

練習 請試著完成對話

人事經理：新的門市需要人手。能否請您說說過去的相關經驗？

資深店長：我對門市工作很熟悉，在門市待過三年，有三年銷售的工作經驗。

1　面試官：請問您在前一家公司服務期間，擔任什麼職務？熟悉哪方面的工作？待過什麼部門？工作了多久？

求職者：＿＿＿＿＿＿＿＿＿＿＿＿＿＿＿＿＿＿＿＿＿＿

＿＿＿＿＿＿＿＿＿＿＿＿＿＿＿＿＿＿＿＿＿＿＿＿

2　同　事：你剛畢業不久，以前有沒有在餐飲業實習或打工的經驗？

維　真：＿＿＿＿＿＿＿＿＿＿＿＿＿＿＿＿＿＿＿＿＿＿

＿＿＿＿＿＿＿＿＿＿＿＿＿＿＿＿＿＿＿＿＿＿＿＿

3　出版社社長：我們想了解一下您的經歷。您有幾年的設計相關經驗？

應徵者：＿＿＿＿＿＿＿＿＿＿＿＿＿＿＿＿＿＿＿＿＿＿

＿＿＿＿＿＿＿＿＿＿＿＿＿＿＿＿＿＿＿＿＿＿＿＿

不知道…的時候，有什麼地方是我該注意的？

功能 針對特定工作提問，以請求指導、協助。

例句 我發現有些商品放在顯眼的位置，但有些被堆在角落。不知道在上架的時候，有什麼地方是我該注意的？

練習 請試著寫出合適的回答

　　同　事：常常有客戶因為沒收到貨，或是要找老闆，而打電話過來。
　　小　方：<u>不知道**在接電話**的時候，有什麼地方是我該注意的？</u>

① 老　闆：你第一天上班，得跟前一位員工交接工作。

　　阿　仁：＿＿＿＿＿＿＿＿＿＿＿＿＿＿＿＿＿＿＿＿＿＿＿＿＿＿＿

② 主　任：請你把這張單子上的產品庫存都清點一下吧。

　　大　偉：＿＿＿＿＿＿＿＿＿＿＿＿＿＿＿＿＿＿＿＿＿＿＿＿＿＿＿

③ 經　理：今天的會議需要這段採訪的文字檔。請你整理一下吧！

　　小　玉：＿＿＿＿＿＿＿＿＿＿＿＿＿＿＿＿＿＿＿＿＿＿＿＿＿＿＿

以上這些都是…的常態性工作

功能 說明擔任某職務或執行某業務的基本工作內容。

例句 依據銷售量更動排面、對照貨品名稱跟標籤、把主打商品鋪在特價區等，以上這些都是上架跟補貨的常態性工作。

練習 請試著完成句子

推銷產品、服務客戶、整理賣場等，以上這些都是門市人員的常態性工作。

1. _____、_____、協助會議進行等，以上這些都是助理的常態性工作。

2. _____、製作各種財務報表等，以上這些都是公司會計人員的常態性工作。

3. _____、_____、跟主編溝通等，以上這些都是編輯的常態性工作。

這麼一來，⋯恐怕⋯吧？

功能　說話人用來表達因為前面的事件，擔心可能會有不利的結果。

例句　對了，後場好像在很遠的地方？這麼一來，要補貨時，恐怕速度上會受影響吧？

練習　請試著完成句子

經過多次溝通，廠商還是要漲價。這麼一來，我們恐怕會虧損吧？

1　我們同事犯了一個嚴重的錯誤。_____

　　_____

2　顧客對新廣告的反應普遍不太好。_____

　　_____

3　新的門市人手不夠。_____

　　_____

流程就是…，再…，最後…

功能 　說明事件的流程或步驟。

例句 　正常的補貨流程就是，你從電腦螢幕上查到該商品的庫存狀況，再到後場倉庫取貨，最後拿到賣場補貨。

練習 　請試著根據圖片上的資訊來回答對話中的問題

維　中 ：若想在這個網站上訂做 T 恤，我該怎麼訂購？會不會很麻煩？

心　心 ：訂購的流程就是先選擇圖案、款式，再付款，最後在交貨時間內，會收到成品，一點也不麻煩。

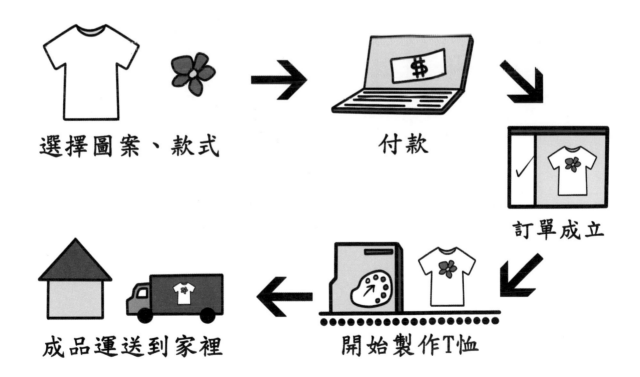

選擇圖案、款式　　　　付款

訂單成立

成品運送到家裡　　　開始製作T恤

1 家 玲 ：網路訂餐真的那麼方便嗎？要怎麼訂？

文 琪 ：真的很方便，訂餐的流程就是先＿＿＿＿＿＿＿＿＿＿＿＿＿＿＿＿，再

＿＿＿＿＿＿＿＿＿＿＿＿＿＿，最後＿＿＿＿＿＿＿＿＿＿＿＿＿就可以了。

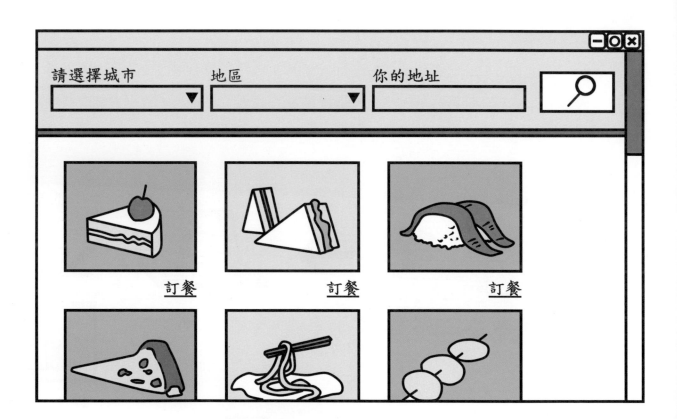

② 阿 元 ：你知道第三方支付平台是什麼嗎？第三方支付如何進行？

小 綱 ：第三方支付平台是買方和賣方的中間人，第三方支付的流程就是買家先

＿＿＿＿＿＿＿＿＿＿＿＿＿＿，平台再＿＿＿＿＿＿＿＿＿＿＿＿＿＿，最後賣家

＿＿＿＿＿＿＿＿＿＿，買家通知平台已收到貨，平台付款給賣家就完成了。

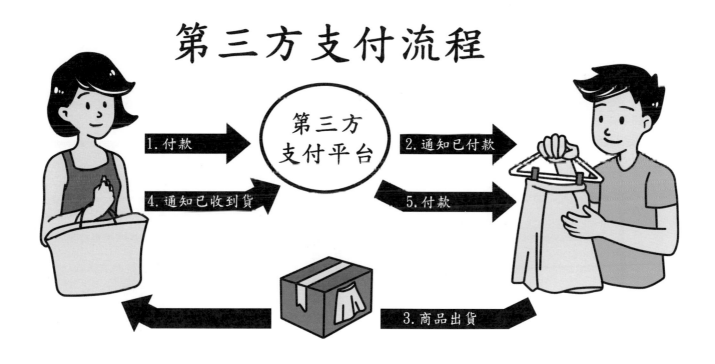

第三方支付流程

第三方支付平台

1.付款
2.通知已付款
4.通知已收到貨
5.付款
3.商品出貨

③ 學生家長：想參加生態營的活動，該怎麼報名？

主辦單位：報名的流程就是先＿＿＿＿＿＿＿＿，再＿＿＿＿＿＿＿，最後用＿＿＿＿

＿＿＿＿＿＿或到＿＿＿＿＿＿＿完成繳費，然後再到網頁下載「行前

通知」就可以了。

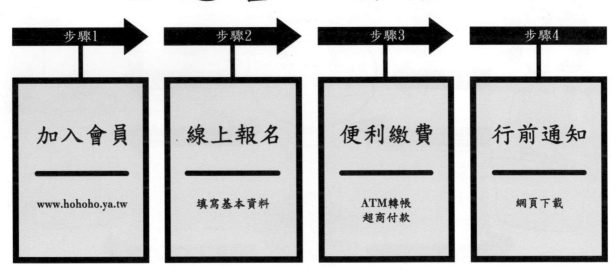

生態營活動報名

步驟1	步驟2	步驟3	步驟4
加入會員	線上報名	便利繳費	行前通知
www.hohoho.ya.tw	填寫基本資料	ATM轉帳 超商付款	網頁下載

原則上…，但是…

功能 說明原則性規定以外的特殊情況。

例句 原則上台灣分公司的要求是，一星期可以排休兩天，但是正職員工還是免不了要加班的。

練習 請試著完成對話

美　方：你們公司有幾天年假？

阿　山：原則上一年有十天假，但是常常因為太忙而用不完。

1　記　者：你們這家店的單日營業額有多少？

經　理：原則上平日可以達到一萬元，但是 _____

2　工讀生：請問上下班的時間是幾點到幾點？

店　長：原則上沒有固定的上下班時間，但是 _____

3　廠　商：這種新的咖啡飲料，您要訂多少箱？

老　闆：原則上 _____ ，但是如果市場反應不錯就會追加。

4　顧　客：請問出貨後多久會送到？

客服人員：原則上 _____ ，但是如果超過時間還沒收到包裹，請跟我們聯絡。

個案分析 Case Study

背景

　　大賣場都有一定的經營模式和工作流程，但是要成為一名傑出的店長，必須要有積極的心態，更重要的是要有解決問題的能力，建立自己的工作風格。

　　根據統計，台灣各大賣場每到假日，單日湧入十幾萬人採購並不稀奇。人潮擁擠下，最容易發生各種讓人頭痛的狀況，甚至是意外事故。店長可以做什麼來為賣場環境的秩序和安全加分？

請看以下兩個案例：

案例 1. 手推車傷人

　　有一個七十歲左右的阿嬤帶著兩歲的小男孩在賣場裡購物，因為怕孫子調皮亂跑，才讓他坐在手推車裡。就在她買完東西要前往結帳時，推車的安全卡榫忽然斷裂，於是小朋友就跟車內的東西一起跌了出來。小朋友的頭部因為壓在碎玻璃上，當場流了很多血，送醫後還有輕微的腦震盪，接到通知的父母趕到醫院時心疼不已。

案例 2. 賣場大塞車

　　每到了三節和拜拜季節，各大量販店賣場一直都存在著一個難題——賣場大塞車！排隊的人潮從停車場、手扶梯到各大部門，延伸至結帳區，整個賣場寸步難行，許多消費者因而失去耐心，直接就放棄購物打道回府。造成賣場的損失就算了，有時候顧客之間還會因為先來後到的問題發生糾紛，嚴重影響賣場秩序。

1 根據案例 1，如果你是店長，你認為該採取什麼措施來處理這個緊急情況？平常該怎麼管理賣場推車，以減少和預防類似的意外事故再次發生？

_____

_____

2 根據案例 2，你覺得有什麼既能解決塞車問題，又能讓業績成長的做法？

_____

_____

生詞 New Words

	生詞		拼音	詞性	英譯
1.	經營模式	经营模式	jīngyíng móshì	Ph	business model
2.	傑出	杰出	jiéchū	Vs	to be outstanding
3.	風格	风格	fēnggé	N	style
4.	湧入	涌入	yǒngrù	V	to swarm in; flood into
5.	人潮	人潮	réncháo	N	crowd
6.	擁擠	拥挤	yǒngjǐ	Vs	to crowd; push and squeeze
7.	頭痛	头痛	tóutòng	Vs	to have a headache
8.	意外	意外	yìwài	N	accident
9.	秩序	秩序	zhìxù	N	order
10.	案例	案例	ànlì	N	case, instance
11.	調皮	调皮	tiáopí	Vs	to be naughty; mischievous
12.	結帳	结账	jiézhàng	V-sep	to check out; pay the bill
13.	卡榫	卡榫	kǎsǔn	N	latch
14.	流血	流血	liúxiě	Ph	to bleed
15.	碎	碎	suì	Vp	shattered; broken
16.	腦震盪	脑震荡	nǎozhèndàng	N	concussion
17.	心疼不已	心疼不已	xīnténg bùyǐ	Ph	to have one's heart torn in two (心疼, Vs, to have one's heart ache, feel pain in one's heart; 不已＝不（停）止）
18.	手扶梯	手扶梯	shǒufútī	N	escalator
19.	採取	采取	cǎiqǔ	V	to adopt; take (e.g., measures, ideas, etc.)

四字格、熟語 01 - 05

寸步難行
cùnbù nánxíng

動也動不了，只能站在原地。
cannot budge; be stuck; unable to do anything

1 現場擠滿了人潮和媒體記者，連走道上也寸步難行。

2 企業沒有信用的話，在市場上就會寸步難行。

打道回府
dǎdào huífǔ

回家或不再繼續下去。
pack up and go home

1 因為人潮太多，我們決定打道回府，不去看跨年煙火了。

2 不少海外投資人因為一直打不進當地市場而打道回府了。

先來後到
xiānlái hòudào

按照來的先後確定順序。
first come, first served

1 依先來後到服務客人，是對客人的尊重。

2 市場上不分先來後到，只要品質好就有機會獲利。

課室活動 Activity

聽一聽

01 - 05 量販店有哪些不同的型態和服務？以下五個人分享了他們的經驗：

一. 下面哪一個是這五個人分享的重點？

請聽一聽，並從 A~G 中選擇合適的選項填入空格。

☐ 1. 第一個人
☐ 2. 第二個人
☐ 3. 第三個人
☐ 4. 第四個人
☐ 5. 第五個人

A. 有瑕疵的數位產品在七天內提供換貨服務。
B. 三十天內帶發票和包裝完整的商品，可回原分店辦理退貨。
C. 推出有文化特色的商品，及贈送精美禮物來提高客戶的好感。
D. 有足夠的空間，價格也較優惠，而且人員都受過專業訓練。
E. 提供租借嬰兒車、寵物寄放的貼心服務。
F. 平常有早安價，還會舉辦滿千送百摸彩和寵物健康檢查等活動。
G. 有美食街、主題餐廳、精品專櫃及商店街，可以當作休閒的地方。

二. 討論

1. A~G 中提到幾種不同的賣場型態或服務，哪一種對你來說最有吸引力？
2. 你認為量販店的行銷策略一定要主打低價嗎？為什麼？
3. 你曾經使用過大賣場的退貨服務嗎？請說說你的經驗。

　　台灣知名的量販店像法商家樂福、美商好市多、台灣本土的愛買等,不管是本地品牌還是國外品牌,「走台灣風」是這些大賣場共同的特色。你是否注意到,平日在大賣場的上下手扶梯之間,往往擺放各種零食商品,不但清楚標出商品價格,還附上促銷影片,短短一段搭乘手扶梯的空檔也要想盡辦法引誘消費者順手拿一包。這種手法讓外國媒體大開眼界,但對台灣人來說卻是小菜一碟。更不用說逢年過節時,台灣量販店就要上演促銷大戰,不但折扣多,還有各種應景熟食、乾貨和生鮮,連西方的聖誕節、情人節,傳統的冬至進補都不放過。另一個有趣的現象是有的量販店因為地理位置佳,外籍消費者多,於是賣場內的標示採用中、英、日、韓多國語言,具有台灣味的南北土產和零嘴也成為明星商品,甚至吸引外國觀光客專程「到此一遊」!

Whether they are selling local or foreign brands, world-renowned hypermarkets, like France's Carrefour, Costco of the US, and Taiwan's own a.mart, have one thing in common: these retail giants adopt Taiwanese ways of doing things. Have you noticed that on weekdays, more often than not, a variety of snacks are placed between the up and down escalators in these hypermarts? The product prices are clearly marked and they come with promotional videos. Even during buyers' short downtime on escalators, the stores do what they can to entice consumers to grab a bag as they're passing by. Techniques like these have been real eye-openers for journalists from other countries, but for the people of Taiwan, they are par for the course. And it goes without saying that hypermarts in Taiwan engage in price wars during the Lunar New Year and other holidays, offering not only loads of discounts, but also all kinds of seasonal cooked foods, dry goods, and fresh foods. Even Western holidays, like Christmas and Valentine's Day, as well as the winter solstice, a day when traditional foods designed to fortify the health are consumed, are not left out. It is also interesting that because of their good locations, hypermarkets have many foreign shoppers, so the signs inside are in multiple languages, including Chinese, English, Japanese, and Korean. A number of local Taiwanese products and snacks from around the island have also become favorites with them, even drawing foreign tourists to make special trips here.

LESSON 2
第 2 課
職場衝突

學習目標

能表達不滿的情緒
能捍衛自己的權利，解釋情況
能排解糾紛、安慰他人
能總結討論並說明決定

語言功能

說明情況、表達不滿、反駁他人、
安慰他人

產業領域

製造業

對話 1 Dialogue 1

課前準備

 02-01 請聽對話 1，試著判斷下面敘述的正確性。對的圈 T；錯的圈 F。

T / F 這是一個檢討會議上的對話。

T / F 他們說話的主題是關於貨品太多、賣不完。

T / F 主管認為庫存的問題是因為廣告不夠多。

T / F 兩個部門的人都不覺得是自己的錯。

T / F 主管最後提出了許多解決問題的方法。

情境

在公司的檢討會議上，主管費南多針對銷售未達到預期目標，而造成庫存太多的情況，請銷售部珊珊與產品部小雅說明原因。

費南多： 根據報表看來，我們的庫存壓力大，眼看又有一批貨可能會因規格過時得報廢了。請珊珊解釋一下為什麼銷售沒達到預期目標。

珊　珊： 我可以理解庫存太多時，大家第一個會質疑的是我們銷售部的能力。不過我們也是滿腹委屈。先不提先前我們接到訂單時，工廠卻趕不出貨來，無法準時交貨，害我們被客戶罵的事；現在則是製造一堆，賣不完。關於庫存量的控制，嚴格說來，應該算是產品部的責任吧！

小　雅： 那是先前熱銷時，上面要求我們備好充足的貨品啊！現在銷售不好，產品賣不出去，應該檢討的是行銷策略。若反過來說是我們製造過多，這樣是否有點推卸責任呢？

珊　珊： 說推卸責任這個詞就嚴重了點吧！

費南多： 關於製造數量，不是早已經請銷售部提供需求量預測數字了嗎？

小　雅： 話是沒錯，但預測沒有一次準的，如果某部門能提供準確的資訊就好了。

珊　珊： 如果是我粗心算錯，那沒話講，但市場變化很快，我們也只能盡量抓個大概的數字呀！

費南多： 嗯，的確是計畫趕不上變化。一旦景氣不好，業務員再努力也沒用。這樣吧！寧可少製造一些，才不會有商品過剩的狀況發生。尤其是產品生命週期較短的產品，寧可少賺一點也不要有存貨。珊珊，你們的銷售目標也得調整一下，別定太高，也需隨時掌握現在庫存的數量。另外，因短期預測會比長期預測來得準，所以從現在起，你們預測數字的報表從原先定的三個月交一次，縮短成一個月。還有，以後要給我每日的庫存報表。

珊　珊： 了解。

費南多： 現在那批庫存只好賤價賣出，以打折促銷方式刺激買氣，換取現金。如果各位沒有要補充的話，今天會議就到這裡結束，散會吧！

生詞 New Words

	生詞		拼音	詞性	英譯
1.	衝突	冲突	chōngtú	N/Vi	conflict; dispute; to be at odds
2.	檢討	检讨	jiǎntǎo	N/V	review; self-critique; to take stock of; to reflect upon
3.	主管	主管	zhǔguǎn	N	manager; supervisor
4.	報表	报表	bàobiǎo	N	report; statement (used in business)
5.	眼看	眼看	yǎnkàn	Ph	soon; in a moment; it looks like it's going to
6.	規格	规格	guīgé	N	specification
7.	過時	过时	guòshí	Vp	to be outmoded; out of date; obsolete
8.	報廢	报废	bàofèi	Vi	to scrap; report as useless
9.	質疑	质疑	zhíyí	V	to doubt
10.	先前	先前	xiānqián	Adv	previously
11.	則	则	zé	Adv	conversely; on the other hand; (conjunction used to express contrast with a previous sentence or clause, often no translated)
12.	嚴格	严格	yángé	Vs	to be strict
13.	熱銷	热销	rèxiāo	Vi	to sell well; sell like hotcakes
14.	充足	充足	chōngzú	Vs	to be adequate; sufficient; ample
15.	推卸	推卸	tuīxiè	V	to shirk
16.	需求量預測	需求量预测	xūqiúliàng yùcè	Ph	demand forecast
17.	某	某	mǒu	Det	some; certain

18.	準確	准确	zhǔnquè	Vs	to be accurate; precise
19.	粗心	粗心	cūxīn	Vs	to be careless; inattentive
20.	抓	抓	zhuā	V	to grab; take
21.	一旦	一旦	yídàn	Conj	once; as soon as
22.	過剩	过剩	guòshèng	Vs	to have surplus; excess
23.	週期	周期	zhōuqí	N	cycle
24.	原先	原先	yuánxiān	Adv	originally
25.	賤價	贱价	jiànjià	N	low price
26.	買氣	买气	mǎiqì	N	buying
27.	換取	换取	huànqǔ	V	to exchange for
28.	補充	补充	bǔchōng	V	to add s/t
29.	散會	散会	sànhuì	Vp	to adjourn; dismiss

四字格、熟語 02 - 03

| 滿腹委屈
mǎnfù wěiqū | 被誤會或受到不公平的對待而內心不舒服。
feel wronged; suffer from injustice |

1 客人向老闆抱怨小陳的態度不好，於是小陳被老闆叫到辦公室罵了一頓，也沒有給他解釋的機會，讓他感到滿腹委屈。

2 老闆生氣地問昨天是誰最後離開公司，為什麼沒關冷氣？小方滿腹委屈地說她也不知道怎麼回事，明明離開公司時關了冷氣了。

| 計畫趕不上變化
jìhuà gǎnbúshàng biànhuà | 指事情的變化不如預期。
the plans cannot keep up with changes; plans change;
life happens |

1 進了一堆貨，原以為可以大賺一筆，沒想到計畫趕不上變化，颱風造成倉庫進水，產品都泡水泡壞了。

2 原本規劃好的行程卻因為客戶一通電話而得取消，真是計畫趕不上變化啊！

回答問題

請根據對話 1，回答下面問題。

1. 當珊珊的銷售能力被質疑時，珊珊如何說明她的委屈？

2. 小雅認為銷售不好應該怎麼辦？

3. 關於製造數量，已經提供需求量預測數字了，為什麼還有庫存太多的問題？

4. 主管說「計畫趕不上變化」是什麼意思？他做了什麼調整？

5. 主管最後決定如何解決庫存的問題？

語言點 Useful Expression

> 應該檢討的是…，若反過來…，這樣是否有點…呢？

功能 用來反駁 (fǎnbó, refute) 他人的看法。

例句 產品賣不出去，應該檢討的是行銷策略，若反過來說是製造過多，這樣是否有點推卸責任呢？

練習 請試著完成句子

主　管：最近生意真是冷清。我覺得你應該要常笑、多跟客人打招呼，客人才會想再來我們餐廳消費。

服務生：最近的生意的確越來越差，但我覺得應該檢討的是菜色和好不好吃，若反過來要求我常笑，這樣是否有點奇怪呢？

1　兒　子：我這次考試考不好都是因為老師出的題目太難了。

　　爸　爸：你成績不好，應該檢討的是 ＿＿＿＿＿＿＿＿＿＿＿＿＿＿

　　　　　＿＿＿＿＿＿＿＿＿＿＿＿＿＿＿＿＿＿＿＿＿＿＿＿＿＿＿

2　小　秋：老闆真是太小氣了，我才遲到 30 分鐘，半天的薪水就沒了。

　　小　林：怎麼能怪老闆呢？你應該檢討的是 ＿＿＿＿＿＿＿＿＿＿＿

　　　　　＿＿＿＿＿＿＿＿＿＿＿＿＿＿＿＿＿＿＿＿＿＿＿＿＿＿＿

3　先　生：你別亂買東西，這些日用品買最便宜的牌子就好了，我賺得少，再說老闆什麼時候會叫我走路也不知道，你要替家裡省一點。

　　太　太：家裡的錢不夠用，應該檢討的是 ＿＿＿＿＿＿＿＿＿＿＿＿

　　　　　＿＿＿＿＿＿＿＿＿＿＿＿＿＿＿＿＿＿＿＿＿＿＿＿＿＿＿

一旦⋯，再⋯也⋯

功能 用於分析情勢。表示只要有一天發生這樣的情況，無論怎麼做，也沒有辦法。

例句 一旦景氣不好，業務員再努力也沒用。

練習 請試著完成句子

我覺得像農人這種「靠天吃飯」的工作很沒保障，一旦發生天災，再怎麼難過也沒用。

1 你咳嗽咳了很多天了，快去看醫生吧！一旦 _____

_____

_____

2 這個後門要保持開著，也不能把東西都堆在這裡，一旦發生火災，____

_____

_____

3 你可別賣仿冒品，一旦 _____

_____

_____

這樣吧！寧可⋯，才不會⋯

功能 根據現實情況，考慮後，提出解決方法或說明決定。（「寧可」可以替換成「寧願」）

例句 這樣吧！寧可少製造一些，才不會有商品過剩的狀況發生。

練習 請試著回答問題

太　太：看了那麼多間房子，就這間的環境最好，租金也在我們的預算之內，可惜離孩子的學校太遠了，怎麼辦呢？（換間學校）

先　生：<u>這樣吧！寧可讓孩子換間學校，離家近一點，才不會把太多時間花在交通上。</u>

1　小　張：真不想再看老闆臉色過日子了，我打算自己開一家咖啡廳，但現在的存款還不太夠，你有什麼好建議嗎？（貸款）

老　王：＿＿＿＿＿＿＿＿＿＿＿＿＿＿＿＿＿＿＿＿＿＿＿＿

　　　　＿＿＿＿＿＿＿＿＿＿＿＿＿＿＿＿＿＿＿＿＿＿＿＿

2　阿　龍：我最近想換工作，看到這家公司不但離我家近，待遇也很好，真想去試試，不過我擔心自己不會被錄取，你覺得我應該去嗎？（試試看）

明　萱：＿＿＿＿＿＿＿＿＿＿＿＿＿＿＿＿＿＿＿＿＿＿＿＿

　　　　＿＿＿＿＿＿＿＿＿＿＿＿＿＿＿＿＿＿＿＿＿＿＿＿

3　美　玉：我今年結婚時請了長假，現在又計畫明年生孩子，有點擔心老闆會不高興。（工作帶回家做）

小　潔：＿＿＿＿＿＿＿＿＿＿＿＿＿＿＿＿＿＿＿＿＿＿＿＿

　　　　＿＿＿＿＿＿＿＿＿＿＿＿＿＿＿＿＿＿＿＿＿＿＿＿

課前準備

🎧 02 - 04 請聽對話 2，試著判斷下面敘述的正確性。對的圈 T；錯的圈 F。

T / F 　這是一個會議時的對話。

T / F 　他們說話的主題是關於餐廳的食物。

T / F 　小雅的心情不太好。

T / F 　主管很欣賞小雅。

T / F 　明萱希望小雅跟珊珊兩個人的關係好一點。

情境

會議結束後，明萱和同事小雅在茶水間聊天。小雅為了剛才在會議上跟珊珊意見不同的事而抱怨。

明　萱：　你怎麼看起來悶悶不樂的？還在生氣嗎？剛剛的事你就別放在心上，沒必要為了這種芝麻綠豆的小事讓心情不好。

小　雅：　嗯，謝謝你。只是心裡覺得很委屈、也很沮喪。不知道為什麼，每次跟珊珊說話的時候，就很容易被激怒。

明　萱：　也許這不是一天兩天的事了。

小　雅：　那倒是真的。一直以來就感覺她常針對我，也說不上是雞蛋裡挑骨頭。但很明顯的是看我不順眼，想不通到底我什麼時候得罪了她？

明　萱：　如果是誤會，最好兩人趁早解釋清楚，拖下去會成難解的心結。

小　雅：　我也想，但不知道從哪裡說起，也擔心越描越黑。

明　萱：　你們各有各的立場，她應該只是就事論事，大家都是為了公司好。撇開公事不談，你們平時的互動怎麼樣？

小　雅：　平常她就對我愛理不理的，講話的口氣也不是很好。會不會是因為上次老闆表揚我而嫉妒？我這樣想是不是太小心眼了？

明　萱：　別這麼想，她說話比較直，容易讓人誤會。我記得她曾跟我誇過你的能力喔！看來她不是對你有偏見。

小　雅　：　她誇過我？

明　萱　：　是呀！你們兩個都很優秀。一個擅長議價談判；一個擅長產品行銷。是主管最得力的左右手。我有點擔心你們之間相處的情況，因為這不只影響你們自己的工作，開會時氣氛也很僵，影響到其他人。不然，我來安排一下，下班後一起去吃個熱炒、唱個歌，如何？真有什麼心結，我可以來當個和事佬。

小　雅　：　也好。謝謝你聽我發牢騷。

明　萱　：　哪裡。那我先出去了！下次再聊。

生詞 New Words

	生詞		拼音	詞性	英譯
1.	茶水間	茶水间	cháshuǐjiān	N	refreshment room; tea room
2.	沮喪	沮丧	jǔsàng	Vs	to feel disheartened; dispirited
3.	激怒	激怒	jīnù	V	to infuriate; enrage
4.	說不上	说不上	shuōbúshàng	Ph	cannot say; wouldn't say
5.	順眼	顺眼	shùnyǎn	Vs	to be pleasing to the eye (note: 看不順眼 = to dislike; rub s/b the wrong way)
6.	得罪	得罪	dézuì	V	to offend
7.	誤會	误会	wùhuì	N/V	to misunderstand; misconstrue; take the wrong way
8.	趁早	趁早	chènzǎo	Adv	as soon as possible
9.	拖	拖	tuō	Vi	to put off; procrastinate
10.	心結	心结	xīnjié	N	grudge; a chip on one's shoulder; ill feelings
11.	立場	立场	lìchǎng	N	standpoint; point of view
12.	撇開	撇开	piēkāi	V	to put aside
13.	口氣	口气	kǒuqì	N	tone of voice
14.	表揚	表扬	biǎoyáng	V	to praise
15.	嫉妒	嫉妒	jídù	V	to be jealous of
16.	小心眼	小心眼	xiǎoxīnyǎn	Vs	to be petty
17.	誇	夸	kuā	V	to praise
18.	偏見	偏见	piānjiàn	N	bias; prejudice; something against
19.	優秀	优秀	yōuxiù	Vs	to be outstanding
20.	擅長	擅长	shàncháng	Vst	to be good at

21.	議價	议价	yìjià	Vi	to bargain; negotiate a price
22.	談判	谈判	tánpàn	Vi	to negotiate
23.	得力	得力	délì	Vs	capable; competent
24.	之間	之间	zhījiān	N	between; among
25.	僵	僵	jiāng	Vs	to be tense; awkward (as in atmosphere)
26.	不然	不然	bùrán	Conj	otherwise
27.	熱炒	热炒	rèchǎo	N	stirfry
28.	和事佬	和事佬	héshìlǎo	N	peacemaker; mediator; go-between
29.	發牢騷	发牢骚	fā láosāo	Ph	griping; complain

四字格、熟語 02 - 06

悶悶不樂
mènmèn búlè

心情差、煩悶,開心不起來。
down in the dumps; in low spirits

1 因為沒談成這筆生意,讓陳老闆悶悶不樂好幾天。

2 我看他最近沒心情工作、整天悶悶不樂的樣子,忍不住去問他,才知道原來他家裡發生了一些事。

芝麻綠豆
zhīmá lǜdòu

形容事情很小、不重要。
trivial matter; a trifle

1 真沒想到張老闆居然為了那種芝麻綠豆的小事叫他走路,這一點都不像張老闆的個性。

2 你為了這麼一點芝麻綠豆大的事生那麼大的氣,值得嗎?

（在）雞蛋裡挑骨頭 (zài) jīdànlǐ tiāogútou	從事物中挑出毛病、瑕疵，有故意找人麻煩的感覺。 nitpick; faultfinding

1. 這份企劃已經很完美了，若真要我在雞蛋裡挑骨頭，那就是字小了點。

2. 出社會後，慢慢可以懂父母常說的：「這世界上的人，大多不看別人的優點，只找人缺點。『雞蛋裡挑骨頭』是世界上最容易的事。」

越描越黑 yuèmiáo yuèhēi	指對一件事情越解釋越糟糕，讓人誤會更深。 the more one explains, the worse it looks; only make matters worse; give rise to more doubts and suspicions

1. 大家聽了他那越描越黑的解釋，不禁搖了搖頭，沒人想再聽下去了。

2. 事情已經發生了，既然知道是自己的錯，就道歉吧！急於解釋只是越描越黑而已。

就事論事 jiùshì lùnshì	只針對這件事表示自己的想法，與其他問題或私人情感無關。 stick to the facts; deal with the problem

1. 主管要求大家冷靜地分析原因，就事論事地提出自己的想法。

2. 他強調他不跟這家廠商合作只是就事論事，並非特別為別家廠商說話。

愛理不理 àilǐ bùlǐ	對人沒什麼反應、沒有熱情的態度。 ignore; give the cold shoulder

1. 那家購物中心的店員很現實，對穿著名牌的客人很熱情，對穿著普通的客人就愛理不理的。

2. 業務員得常常面對客戶愛理不理的態度，但自己又得隨時保持笑臉，非常辛苦。

請根據對話 2，回答下面問題。

1. 小雅為了什麼事不開心？

2. 小雅認為平常珊珊對她怎麼樣？

3. 明萱認為珊珊的個性怎麼樣？

4. 明萱認為誰是主管的左右手？為什麼？

5. 明萱最後怎麼當和事佬？

語言點 Useful Expression

> …別放（在）心上，沒必要為了…

功能　用來安慰別人，叫人想開一點。

例句　剛剛的事你就別放在心上，沒必要為了這種芝麻綠豆的小事讓心情不好。

練習　請試著完成對話

> 先　生：明明是新人學習速度太慢，老闆卻怪我，說是我沒教好，真是一點道理也沒有。（只是老闆一時生氣所說的話）
>
> 太　太：<u>那只是老闆一時生氣所說的話，你別放心上，沒必要為了幾句氣話讓自己悶悶不樂。</u>

1　華　華：姐姐說我太胖了才交不到男朋友，建議我得少吃多動，至少瘦個八公斤，要不然別想結婚。你也這麼覺得嗎？（健康比交男朋友重要）

　　　　文　文：_____

　　　　　　　_____

2　小　張：唉！壓力真大，我這個月才賣出兩輛車，老闆要求至少五輛，我連一半都達不到。（只是一份工作）

　　　　老　李：_____

　　　　　　　_____

撇開…不談

功能 意思是「我們跳過這個主題，先來說說別的。」或「除了那個情況以外，還有這個情況」。可用於分析或說明情勢。

例句 撇開公事不談，你們平時的互動怎麼樣？

練習 請試著完成對話

> 朋　友：你單身那麼久了，你不擔心我倒替你緊張了。難道你都沒有喜歡的人嗎？小陳這個人不錯耶，你覺得他怎麼樣？(外表、經濟能力也不好)
>
> 小　方：<u>撇開小陳的外表不談，他的經濟能力也不太好，跟他在一起，我沒有安全感。</u>

1 曉　奇：你怎麼了？看起來心情不好，是為了工作上的事心煩嗎？還是…(同時和同事、家人吵架)

　　雅　婷：＿＿＿＿＿＿＿＿＿＿＿＿＿＿＿＿＿＿＿＿＿＿＿＿＿＿

　　　　　　＿＿＿＿＿＿＿＿＿＿＿＿＿＿＿＿＿＿＿＿＿＿＿＿＿＿

2 老　闆：真不可思議，這期的業績跟以前比起來差得太多了，能請你解釋一下原因嗎？(不景氣、附近在蓋房子)

　　店經理：＿＿＿＿＿＿＿＿＿＿＿＿＿＿＿＿＿＿＿＿＿＿＿＿＿＿

　　　　　　＿＿＿＿＿＿＿＿＿＿＿＿＿＿＿＿＿＿＿＿＿＿＿＿＿＿

不然⋯⋯，⋯⋯如何？

功能 　用來提出解決方法或建議，詢問別人是否同意。

例句 　為了讓大家熟一點，不然我來安排一下，下班後一起去吃個熱炒、唱個歌，如何？

練習 　請試著完成句子

> 亞　平： 眼看就要遲到了，但是路上塞車塞得那麼嚴重，讓客戶等我們，真不好意思。(改時間)
>
> 維　德： <u>不然先打電話給客戶，請他們改一下會議的時間</u>如何？

1 住　佳： 這個新機器人家都還不太會使用，怎麼推銷給客人呢？(開說明會)

　　經　理： 不然 _____

　　_____

2 祖　雄： 真是受不了每天看老闆臉色的日子。(創業)

　　立　遠： 不然 _____

　　_____

個案分析 Case Study

背景

　　安東尼是一家公司的經理，最近面臨兩個員工小潔和力宏的問題，若你是安東尼會如何處理這些職場上的糾紛呢？

案例 1. 和不認真的同事在同一組工作

　　小潔：「和我同一組的小文上班時常不認真，常常利用上班時間處理私人事務。當我忙得要命時，她卻在上網或休息。她沒做完的事，我剛開始都會因為想準時下班而把她的事情一起弄好，可是長期這樣下來，她卻以為是理所當然。最讓人生氣的是出錯時，她就說那些都是我做的。我真的喘不過氣來，因此想辭職…」

案例 2. 和同事的糾紛

　　力宏：「我大約在一年前開始，和我的主管小惠關係變得很曖昧，我們互相承認有好感。後來，我太太懷孕了，我想了很久，覺得這樣繼續下去，總有一天會惹來麻煩，所以我三個月前跟她表示，希望和她保持同事間的關係，不要走得那麼近。但沒想到之後她就開始找我麻煩，很明顯地，在會議上只要是我提出的案子，都被她批評得體無完膚。還故意找很多原本不是我的差事讓我做。我本來想，只要我努力認真工作，過一陣子她就會忘了我吧！但上個月的績效評估出來，她給了我非常低的分數。因此公司升了一個比我晚進公司的人。唉！家裡就要多一個人了，我不能冒險在這時換工作呀！」

Q 你是安東尼，會怎麼處理？

① 安慰：什麼話語能達到安慰的效果？

_____

_____

② 說明：客觀地思考員工職場不順的原因，換個不太直接的說法。

_____

_____

③ 分析：告訴員工持續心情不穩可能會帶來的後果和影響。

_____

_____

④ 建議：提供解決問題的方案。

_____

_____

⑤ 鼓勵：給員工積極的鼓勵。

_____

_____

生詞 New Words

	生詞		拼音	詞性	英譯
1.	私人	私人	sīrén	Vs-attr	personal; private
2.	事務	事务	shìwù	N	business; matters; affairs
3.	互相	互相	hùxiāng	Adv	each other; one another; both
4.	懷孕	怀孕	huáiyùn	Vp-sep	to be pregnant
5.	惹來	惹来	rělái	V	to bring (trouble; calamity) upon oneself
6.	找麻煩	找麻烦	zhǎo máfán	Ph	out to get s/b; cause trouble for
7.	故意	故意	gùyì	Adv	intentionally; deliberately
8.	差事	差事	chāishì	N	errand
9.	績效	绩效	jīxiào	N	performance
10.	評估	评估	pínggū	N/V	assess, assessment; to evaluate
11.	分數	分数	fēnshù	N	score
12.	升	升	shēng	V	to promote
13.	冒險	冒险	màoxiǎn	V-sep	to risk

四字格、熟語 02-08

理所當然
lǐsuǒ dāngrán

本來就應該是這樣的。
to take for granted; take as a matter of course

1　成功的企業家李先生曾說：「老闆是靠員工養活的，對他們好是理所當然的。」

2　不要把家人對你的好當做理所當然，得常抱著感謝的心才行。

體無完膚
tǐwú wánfū

指全身都是傷或被大大地批評。
mercilessly; scathingly (as in criticize)

1　公司為了反映成本只好提高售價，卻被長期合作的客戶罵得體無完膚。

2　他熬夜做的報告卻被老闆批評得體無完膚，讓他沮喪得連修改的力氣都沒有了。

課室活動 Activity

猜一猜・說一說

請猜一猜下面畫底線的字詞的意思，並回答問題。

> 例句　我跟<u>好吃懶做</u>的人合不來。
>
> 意思　好吃懶做的人是指喜歡吃或享受卻懶得做事或付出的人。
>
> 問題　你跟這種人合得來合不來？為什麼？
>
> 回答　我跟這種人合不來，因為和他一起工作的話，我會很累。

1 老闆今天<u>火氣很大</u>，大家都被罵了。

意思：_____

問題：什麼情況下你的火氣會很大？

回答：_____

2 主管一不在，大家就隨便做，<u>真混</u>！

意思：_____

問題：你是個很認真的員工，還是很混的員工？

回答：_____

③ 她跑去跟老闆打小報告，害大家被罵了一頓。

意思：_____

問題：你曾經打過別人／同事的小報告嗎？

回答：_____

④ 人們在有利益衝突的時候，總是翻臉比翻書還快。

意思：_____

問題：請舉出你遇過的情況。

回答：_____

文化點 Culture Corner

　　一般人6點下班，12點睡覺，扣掉洗澡、交通…等時間，這約4個小時的時間是如何度過的呢？許多國家的人下班後就回家陪家人或和朋友坐在酒吧聊天、看球賽，而台灣上班族多會把握這短暫的黃金時間，排滿學習、運動或社交活動。

1. 學習技能：除了為了興趣而學習樂器、畫圖、舞蹈外，大多數的人為了提升自己的
　　　　　　 價值，而去進修理財、企業管理的知識或外語。
2. 運動：和朋友相約打球、做瑜珈，近年來也流行去健身房運動。
3. 建立社交人脈：參加聚會小組（如讀書會）、和朋友去唱KTV、品嚐美食、逛夜市。
4. 當志工：透過非營利組織（如宗教團體）服務社會。
5. 兼職：靠網拍、直銷、翻譯文件等方式賺外快，增加收入。

Most people get off work at six o'clock and go to bed at 12. How do they spend the four hours that are left after you take away the time they spend in the shower and on the road and so forth? After they get off work, people in many countries, go home and spend time with their families or sit in bars chatting with friends and watching sporting events. Most nine-to-fivers in Taiwan take advantage of this prime, but short, period of time, by packing it full of study, exercise, or social activities.

1. Studying: Aside from those who learn to play musical instruments, paint, or dance out of personal interest, most people take continuing education classes in money management, business management, or languages to increase their personal value.

2. Exercising: Meeting up with friends to play ball, do yoga, and, something that has become popular in recent years, going to gyms to work out.

3. Establishing social connections: Participating in small meet-up groups (e.g., reading clubs), going with friends to sing at KTVs, sampling fine cuisine, and walking around night markets.

4. Volunteering: Serving society through non-profit organizations (like religious groups).

5. Moonlighting: Selling online, direct sales, or translating documents to earn extra money.

LESSON 3

第 3 課
專業經理人

學習目標

能在會議上簡報產品銷售情況
能根據統計圖表分析數據
能確認所接收到的訊息
能表達觀點、提出新方案

語言功能

報告描述、分析事理、提出建議、
說服別人

產業領域

網路暨電子商務業

對話 Dialogue

課前準備

 03-01 請聽對話，試著判斷下面敘述的正確性。對的圈 T；錯的圈 F。

T / F　這是關於一場簡報會議的對話。

T / F　這個網站今年賺了很多錢。

T / F　他們認為這個網站必須重新設計。

T / F　根據調查，海外跟網路市場每年都在成長。

T / F　現在才投入 app 市場已經來不及了。

情境

專案經理高繪玲正在向總經理周學盛做一個市場分析報告及新 app 提案，業務經理陳士豐與產品經理許美齊也一起參加會議。

高繪玲：　大家都到了，那我就開始簡報了。今天我要向大家報告採購小秘書（personal shopping assistant）的市場分析以及我推薦的新產品走向。如果螢幕上顯示的資料不清楚，各位也可以參考手邊的市場分析報告。請先看這個圖表，藍色線顯示，這五年來採購小秘書的網站用戶不斷增加。那麼請再看紅色線，代表了什麼呢？

周學盛：　採購小秘書的網站銷售量嗎？

高繪玲：　沒錯。在第一年到第三年之間快速成長，平均年成長 20%，到了第四年就不再成長了。而今年是第五年，從第一季到第三季，每季都下跌了 6%，呈現逐漸下跌的趨勢，第四季雖然因為年節採購而小幅上升，但就整體而言，都還沒有打平前三季的虧損。

周學盛：　顯然我們的網站今年沒有賺到錢。問題出在哪裡呢？

高繪玲：　嗯，我這裡有一份使用者經驗回饋分析，請大家參閱。上面寫得很清楚，有 40% 的顧客反應他們沒空看網站教學示範。這表示著一旦找不到想要的商品，他們就不再使用我們的網站服務了。

周學盛：　讓我確認一下，你是說，我們的網站過去兩年來已經改版過兩次了，還要再重新設計一次嗎？

高繪玲： 不是的。我們有一個全新的提案。根據我們觀察目標族群的消費模式，使用智慧型手機 app 來購買流行手工商品的比率正在直線上升，而且我們預計，三年後將從 35% 升到 80%。我們過去五年來一直是市場的領導者，只有把我們的戰線提升到智慧型手機，才能維持我們的市場占有率。

周學盛： 你的意思是……

高繪玲： 我們提議，採購小秘書應該要投入 app 市場。這樣一來，只要利用智慧型手機就能輕鬆下單、付款，符合現代消費者的購物習慣，才能吸引更多的使用者。

周學盛： 開發個人採購小秘書 app 能反映我們的品牌價值嗎？請大家就各自代表的部門發表意見吧！

陳士豐： 我想我們應該專注在改善現有的網路一對一個人化服務，貿然投入 app 市場，風險會不會太高？市場上 shopping app 那麼多，我們的賣點在哪裡？

高繪玲： 有關市場的問題，何不這樣看？經過我們團隊的深入調查，海外跟網路的市場每年成長 15%，我們的賣點就是迎合市場快速轉變的消費習慣，讓目標族群得到方便又快速的體驗。

陳士豐： 你說的不無道理。基本上我是同意的，但我們未來是要減少網站的預算和資源嗎？我們現在的網站銷售毛利率高達 50%。我不知道開發 app 需要多少用戶跟銷售額才能讓我們回本？

高繪玲： 請看這張投影片，相關的獲利分析在這裡。請先看這張圓餅圖，我們現有的客戶中，高達 80% 有意願使用採購小秘書 app。接下來再看這張條狀圖，其中有 60% 的人願意付費使用線上購物服務，也有 50% 的人認為如果能直接在智慧型手機上下訂單，他們會買得更多。從中我們可以預期，整體銷售額將增加 35%。簡單地說，我們不需要放棄原本的網路一對一服務，而是要把採購小秘書 app 推入市場，以維持我們領導品牌的地位。畢竟，我們的競爭對手都在關注這塊大餅，現在不做，以後想投入可能就來不及了。

陳士豐： 你的分析報告做得很詳盡，連我也被你說服了。

許美齊： 我也支持這個提案。就我看來，這不違背我們強調溝通的品牌價值，也能提高我們對主要族群的行銷曝光率，而且讓我們的產品更快打入海外市場。

周學盛： 不過，開發網站和 app 是截然不同的技術，我們的研發部門有辦法做到嗎？如果技術方面不成問題，那就放手一搏吧！

高繪玲： 以我對技術團隊的了解，應該沒有問題，我會去聯絡的。謝謝大家的意見，能夠獲得大家的共識，我就更有信心了！讓我彙整一下，再跟大家報告結果。

生詞 New Words

 03 - 02

	生詞		拼音	詞性	英譯
1.	專案	专案	zhuānàn	N	project; case
2.	提案	提案	tí'àn	N	proposal
3.	手邊	手边	shǒubiān	N	at hand; near you
4.	圖表	图表	túbiǎo	N	chart; graph; diagram
5.	用戶	用户	yònghù	N	user
6.	沒錯	没错	méicuò	Ph	that's correct; yes
7.	快速	快速	kuàisù	Adv	fast; quickly; rapidly
8.	下跌	下跌	xiàdié	Vp	to decline; drop
9.	呈現	呈现	chéngxiàn	Vst	to emerge; experience; show (as in "s/t experienced or showed signs of growth")
10.	小幅	小幅	xiǎofú	Adv	slightly
11.	打平	打平	dǎpíng	V	to break even
12.	虧損	亏损	kuīsǔn	N	loss
13.	顯然	显然	xiǎnrán	Adv	obviously; clearly; evidently
14.	回饋	回馈	huíkuì	N	feedback
15.	參閱	参阅	cānyuè	V	to consult; refer to
16.	示範	示范	shìfàn	N	demo; demonstration
17.	改版	改版	gǎibǎn	V-sep	to revise
18.	族群	族群	zúqún	N	population; group (as in target group)
19.	手工	手工	shǒugōng	N	to make by hand
20.	直線	直线	zhíxiàn	Adv	straight line

21.	預計	预计	yùjì	Vi	to anticipate; expect
22.	戰線	战线	zhànxiàn	N	battle line; battlefront
23.	提升	提升	tíshēng	V	to upgrade
24.	提議	提议	tíyì	Vi	to propose; suggest; move
25.	品牌價值	品牌价值	pǐnpái jiàzhí	Ph	brand value
26.	各自	各自	gèzì	Adv	respective; each
27.	專注	专注	zhuānzhù	Vs	to focus on; concentrate on
28.	一對一	一对一	yī duì yī	Ph	one on one
29.	貿然	贸然	màorán	Adv	rashly; without careful consideration
30.	賣點	卖点	màidiǎn	N	selling point
31.	何不	何不	hébù	Ph	why not
32.	團隊	团队	tuánduì	N	team
33.	深入	深入	shēnrù	Adv	in-depth
34.	海外	海外	hǎiwài	N	to be overseas
35.	迎合	迎合	yínghé	V	to cater to
36.	體驗	体验	tǐyàn	N/V	experience
37.	毛利	毛利	máolì	N	gross profit
38.	高達	高达	gāodá	Vst	to be up to
39.	銷售額	销售额	xiāoshòu'é	N	sales volume; sales
40.	回本	回本	huíběn	Vp	to recover one's original investment or costs
41.	投影片	投影片	tóuyǐngpiàn	N	slides; overhead transparencies

42.	圓餅圖	圓餅图	yuánbǐng tú	N	pie chart
43.	條狀圖	条状图	tiáozhuàng tú	N	bar chart
44.	推入	推入	tuīrù	V	to push; promote; introduce
45.	領導 品牌	领导 品牌	lǐngdǎo pǐnpái	Ph	leading brand
46.	對手	对手	duìshǒu	N	competitor
47.	關注	关注	guānzhù	V	to focus on; follow with interest; pay close attention to
48.	大餅	大饼	dàbǐng	N	pie (business: as in a piece of the pie)
49.	詳盡	详尽	xiángjìn	Vs	to be thorough; exhaustive
50.	說服	说服	shuìfú	V	to convince
51.	違背	违背	wéibèi	V	to violate; go against
52.	曝光率	曝光率	pùguānglǜ	N	exposure
53.	共識	共识	gòngshì	N	consensus
54.	彙整	汇整	huìzhěng	V	to consolidate; organize; compile

四字格、熟語 03-03

不無道理
bùwú dàolǐ

不是沒有道理；也算有理。
not unreasonable; makes sense

1 他們兩人對這個問題的看法雖然不同，但都不無道理。

2 近年來很多大品牌開始投入餐飲市場，吸引消費者的注意，不無道理。畢竟，人人都喜歡美食。

截然不同
jiérán bùtóng

完全不同。
completely different

1 這兩家外國公司開發同一個市場的方式截然不同。

2 全新的包裝帶給顧客截然不同的感覺，提高了銷售量。

不成問題
bùchéng wèntí

不是問題，解決起來不費力，或表示情況會很順利。
not a problem

1 我們公司的技術不成問題，就是需要多請一些人。

2 只要你找到代班的人，請假就不成問題。

放手一搏
fàngshǒu yìbó

雖然不一定能成功，還是盡最大的努力去做。
give it all you've got; put one's all into the fight

1 他決定放手一搏，把所有的錢都用在投資新的生意。

2 只要有百分之五十的可能，我們就要放手一搏。

請根據對話，回答下面問題。

1. 這五年來，採購小秘書的網站銷售量有什麼變化？

2. 根據使用者經驗分析，為什麼顧客不再使用該網站？

3. 採購小秘書目標族群的消費模式怎麼樣？

4. 採購小秘書投入 app 市場，為什麼能吸引更多的使用者？

5. 根據獲利分析，開發 app 的話，整體銷售額將增加多少？

語言點 Useful Expression

從…到…，呈現逐漸下跌的趨勢

功能 用來解釋圖表，說明在一定期間內數字由高到低的變化。

例句 從第一季到第三季，每季都下跌了 6%，呈現逐漸下跌的趨勢。

練習 請試著完成句子

> 總經理： S 牌智慧型手機上半年的銷售情況怎麼樣？
>
> 業務經理：受到經濟不景氣的影響，<u>銷售量</u><u>從一月到六月，呈現逐漸下跌的趨勢</u>。

1 王　明：這個 EMBA 研究所成立三年了，錄取率怎麼樣？

　　張　庭：因為報名人數增加的關係，_____

　　_____

2 老　闆：能不能請你說明下半年來店人數的增減情形和原因？

　　店　長：因為線上購物的普遍化，_____

　　_____

讓我確認一下，你是說，…

功能 用來確認所收到的訊息，表示慎重的態度。

例句 讓我確認一下，你是說，我們的網站還要再重新設計一次嗎？

練習 請試著完成句子

> 小　劉　：　要擴大銷路的話，一定要解決定價太高的問題。
>
> 小　雅　：　讓我確認一下，你是說，<u>公司打算降價嗎？</u>

1 客服人員：如果您要退票的話，每張機票要扣 (kòu, to deduct; subtract; take out) 手續費兩千六百元。

　　　李 先 生 ：讓我確認一下，你是說，＿＿＿＿＿＿＿＿＿＿＿＿＿＿＿＿＿＿

　　　＿＿＿＿＿＿＿＿＿＿＿＿＿＿＿＿＿＿＿＿＿＿＿＿＿＿＿＿＿＿＿＿＿＿

2 行銷人員：客戶對我們的提案有不同的意見。

　　　行銷經理：讓我確認一下，你是說，＿＿＿＿＿＿＿＿＿＿＿＿＿＿＿＿＿＿

　　　＿＿＿＿＿＿＿＿＿＿＿＿＿＿＿＿＿＿＿＿＿＿＿＿＿＿＿＿＿＿＿＿＿＿

我們應該…，貿然…，風險會不會太高？

功能 用來提出方案，表達不同的觀點或顧慮。

例句 我們應該專注在改善現有的網路一對一個人化服務，貿然投入 app 市場，風險會不會太高？

練習 請試著完成句子

> 凱 倫 ： 與其提高定價再打折，不如直接訂出合理的價格，取消特價活動。
>
> 莉 莎 ： 顧客就是喜歡打折的感覺啊！我們應該<u>先做好客戶調查</u>，貿然<u>取消特價</u>，風險會不會太高？

① 欣 元 ： 我打算跟朋友合資，開手搖飲料店。

　阿 芳 ： 你對餐飲業又不熟悉。我們應該＿＿＿＿＿＿＿＿＿＿＿，

　　　　　貿然 ＿＿＿＿＿＿＿＿＿＿＿，風險會不會太高？

② 阿 敏 ： 聽說投資股票賺錢比較快。

　小 君 ： 你別太衝動。我們應該 ＿＿＿＿＿＿＿＿＿＿，貿然

　　　　　＿＿＿＿＿＿＿＿＿＿，風險會不會太高？

我們現有的客戶中，高達…

功能 用來說明銷售情況或客戶的特性、喜好、反應。

例句 我們現有的客戶中，高達 80% 有意願使用採購小秘書 app。

練習 請試著完成句子

> 漢　斯 ： 根據最新的調查，客戶對我們的服務滿意嗎？
>
> 芬　妮 ： 相當滿意。我們現有的客戶中，高達<u>九成五表示他們還會再來。</u>

1 小　江 ：有個人投資需求的客戶每年都在增加。

　　老　謝 ：沒錯。我們現有的客戶中，高達 ＿＿＿＿＿＿＿＿＿＿＿＿＿＿＿＿

　　　　　　＿＿＿＿＿＿＿＿＿＿＿＿＿＿＿＿＿＿＿＿＿＿＿＿＿＿＿＿＿＿＿

2 阿　明 ：這批新產品的目標族群是年輕女生嗎？

　　家　家 ：是的。我們現有的客戶中，高達 ＿＿＿＿＿＿＿＿＿＿＿＿＿＿＿＿

　　　　　　＿＿＿＿＿＿＿＿＿＿＿＿＿＿＿＿＿＿＿＿＿＿＿＿＿＿＿＿＿＿＿

> ## 從中我們可以預期，…

功能 用來表達推論、預測、可能性。

例句 有 60% 的人願意付費使用線上購物服務，也有 50% 的人認為使用智慧型手機會買得更多。從中我們可以預期，整體銷售額將增加 35%。

練習 請試著完成句子

全球智慧型手機今年第一季的銷售量衰退了 20%，且下半年才會推出新款。從中我們可以預期，<u>第二季的銷售量還會持續減少。</u>

1　夏季一向是歐洲旅遊的旺季，加上歐元貶值，從中我們可以預期，＿＿＿＿＿

＿＿＿＿＿＿＿＿＿＿＿＿＿＿＿＿＿＿＿＿＿＿＿＿＿＿＿＿＿＿＿＿

2　今年受到氣候的影響，荔枝 (lìzhī, litchi) 的產量比去年減少三到四成。從中

我們可以預期，＿＿＿＿＿＿＿＿＿＿＿＿＿＿＿＿＿＿＿＿＿＿＿＿＿

＿＿＿＿＿＿＿＿＿＿＿＿＿＿＿＿＿＿＿＿＿＿＿＿＿＿＿＿＿＿＿＿

個案分析 Case Study

背景

不管是事業轉型，還是新創公司，在這個競爭激烈的時代，只有用不一樣的視野，才能屹立不搖。近年來出現不少新的商業模式，通過消費者的檢驗，成為市場上的佼佼者。

案例 「技能專家」教育平台

　　活到老學到老，非要進入學校不可嗎？想當老師，一定要有博士學位嗎？「技能專家」教育平台提供一種更輕鬆的方式讓你投資自己。

　　「技能專家」教育平台號稱能學到任何想學的東西，是為一般人而設計的。在成立之初，主要提供各種線上專業課程，由專業老師授課。免費加入會員後，每個月只要付新台幣 600 到 750 元就可以選擇任何一種課程。不過，很多用戶在使用一段時間後就半途而廢，而且一旦中斷上課就不再繼續使用了，用戶的整體反應不佳。拿去年來說，網站的毛利率在第二季就開始下降（請參考圖 1），為了能吸引更多人加入，決策團隊決定讓該平台轉型。

Q 假如你是一位專業經理人，現在你要在會議上簡報，說明你跟你的決策團隊，要怎麼幫助「技能專家」教育平台轉型。

1 請根據圖 1，說明該平台過去一年來的獲利情況（為什麼需要轉型）。

_____

_____

2 請根據圖 2，提出可能的改善方法。例如：有高達一半的使用者認為月費太高，月費是造成使用者人數下滑的主因，因此應該調降月費。

_____

_____

3 請根據圖 3，說明如果該網站轉型後，使用者人數會有什麼變化，來說服大家接受你們的改善方法。

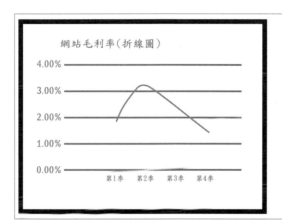

圖 1

網站毛利率（折線圖）：
第 1 季 1.9%
第 2 季 3.1%
第 3 季 2.2%
第 4 季 1.5%

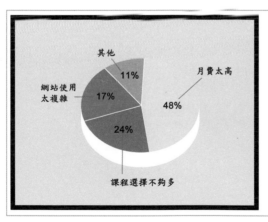

圖 2

使用者經驗回饋分析（圓餅圖）：
48% 月費太高
24% 課程有次數和種類的限制，無法任君挑選
17% 網站使用太複雜
11% 使用者願意接受來自各行各業的專家開課，
　　　不一定非專業師資不可

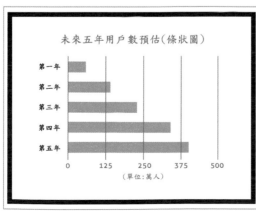

圖 3

轉型後未來五年用戶數預估（條狀圖）：
第一年 59 (單位：萬人)
第二年 139
第三年 235
第四年 344
第五年 417

生詞 New Words

生詞		拼音	詞性	英譯
1. 轉型	转型	zhuǎnxíng	Vi	to transform; restructure; transition
2. 新創公司	新创公司	xīnchuàng gōngsī	Ph	newly-established company; new business
3. 視野	视野	shìyě	N	vision
4. 近年	近年	jìnnián	N	in recent years; over the past few years
5. 技能	技能	jìnéng	N	skill; know-how
6. 號稱	号称	hàochēng	Vst	to claim
7. 中斷	中断	zhōngduàn	Vp	to cut short; interrupt
8. 不佳	不佳	bùjiā	Vs	to not be good
9. 決策	决策	juécè	N	decision-making
10. 假如	假如	jiǎrú	Conj	if
11. 下滑	下滑	xiàhuá	Vi	to slip; decrease; drop
12. 主因	主因	zhǔyīn	N	major reason; principal cause
13. 調降	调降	tiáojiàng	V	to reduce; decrease; cut
14. 折線圖	折线图	zhéxiàn tú	N	line graph
15. 次數	次数	cìshù	N	number of times
16. 師資	师资	shīzī	N	teachers; teaching staff; faculty
17. 預估	预估	yùgū	N/V	estimate; projection; prediction

四字格、熟語 03 - 05

屹立不搖
yìlì bùyáo

原指建築物直立不會倒的樣子，後來多用來指地位穩固，不受他人／物影響。
solid; enduring; unshakeable

1 這座鐵塔是當地的地標，經過百年仍然屹立不搖。

2 這家老店開了一百五十年，還是生意興隆，地位真是屹立不搖。

活到老學到老
huódàolǎo xuédàolǎo

一生都要不斷學習的精神。
never too old to learn

1 人就是要活到老學到老，才不容易老。

2 能活到老學到老，就不怕被時代淘汰。

半途而廢
bàntú érfèi

做事不能持續到最後，還沒成功就放棄。
give up halfway; fall by the wayside

1 一碰到困難就半途而廢，不是太可惜了嗎？

2 他沒有因為一時虧損就半途而廢，反而努力提升技術，終於讓這款產品受到市場的歡迎。

任君挑選
rènjūn tiāoxuǎn

想選什麼就選什麼，表示選擇很多。
one can choose from a large selection

1 這個網站上從平價到高價的商品都有，任君挑選。

2 只要有專業技能，市場上的工作機會就能任君挑選。

課室活動 Activity

 03 - 06 如何做個成功的簡報？以下有五個人分享他們的看法：

一．下面哪一個是這五個人分享的重點？

請聽一聽，並從 A~G 中選擇合適的選項填入空格。

- ☐ 1. 第一個人
- ☐ 2. 第二個人
- ☐ 3. 第三個人
- ☐ 4. 第四個人
- ☐ 5. 第五個人

A. 要在簡報的一開始就抓住觀眾的注意力。
B. 一場成功的簡報跟口才好壞有絕對的關係。
C. 通過不斷排演，就能讓你的表現變得出色。
D. 你必須靠臨場反應來隨時控制簡報的節奏。
E. 把各種隨機出現的想法組織成有邏輯的內容。
F. 商業簡報時，必須讓觀眾同時參閱手邊的資料。
G. 並不是在所有的場合簡報時都需要製作投影片。

二．討論

1. 你覺得做簡報時還有哪些應該注意的事情？
2. 你有沒有聽過很成功或是很失敗的簡報？請跟大家分享一下。

　　在商務場合中常常需要做簡報。在台灣，上台簡報前，應該先向在座的長官、前輩致意，同時弄清楚參與會議的人是誰、職位和他們的職稱。在簡報前，通常會先交換名片。簡報一開始，要自我介紹，並為聽眾大致提供製作簡報的原因、公司的現況等相關背景資訊。台灣企業欣賞豐富、仔細、紮實的內容，最好附上詳細的圖表等書面資料，以強調雙方的長期利益為重點。簡報過程中，要避免太直接的用語或要求對方應答，因為台灣人習慣安靜聆聽，慢慢思考，稍後回應。所以就算當場沒有互動也不需太過緊張。只要記住一個原則：讓雙方感到和諧、愉快，整場簡報就算及格了。

It is often necessary to give presentations in business settings. In Taiwan, before going on stage to give a presentation, you should first acknowledge the officers and senior personnel present. Also make sure you know who is at the meeting as well as their positions and professional titles. Business cards are usually exchanged before presentations. At the beginning of your presentation, introduce yourself, then provide relevant background information to your listeners, such as a brief explanation of the purpose of your presentation and any updates on your company. Taiwanese companies appreciate informative, detailed, and solid presentations. It is best to provide handouts with detailed charts to stress that the long-term interests of both parties are of prime importance. During the presentation, avoid being too direct in what you say or asking listeners to answer, because Taiwanese like to sit and listen quietly, contemplating what was said before responding. So even if there isn't any interaction during your presentation, there's no need to get overly anxious. Just keep one principle in mind, your overall presentation will be a success if both parties feel at ease and are happy.

LESSON 4

第 4 課
說話的藝術

能將功勞歸給他人
能得體地回應他人的讚美
能用不同方式稱讚別人
能婉轉拒絕不合理的要求

語言功能

附和他人、讚美他人、謙虛回應、
婉轉拒絕

產業領域

建物裝潢業

對話 1 Dialogue 1

課前準備

 04-01 請聽對話 1，試著判斷下面敘述的正確性。對的圈 T；錯的圈 F。

T / F　這是發生在家具店裡的對話。

T / F　關於新案子，組長最喜歡敏華的規劃。

T / F　員工認為組長的要求太高，沒辦法完成。

T / F　大家認為組長很有遠見，也很有眼光。

T / F　對於組長交代的工作，維克勉強接受。

情境

在裝潢公司的會議上，組長和兩位組員敏華、維克在討論新的裝潢工程案子。

組　長：　關於新案子，在你們送來的報告中，我個人比較中意敏華的這份規劃，該注意的細節都注意到了，尤其是以現成家具取代木工裝潢的部分，節省了很多開銷，能控制在客戶的預算內，不錯！

敏　華：　若不是組長時時刻刻指點我哪裡做得不好，我肯定完成不了。

組　長：　大廳的設計大致上沒什麼問題，只是辦公室的牆壁，應該可以突破傳統，改用冷色系。就以藍色搭配綠色吧！另外，可以善用隔熱及通風設計來節能，各位有什麼其他想法嗎？

維　克：　組長真是太有遠見了！藍色是個令人平靜的顏色，能幫助員工專心手頭的工作；而綠色讓人聯想到自然與新生命，把辦公室漆成綠色，能減少眼睛疲勞，也有助於保持高效率，配色拿捏得恰到好處。如果沒有組長的好眼光，這事怎麼辦得成。

敏　華：　就是！如果沒有組長給我們指點，我們肯定需要花更多的心力才能做好這個案子。

組　長：　呵呵。好說，好說。那今天的會就開到這裡，等政府的施工許可下來後，就可以找水電師傅過去配置水管和電線了。另外，去現場監工看進度的差事就交給維克了。

維 克 ： 沒問題，包在我身上。

（會後，敏華和同事秀秀在茶水間聊天）

秀 秀 ： 敏華，看了你寫的那份工程規劃報告，讓我深刻了解到「人外有人，天外有天」這句話，連組長都誇好，怪不得你一直是老闆眼中的紅人，以後可要多多向你請益。

敏 華 ： 你過獎了，我沒那麼厲害。

秀 秀 ： 真的啦！我說的可是肺腑之言，我這個人最大的優點就是不說謊。

敏 華 ： 你真幽默。別忘了，那份報告你也幫了不少忙，特別是營建材料的選擇跟結構分析那兩個部分，你的功勞數都數不清呢！

秀 秀 ： 哪裡，你本來就很有實力，領悟力又高。託你的福，我只是出出嘴巴而已。能有機會與你共事，實在是我進入社會工作以來最大的榮幸。看來要趕上你，我還得再多學幾年。

生詞 New Words

	生詞		拼音	詞性	英譯
1.	裝潢	装潢	zhuānghuáng	N/V	decoration; to decorate
2.	組長	组长	zǔzhǎng	N	group/team leader
3.	組員	组员	zǔyuán	N	group/team member
4.	中意	中意	zhòngyì	Vst	to like; fancy; be pleased with
5.	現成	现成	xiànchéng	Vs-attr	to be ready-made; off-the-shelf
6.	木工	木工	mùgōng	N	woodworking; carpentry
7.	部分	部分	bùfèn	N	part; portion
8.	開銷	开销	kāixiāo	N	expenditures
9.	時時刻刻	时时刻刻	shíshí kèkè	Ph	constantly
10.	指點	指点	zhǐdiǎn	V	to give advice
11.	肯定	肯定	kěndìng	Adv	definitely; certainly
12.	大廳	大厅	dàtīng	N	lobby
13.	大致	大致	dàzhì	Adv	generally; on the whole
14.	突破	突破	túpò	V	to break through; make a breakthrough
15.	冷色系	冷色系	lěngsèxì	N	cool colors
16.	搭配	搭配	dāpèi	V	to match; go with
17.	善用	善用	shànyòng	V	to make good use of
18.	隔熱	隔热	gérè	Vs	heat insulating
19.	通風	通风	tōngfēng	Vs	to ventilate
20.	節能	节能	jiénéng	Vs	to save energy

21.	遠見	远见	yuǎnjiàn	N	foresight; vision
22.	令	令	lìng	V	to cause; make; let
23.	手頭	手头	shǒutóu	N	on hand
24.	聯想	联想	liánxiǎng	V	to associate; connect in the mind
25.	漆成	漆成	qīchéng	Vpt	to paint (into a color)
26.	疲勞	疲劳	píláo	Vs/N	to be tired; fatigued; fatigue; exhaustion
27.	效率	效率	xiàolǜ	N	efficiency
28.	配色	配色	pèisè	N	color match; to match colors
29.	拿捏	拿捏	nániē	V	to strike a balance
30.	眼光	眼光	yǎnguāng	N	insight; way of looking at things; vision
31.	心力	心力	xīnlì	N	mental and physical effort; effort
32.	好說	好说	hǎoshuō	Ph	it was nothing; it wasn't a b ig deal; don't make a big deal out of it
33.	施工	施工	shīgōng	Vi	to build; construct
34.	許可	许可	xǔkě	N	permit
35.	配置	配置	pèizhì	V	to lay (power lines; water pipes, etc.)
36.	水管	水管	shuǐguǎn	N	water pipe
37.	電線	电线	diànxiàn	N	electrical wire
38.	監工	监工	jiāngōng	Vi	to supervise (work)
39.	深刻	深刻	shēnkè	Adv	deeply; truly; to be profound
40.	怪不得	怪不得	guàibùdé	Adv	no wonder; so that's why; that explains why
41.	紅人	红人	hóngrén	N	a favorite of s/b in power

42.	請益	请益	qǐngyì	Vi	to enquire
43.	說謊	说谎	shuōhuǎng	V-sep	to lie
44.	幽默	幽默	yōumò	Vs	to be humorous; funny
45.	營建	营建	yíngjiàn	N	construction
46.	功勞	功劳	gōngláo	N	contribution; merit
47.	數	数	shǔ	V	to count
48.	數不清	数不清	shǔbùqīng	Ph	uncountable; inestimable; vast amount
49.	領悟力	领悟力	lǐngwùlì	N	perception
50.	出出嘴巴	出出嘴巴	chūchū zuǐba	Ph	talk without actually doing anything; offer suggestions only
51.	共事	共事	gòngshì	Vi	to work together

四字格、熟語 04 - 03

恰到好處
qiàdào hǎochù

剛剛好。
just right; perfect

1 那家燒肉餐廳不但價錢合理，肉也煎烤得恰到好處，難怪總是訂不到位子。

2 因為我習慣把手機放口袋，所以這款手機的大小與重量對我來說恰到好處。

包在我身上
bāozài wǒ shēnshàng

表示自己有能力做好這份工作、可以負責把事情做好。
leave it to me; count on me

1 經理：你可以幫我通知其他同事今天下午要開會的事嗎？
小陳：那有什麼問題，包在我身上。

2 你以前幫了我那麼多忙，打電話給客戶這種小事就包在我身上吧！

人外有人，天外有天
rénwài yǒurén, tiānwài
yǒutiān

總是有更厲害的人。
there's always somebody better

1 我對自己的銷售能力一直很有自信，總是看不起別人。直
到看見新業務的業績，才發現真是人外有人，天外有天啊！

2 父母常提醒我：「不要太有自信，世界這麼大，人外有人，
天外有天。雖然有些人的確能力不如你，但比你好的人也
很多。」

肺腑之言
fèifǔ zhīyán

來自心底的真心話。
words from the bottom of one's heart; (I) say this with
utmost sincerity

1 同事間很難有人能像你這樣對我說出肺腑之言，我真的很
感動，也會珍惜這些話的。

2 在職場中，沒多少人敢對老闆說出肺腑之言，大都是說一
些好聽話。

託你的福
tuō nǐ de fú

用於感謝對方的幫助或祝福，或是回應對方的稱讚或問候。
常只是客氣話，不一定是真的。
thanks to you; (I) owe it all to you

1 還好有你的幫忙，都是託你的福，這次展覽才能這麼順利。

2 謝謝關心。託你的福，我們公司最近的生意還不錯，同事
們的感情也很好。

請根據對話 1，回答下面問題。

1. 敏華的報告有哪些優點讓組長那麼滿意？

2. 關於大廳的設計，哪裡需要改變？

3. 什麼時候可以讓水電師傅過去配置水管和電線？

4. 維克得負責什麼事情？

5. 在敏華的報告中，秀秀出了什麼力？

若不是…，…肯定…

功能　意思是「如果不是，事情的情況一定會…」。可用於表示自己的觀點、感激或回應他人的讚美。

例句　若不是組長時時刻刻指點我哪裡做得不好，我肯定完成不了。

練習　請試著完成句子

發生困難時小文一直陪伴著秀秀，請寫下秀秀對小文的感謝。

→ 謝謝你，<u>若不是你一直陪伴著我，我肯定沒辦法面對這些困難。</u>

1　請寫下學生對老師教學上的想法。

_____

_____

2　請寫下對長期合作的廠商的感謝。

_____

_____

3　接著上一題，如果你是長期合作的廠商，會怎麼回應？

_____

_____

大致上沒什麼問題，只是…

功能 意思是「從大概的情況看起來應該可以，只有…這點不太好」。可用於解釋情況，或給予意見。

例句 大廳的設計大致上沒什麼問題，只是辦公室的牆壁，換個顏色比較好。

練習 請試著完成句子

　阿　福　：　我想換一家網路公司，你那家怎麼樣？（速度）

　小　強　：　我是用北北網路公司的，這家我用了兩年了，<u>大致上沒什麼問題，</u><u>只是</u>速度沒那麼快，連線玩遊戲時，有時候會停住。

① 張　全：聽說你昨天請假去醫院拿報告了，醫生怎麼說？（營養不良）

　王　凡：＿＿＿＿＿＿＿＿＿＿＿＿＿＿＿＿＿＿＿＿＿＿＿＿＿

　　　　　＿＿＿＿＿＿＿＿＿＿＿＿＿＿＿＿＿＿＿＿＿＿＿＿＿

② 經　理：今天來面談的那家廠商，你覺得怎麼樣？我們應該跟這家合作嗎？（利潤不高）

　正　遠：＿＿＿＿＿＿＿＿＿＿＿＿＿＿＿＿＿＿＿＿＿＿＿＿＿

　　　　　＿＿＿＿＿＿＿＿＿＿＿＿＿＿＿＿＿＿＿＿＿＿＿＿＿

連⋯都⋯，怪不得⋯

功能 用強烈的語氣來表示肯定。「怪不得」可以換成「難怪」。可用於分析情況。

例句 你寫的那份報告連組長都誇好，怪不得你一直是老闆眼中的紅人。

練習 請試著改寫以下句子

原　文：　小陳除了很幽默，大家都喜歡跟他說話以外，他的辦事能力很
　　　　　強，成功地替公司簽了很多合約，所以他來公司才不到半年就
　　　　　升遷了。

改　寫：　<u>小陳除了很幽默，大家都喜歡跟他說話以外，他連辦事能力都
　　　　　很強，成功地替公司簽了很多合約，怪不得他來公司才不到半
　　　　　年就升遷了。</u>

① 原　文：她會說中文、英文、德文、法文、日文等五種語言，所以老闆常
　　　　　帶她參加會議。

　　改　寫：＿＿＿＿＿＿＿＿＿＿＿＿＿＿＿＿＿＿＿＿＿＿＿＿＿＿

　　　　　＿＿＿＿＿＿＿＿＿＿＿＿＿＿＿＿＿＿＿＿＿＿＿＿＿＿

② 原　文：那個國家的冬天，最低溫度是 20 度，所以雪衣銷路不好。

　　改　寫：＿＿＿＿＿＿＿＿＿＿＿＿＿＿＿＿＿＿＿＿＿＿＿＿＿＿

　　　　　＿＿＿＿＿＿＿＿＿＿＿＿＿＿＿＿＿＿＿＿＿＿＿＿＿＿

…過獎了，我沒那麼…

功能 謙虛地表示「我沒有你說的那麼好」。用於回應他人的讚美。

例句 你過獎了，我沒那麼厲害。

練習 請試著完成句子

文　修　：　你的房子布置得真漂亮，你可以換工作去當設計師了。

進　國　：　<u>是你過獎了，我沒那麼會布置</u>，都是太太的功勞。

1　雅　麗　：哇！連這麼麻煩的客戶都簽下長期合約了，真厲害！有你在，公司的業績一定沒問題。

　力　忠　：_____

　　　　　_____

2　百　和　：你很聰明，工作能力也很強，難怪年紀輕輕就存錢買了兩棟房子了。

　可　欣　：_____

　　　　　_____

託你的福，我只是…

功能 謙虛地表示「我並沒有什麼功勞，主要是因為你的關係，我才能做到」，可用於回應別人的誇獎。

例句 能成功簽約你的功勞最大，託你的福，我只是出出嘴巴而已。

練習 請試著完成對話

　　　方　山：　你這個月的業績真不錯呀！
　　　語　潔：　<u>託你的福，我只是</u>這個月的運氣比較好而已。

① 東　泰：你真的太厲害了，通過這麼難的考試，拿到了證書。

　　成　忠：_____

　　_____

② 客　人：你們的菜太好吃了，一定有很多家雜誌來報導吧？應該很快就可以成為米其林 (Michelin) 餐廳了。

　　店　長：_____

　　_____

對話 2 Dialogue 2

課前準備

 04-04 請聽對話 2，試著判斷下面敘述的正確性。對的圈 T；錯的圈 F。

T / F　這是發生在辦公室裡的對話。

T / F　敏華今天很願意加班。

T / F　怡君因為得和老闆吃飯，所以不能加班。

T / F　比起留在公司做，怡君比較希望能在家做。

T / F　組長很高興，因為有人願意留在公司加班了。

情境

在辦公室內。離下班只剩一個小時，組長要求員工趕一份報告。

組　長：敏華，剛接到一個新案子，需要你來做環境評估及施工報告，應該不會花很
　　　　多時間，明天一早再交給我就好。

敏　華：啊！可是我待會兒約了人了，恐怕不能加班。

組　長：可以找個藉口推掉嗎？最近同業競爭很激烈，我們同在一條船上，不能輸給
　　　　別人呀！

敏　華：如果還不是太急，我明天一早來就處理，或是您請其他同事支援一下，好
　　　　嗎？實在很抱歉，今天真的不方便。

組　長：唉！怡君，那交給你，留下來加個班吧！

怡　君：可是我目前手頭上還有老闆交代的工作，恐怕也沒辦法。

組　長：但是，這個報告也是很急的，得先評估過環境才能施工，你也知道上頭給我
　　　　的壓力很大，我需要你們呀！你能力那麼強，這點工作難不倒你的。

怡　君：不然，我帶回家做吧！在家工作比較自由。

組　長：太好了，謝謝你願意接下這燙手山芋。我會記得你的功勞的。

敏　華：謝謝怡君，下回我一定還你這份人情。

04 - 05

	生詞		拼音	詞性	英譯
1.	待會兒	待会儿	dāihuǐr	Adv	a little later
2.	藉口	借口	jièkǒu	N	excuse
3.	推掉	推掉	tuīdiào	V	to push away; to shirk
4.	同業	同业	tóngyè	N	a person in the same industry; the industry
5.	急	急	jí	Vs	to be urgent
6.	交代	交代	jiāodài	V	to hand over; give (work, etc.)
7.	上頭	上头	shàngtou	N	those above you; your superior(s); boss(es)
8.	難不倒	难不倒	nánbùdǎo	Ph	to not be able to stump; not able to daunt
9.	接下	接下	jiēxià	V	to take on; receive
10.	下回	下回	xià huí	Ph	next time; later
11.	人情	人情	rénqíng	N	human feelings; kindness

四字格、熟語 04 - 06

同在一條船上 tóngzài yìtiáo chuánshàng （也可以說「在同一條 船上」）	大家都在相同的環境或情況，得一起面對眼前困難。 to be in the same boat

1 這項投資你也有份，我們現在同在一條船上，你不能說放棄就放棄。

2 經理開會時說，最近公司的情況不太好，我們大家都同在一條船上，只有靠我們一起努力才能克服這個困難。

燙手山芋
tàngshǒu shānyù

指一件麻煩、沒人想要做的事。
hot potato; problem that nobody wants to deal with; thorny issue; knotty problem

1 聽說這個客戶特別愛抱怨，簡直是個燙手山芋，所以部門裡沒有一個員工願意去接待他。

2 這名醫生為什麼有名，就是因他總能解決別的醫生手中的燙手山芋，讓病人健康地離開醫院。

回答問題

請根據對話 2，回答下面問題。

1. 組長找敏華主要是為了什麼事？
2. 敏華如何回應組長的要求？
3. 組長怎麼說服怡君答應？
4. 怡君怎麼拒絕組長的要求？
5. 事情最後怎麼解決？

個案分析 Case Study

案例 「請問到底該不該加班？」

場景　一棟辦公大樓的門口

記　者：「下班時間快到了，如果工作也都做完了，能不能準時下班呢？讓我們來訪問
　　　　一下。」

林小姐：「我剛剛問了主管，看還有什麼事需要幫忙。因沒有特別的事要處理，我就跟
　　　　大家說聲『辛苦了，我先回去了，明天見』後，就出來了。」

王先生：「其實我工作早就做完了，只是假裝繼續忙碌一下，大概稍微拖個 15 分鐘，
　　　　這樣對其他還在加班的同事比較不會不好意思。」

劉先生：「下班時間到了，我工作責任完成了，理所當然可以準時下班。更別說我的業
　　　　績也達到了，所以我是心安理得地準時回家的。」

錢小姐：「雖然公司明文規定是 8 點半上班，5 點半下班，但我發現主管他都會提早個
　　　　20 分鐘進公司，而且幾乎每天都會加班。我還觀察到其他部門同事，也都會提
　　　　早進辦公室，下班時都會等主管下班之後才離開辦公室。我是一個新人，我想
　　　　我應該盡量跟主管及同事的作息一致，才好融入大家。」

陳先生：「不一定，得看情況。如果主管已經下班了，我就會跟著離開辦公室；如果主
　　　　管還沒走，就看我有沒有事。沒事我就再多待一下，如果我趕時間，只能跟主
　　　　管說一聲再走。」

① 你認為以上哪一個是最佳做法？請說說你的看法。

_____

_____

② 你認為以上哪一個會令主管印象較深刻？為什麼？

_____

_____

04-07

	生詞		拼音	詞性	英譯
1.	場景	场景	chǎngjǐng	N	scene
2.	訪問	访问	fǎngwèn	V	to interview
3.	聲	声	shēng	M	a measure word for sounds, especially sounds produced from the mouth
4.	假裝	假装	jiǎzhuāng	V	to pretend
5.	稍微	稍微	shāowéi	Adv	a bit; a little
6.	作息	作息	zuòxí	N	work and rest
7.	一致	一致	yízhì	Vs	to be the same; consistent
8.	融入	融入	róngrù	V	to blend in; integrate

四字格、熟語 04-08

心安理得
xīnān lǐdé

自己覺得做得很合理，沒有對不起自己或別人。
to feel at ease and justified; have no qualms about; with your mind at ease; with a clear conscience

 我們會被告就是因為你忍不住氣打了那個客人，現在你怎麼可以心安理得地坐在那裡，好像什麼事都沒發生呢？

 這是我靠自己努力賺到的薪水，不是父母給的錢，所以我花得心安理得。

明文規定
míngwén guīdìng

將規定清楚地以文字列出來。
expressly stipulates; spells the rules out in black and white

 政府明文規定，公司在徵新員工時不可以有性別歧視。

 學校雖然沒有明文規定，但是大家都知道男生不能進女生宿舍。

課室活動 Activity

兩人一組，利用以下的生詞和語言點，選一個狀況進行角色扮演。

生詞 （至少用五個）	語言點 （至少用兩個）
令、手頭、疲勞、待會兒、推掉、急、交代、假裝、稍微、作息、一致、融入	1. 若不是…，…肯定… 2. 大致上沒什麼問題，只是… 3. 連…都…，怪不得…

狀況一　拒絕不想去的邀約

A：

_____

B：

_____

A：

_____

B：

_____

狀況二 拒絕朋友借錢

A：

_____

B：

_____

A：

_____

B：

_____

主管所提出的加班要求該如何拒絕呢？請看完插圖後，分組討論出一些拒絕加班的說法。

例句

(1) 今晚我預約了醫生。

(2) 我正密集地在上一些進修的課程，所以近期不能常加班。

1

2

3

4

5

　　剛來台灣的外籍人士常聽不懂台灣生意人話裡的意思，例如在一些「不好直說」的情況下，台灣人總會考慮到對方的感受或為了避免傷害感情，大部分人會選擇不把話說死、不說清楚，也就是說話盡量「婉轉」。雖然婉轉說話被視為是一種禮貌，卻也常困擾著外籍人士。這種情況尤其常發生在商場上拒絕別人時，例如：「再說吧！」、「我考慮一下。」、「這件事我不能做決定，我得先跟上頭的人討論。」這樣的語句，表面上是不立刻決定，或是推給第三人來決定，但是實際上是拒絕或否定對方。

Foreigners that have not been in Taiwan very long often cannot understand the meaning behind what Taiwanese business people say. In some situations where it's not "a good idea to be direct", for example, Taiwanese always take into consideration the other person's feelings. Most people will choose to not be too (leave a little wiggle room) or to not say things too clearly, in other words, to speak as "mildly and tactfully" as possible, to avoid hurting the other person's feelings. Although considered polite, being mild and tactful often perplexes foreigners. It is used especially in the field of business when rejecting others. For example, on the surface, statements like "We'll see", "Let me think about it", and "I can't make any decisions in regard to this matter. I have to ask my boss" seem to be saying that the speaker is not making a decision or is pushing the responsibility onto a third party, while he is actually rejecting or turning the other person down.

LESSON 5
第 5 課
舊瓶裝新酒

學習目標

能討論品牌年輕化的策略
能說明活化產品的方式
能說明多元行銷策略可能產生的迷思
能以案例來說服別人認同自己的觀點

語言功能

提出疑慮、舉例說明、提出反例、
表示贊同

產業領域

傳播、人力資源行銷

對話 Dialogue

課前準備

 05-01 請聽對話，試著判斷下面敘述的正確性。對的圈 T；錯的圈 F。

T / F　加入新鮮感，才能讓老品牌活化，讓商品生命延長。

T / F　用年輕人代言，能引發熱門話題，也一定能讓產品大賣。

T / F　如果想成功換新包裝，不可改變產品原來強調的特色。

T / F　運用網路行銷科技，縮短了消費者與奢侈品的距離。

T / F　多角化經營，即使與本業沒有關連性，風險也不會太高。

情境

台灣許多傳統產業雖然曾經在國內甚至國際間創造過非常輝煌的歷史，可是現在老字號反而成了年輕化的包袱，於是企劃經理陳永慶召開會議，與企劃行銷何平、黃淑華、范姜文討論如何加入年輕的元素來活化品牌。

陳永慶：　四、五十年來，我們的品牌創造過輝煌的銷售紀錄，可是這些風光的過去並不能永遠維持品牌的新鮮感，我們該怎麼讓品牌維持年輕化呢？

何　平：　我看過傳統速食麵用微電影表現，也看過有些老牌食品請來形象陽光的明星在網上示範產品的新吃法。我覺得這種融入新科技的方式都能讓我們的品牌年輕化。

黃淑華：　找名人代言固然可以很快引起熱門話題，但是也有不少問題，譬如他們的形象跟品牌形象一致嗎？產品是否真的大賣了呢？我覺得還需要觀察。否則投入大量的預算，卻不見得能讓品牌回春。

范姜文：　我建議採取風險低的折衷方案，那就是換個新包裝。像老牌的飲料印上網路流行語「高富帥」、「文藝青年」什麼的，都是老店新裝。雖然是舊瓶裝新酒，但是讓產品產生新的活力，挺有意思，大家覺得怎麼樣？

陳永慶：　嗯！這樣既符合年輕人的喜好，也顧及了追求新鮮感的其他族群。讓消費者有了更多有趣的選擇，也沒脫離產品原本標榜的特色，果然是更新包裝的箇中好手。

何　平：我還是覺得運用科技很重要，網路行銷是有必要性的，因為可以拉近與消費者之間的距離。像有些名牌，本來它的品牌形象是奢華的，到店面購買，可能產生壓力。但是，運用了網路，讓一般消費者從手機就可以看到直播，想買也不用去旗艦店，只要按個鍵就行了，完全顛覆了奢侈品牌行銷的模式。

黃淑華：最近那些品牌確實獲得了年輕族群的青睞。可見數位行銷是可行的。另外，我想提一下多角化經營的模式，讓我們的產品更多元。

陳永慶：嗯！想法很好，可是我們得多小心，以免闖入自己不熟悉的領域，掉進另一個危機。

何　平：沒錯，某家玩具公司就有過慘痛的經驗。我記得當時面對電玩的衝擊，他們開始多角化經營，不但賣飲料、手機，還積極開發主題樂園。真的不可思議！

范姜文：我也記得，他們忽略了自己本業的能力和形象，讓原來的客戶大量流失，最後造成嚴重虧損。

何　平：是啊！多角化經營固然好，可是一定不能離我們熟悉的本行太遠，否則我們的客戶就不認識我們了。

陳永慶：沒錯。總之，請各位就今天討論的結果，彙整出更可行的發展方向。我們下次再繼續腦力激盪吧！

生詞 New Words

	生詞		拼音	詞性	英譯
1.	輝煌	辉煌	huīhuáng	Vs	to be glorious; brilliant
2.	老字號	老字号	lǎozìhào	N	old store/firm; time-honored brand
3.	包袱	包袱	bāofú	N	burden; baggage
4.	召開	召开	zhàokāi	V	to convene
5.	元素	元素	yuánsù	N	element
6.	活化	活化	huóhuà	V	to activate; give life to
7.	風光	风光	fēngguāng	Vs	to be glorious
8.	微電影	微电影	wéidiànyǐng	N	microfilm
9.	老牌	老牌	lǎopái	Vs-attr	old brand
10.	陽光	阳光	yángguāng	N	sunshine (in text: sunny or bright)
11.	代言	代言	dàiyán	V	to speak on behalf of; endorse
12.	固然	固然	gùrán	Adv	admittedly (it's true that)
13.	話題	话题	huàtí	N	subject of conversation; discussion
14.	回春	回春	huíchūn	Vi	to rejuvenate; bring back to life
15.	折衷	折衷	zhézhōng	Vs-attr	to compromise
16.	方案	方案	fāng'àn	N	project; solution
17.	流行語	流行语	liúxíngyǔ	N	buzzword; catch phrase
18.	文藝	文艺	wényì	N	literature and art
19.	活力	活力	huólì	N	vitality; life
20.	喜好	喜好	xǐhào	N	likes; preferences
21.	顧及	顾及	gùjí	V	to take into consideration

22.	標榜	标榜	biāobǎng	V	to purport; be advertised (to do s/t)
23.	果然	果然	guǒrán	Adv	really (i.e., "and sure enough" or "as expected")
24.	更新	更新	gēngxīn	V	to renew; update
25.	拉近	拉近	lājìn	V	to close (a gap); draw nearer; bring closer
26.	奢華	奢华	shēhuá	Vs	to be luxurious
27.	直播	直播	zhíbò	V	to broadcast live; live broadcast
28.	旗艦店	旗舰店	qíjiàn diàn	N	flagship store
29.	按	按	àn	V	to push, hit
30.	鍵	键	jiàn	N	a button, key
31.	顛覆	颠覆	diānfù	V	to overturn; upset
32.	奢侈	奢侈	shēchǐ	Vs	to be luxurious; be a luxury
33.	數位	数位	shùwèi	Vs-attr	to be digital
34.	可行	可行	kěxíng	Vs	feasible
35.	多角化	多角化	duōjiǎohuà	Vs-attr	to be diversified
36.	以免	以免	yǐmiǎn	Adv	to avoid; so as not to; lest
37.	闖入	闯入	chuǎngrù	V	to intrude; trespass; enter
38.	危機	危机	wéijī	N	crisis
39.	慘痛	惨痛	cǎntòng	Vs	painful
40.	主題	主题	zhǔtí	N	theme
41.	樂園	乐园	lèyuán	N	amusement park

42.	本業	本业	běnyè	N	one's industry; field; the industry that one is in
43.	流失	流失	liúshī	Vpt	to drain away; wash away; lose (e.g., customers, calcium from the bones)
44.	本行	本行	běnháng	N	one's profession; job
45.	總之	总之	zǒngzhī	Adv	in short; finally; in a word; to sum up
46.	腦力激盪	脑力激荡	nǎolì jīdàng	Ph	to brainstorm; brainstorming

四字格、熟語 05-03

舊瓶裝新酒
jiùpíng zhuāng xīnjiǔ

比喻用舊的形式表現新的內容。
to repackage; lit. putting old wine in new wineskins (originally from the Bible, but given a new meaning in Chinese)

1 雖然我們用的是老品牌,不過,舊瓶裝新酒,內容可是完全不同了,新產品一上市,一定會讓消費者驚豔的。

2 雖是傳統產品,但是如果能加入新的元素,重新包裝,舊瓶裝新酒的產品也可以大賣。

箇中好手
gèzhōng hǎoshǒu

在某個領域當中特別屬害的人。
specialist; no slouch

1 這家公司每次推出新產品,廣告總是非常吸引人,他們真是行銷的箇中好手!

2 這兩個形象陽光的年輕人善用網路直播來賣運動產品,一天可以售出五千多件,真是箇中好手啊!

獲得青睞　　　　　　得到重視、關注、好感或喜愛，亦即吸引了對方。
huòdé qīnglài　　　　to win favor; be in s/b's good graces

1　這項新產品才一推出，立刻獲得廣大消費者的青睞。

2　有創意的廣告，固然可以吸引消費者一時的目光，但是好
　　的品質和售後服務，才能讓產品持續獲得客戶的青睞。

回答問題

請根據對話，回答下面問題。

1. 企劃行銷何平提出了哪些活化品牌的方式？

2. 找名人代言的好處是什麼？可能會造成失敗的原因是什麼？

3. 會議中企劃行銷范姜文提出的折衷方案是什麼？為什麼獲得企劃經理的同意？

4. 運用哪種科技和方式可以拉近品牌形象與目標族群之間的距離？

5. 討論中提到多角化經營最該注意哪些情況，才不會造成原來的企業失敗，而且讓公司真正有競爭力？

…固然可以…，但是…

功能　比較緩和的反駁表達方式，用來向對方說明所提意見為何不可行。

例句　找名人代言固然可以很快引起熱門話題，但是如果與品牌形象不符合，失敗的案例也不少。

練習　請試著完成對話

環保團體：核能這麼危險，台灣為什麼不能改用綠色發電呢？（環境汙染／成本／電力）

電力公司專員：改用綠色發電<u>固然可以</u>節能減碳、減少環境汙染，<u>但是成本卻增加很多，電力供應也將不足。</u>

1　業　務：既然投入大量的廣告預算，產品還是賣得不好，不如改成網路直播，節省廣告費！（預算／傳統廣告／觀眾信任）

　　主　管：網路直播_____

　　_____兩種都用吧！

2　行銷人員：多角化經營可以讓我們的產品多元化，應該對公司的發展有幫助。（多元／發展太快／掉進）

　　經　理：多角化經營的模式_____

　　_____

3　員　工：對方既然降價和我們競爭，我們就再降價，看誰贏。（拉回客戶／競爭方式／輸了）

　　主　管：不可行，降價_____

既符合…也顧及…

功能 用來說明某看法或做法有雙重的效益或好處，既符合前者的利益，也兼顧了後者。

例句 產品包裝加上現代的流行語，既符合年輕人的喜好，也顧及了追求新鮮感的其他族群。

練習 請試著完成對話

廠 商： 如果你們選用環保的材料，我們可以多給你們一些折扣。（保護環境／降低成本）

客 戶： 太好了，用環保材料既符合保護環境的概念，也顧及了降低成本的要求，我們何樂不為呢？

① 記 者：您認為一例一休的政策怎麼樣？（資方利益／勞方和消費者的權益）

市長候選人：政府的本意很好，但任何經濟政策都應該＿＿＿＿＿＿＿＿＿

＿＿＿＿＿＿＿＿＿＿＿＿＿＿＿＿＿＿＿＿＿＿＿＿＿

② 老 闆：對於學校和企業界合作，您的看法怎麼樣？（實習／產業界發展）

學 者：把學生推薦給企業界，＿＿＿＿＿＿＿＿＿＿＿＿＿＿

＿＿＿＿＿＿＿＿＿＿＿＿＿＿＿＿＿＿＿＿＿＿＿＿＿

③ 記 者：名牌服裝秀同時利用手機直播，您覺得這種顛覆了奢華品牌行銷的模式，讓您在品牌形象和面對非高收入消費能力者之間，會產生走秀和代言的壓力嗎？（奢華的品牌形象／一般消費者的能力）

模特兒：一點也不會，＿＿＿＿＿＿＿＿＿＿＿＿＿＿＿＿＿＿

＿＿＿＿＿＿＿＿＿＿＿＿＿＿＿＿＿＿＿＿＿＿＿＿＿

…完全顛覆…，獲得…青睞

功能　用來說明一種新模式，能帶來市場好評或群眾的喜愛。

例句　這種行銷模式完全顛覆了傳統的方式，獲得了年輕族群的青睞。

練習　請試著完成對話

記　者：請問，用手機直播的網拍，讓你們的銷售情況有什麼改變？（傳統的電視購物／各族群／銷售量）

老　闆：<u>手機直播完全顛覆了傳統的電視購物方式，獲得了各族群的青睞，讓我們的銷售量增加了三成。</u>

① 青　青：聽說原來賣飲料的那家公司，也要開始經營主題樂園了。真的很誇張！（第二代／家族經營／年輕族群）

　　進　忠：不會啊！聽說是 ＿＿＿＿＿＿＿＿＿＿＿＿＿＿＿＿＿

　　　　　　＿＿＿＿＿＿＿＿＿＿＿＿＿＿＿＿＿＿＿＿＿＿

② 小　王：你看，我們利用大數據，從消費者一進到店裡，到他在每樣產品前停留的時間，分析出怎麼擺設更有吸引力，比用問卷更有效率。
（問卷／難怪／企業界）

　　小　陳：沒錯，大數據 ＿＿＿＿＿＿＿＿＿＿＿＿＿＿＿＿

　　　　　　＿＿＿＿＿＿＿＿＿＿＿＿＿＿＿＿＿＿＿＿＿＿

③ 大老闆：面對新產品的衝擊，我們傳統產業創造的輝煌紀錄，大概很快就要走進歷史了。（舊觀念／消費者）

　　小　潔：您不必難過，我有辦法，只要 ＿＿＿＿＿＿＿＿＿＿

　　　　　　＿＿＿＿＿＿＿＿＿＿＿＿＿＿＿＿＿＿＿＿＿＿

…想法很好，可是得…，以免…

功能 用來提醒他人。在提出看法以前，先肯定對方，再提醒應注意的部分。

例句 發展多角化經營的想法很好，可是我們得多小心，以免闖入自己不熟悉的領域，造成公司更大的損失。

練習 請試著完成對話

> 兒　子：　爸爸，這是我跟幾個好朋友想出來的企劃案，請您看看。
> （留意市場變化／失去機會）
>
> 企業家爸爸：　嗯，你們提的投資案想法很好，可是得多留意市場的變化，
> 以免失去機會。

1　太　太：最近我上網買了幾件衣服，好期待趕快收到喔！（不良賣家／陷阱）

　　先　生：商人利用網路販售商品的 _____

　　_____

2　兒　子：我想用貸款來投資，您覺得怎麼樣？（利率／利息／喘不過氣來）

　　媽　媽：用貸款 _____

　　_____

3　業務員：這種拍微電影的行銷模式，您覺得好不好？（內容／流失／原來的）

　　主　管：這種 _____

　　_____

背景

　　經濟不景氣，許多第一次要進入職場的畢業生，因為就業困難或者起薪過低而困擾。到底怎麼樣才能讓年輕人從校園到職場無縫接軌，不至於眼高手低，一畢業就失業呢？充實自己、提升能力、自我行銷是不二法門，因為機會總是留給準備好的人。但是怎麼為學生創造機會呢？產學合作是一個方向，讓產業界與學界各有所獲，合作才有可能進行。讓我們來看看一個用現有的資源重新包裝後，自我行銷成功的案例。

一位藝術學院院長，分析了目前藝術展演的情況：

1. 學　　院：人力資源充沛，但缺乏展演場地以及實習機會，各大學預算有限，各單位能分配的經費有限，同時經濟不景氣，對外募款也不容易。

2. 國內各大場館：想找合作對象開發閒置空間；此外場館人力有限，有大型活動或慶典，專業人力不足，無法面面俱到。

3. 國外藝術單位：演出週期滿檔，缺乏大量專業的前台人員，比方說現場售票、接待人員，以及後台工作人員。

針對上面三方的情況，學院院長提出下面三種策略。

教 育 單 位 策 略：說服場館，在慶典或大型藝文活動期間，利用節慶及歷年學生演出留下的資源或技術，重新包裝，例如：元宵燈會等道具、布景，做類似蠟像劇場的展出。同時設中文導覽，提升參觀者的藝術欣賞能力，也提供學生創作機會，再用共同創造出來的利潤回饋教育。

場 館 單 位 策 略：藝術教育學院學生受過專業訓練，除了可支援活動，產業端（場館）也可提供工讀機會，比方讓學生檢查場館設備，發現需要維修，立刻提出報告，這樣比請專職人員更有經濟效益；或者在淡季提供檔期給學院優惠或無償使用。這樣一來，一魚兩吃，可同時解決藝術教育的推動和場館人力問題。

國外藝術單位策略：提供學生海外實習機會，獲得前、後台專業支援人力。

　　如此一來，一個教育單位利用自身已有的資源和優點，重新包裝後，結合了產業端—場館及國外藝術單位，完成了一次成功的自我行銷和合作。

① 請試著把以上內容整理成下表。

	優　勢	困境（目前狀況）	解決方法
學　院			
場　館			
國外藝術單位			

② 本個案的三種策略，各方可以解決什麼問題？可以得到什麼好處？

_____

_____

③ 如果你是餐旅學院的院長，會如何為你學院的學生創造產學合作的機會？

_____

_____

生詞 New Words

	生詞		拼音	詞性	英譯
1.	自我行銷	自我行销	zìwǒ xíngxiāo	Ph	market yourself
2.	產學合作	产学合作	chǎnxué hézuò	Ph	cooperation between industry and academia
3.	各有所獲	各有所获	gèyǒu suǒhuò	Ph	each benefits; each gets something out of s/t
4.	展演	展演	zhǎnyǎn	N	exhibition and performance
5.	充沛	充沛	chōngpèi	Vs	to be abundant; plentiful
6.	有限	有限	yǒuxiàn	Vs	to be limited
7.	募款	募款	mùkuǎn	V-sep	to raise money/funds
8.	閒置	闲置	xiánzhì	Vs	to be idle; unused
9.	慶典	庆典	qìngdiǎn	N	celebration
10.	滿檔	满档	mǎndǎng	Vs	to have a full schedule; booked up
11.	售票	售票	shòupiào	Vi	to sell tickets
12.	藝文	艺文	yìwén	N	art and culture
13.	歷年	历年	lìnián	N	over the years
14.	道具	道具	dàojù	N	prop
15.	布景	布景	bùjǐng	N	(stage) set; setting; scenery
16.	蠟像	蜡像	làxiàng	N	wax figure
17.	劇場	剧场	jùchǎng	N	theater
18.	展出	展出	zhǎnchū	V	to exhibit; put on display
19.	設	设	shè	V	to arrange; set up; establish

20.	導覽	导览	dǎolǎn	N	guide
21.	創作	创作	chuàngzuò	N	creation
22.	產業端	产业端	chǎnyèduān	N	the industry side; on the side of industry
23.	工讀	工读	gōngdú	Vi	to work while a student; be employed while studying (often part time)
24.	維修	维修	wéixiū	V	to repair; service
25.	專職	专职	zhuānzhí	Vs-attr	full-time
26.	效益	效益	xiàoyì	N	benefit
27.	淡季	淡季	dànjì	N	off season; low season
28.	優惠	优惠	yōuhuì	N	discount
29.	無償	无偿	wúcháng	Adv	to be free of charge
30.	結合	结合	jiéhé	V	to combine; bring together; integrate
31.	餐旅	餐旅	cānlǚ	N	hospitality (as a field of industry)

四字格、熟語 05- 05

無縫接軌
wúfèng jiēguǐ

本來是指鐵軌連接時緊密無縫，後來引伸為形容事物連結緊密恰當、非常順利。
integrate/transition seamlessly; seamless integration/transition

1. 這次總經理退休，由跟了他二十多年的副總接手，真是無縫接軌啊！難怪一切都這麼順利。

2. 公司轉型，一定要跟原來的制度無縫接軌，這樣在管理和運作上，才不會出現混亂的情況。

眼高手低
yǎngāo shǒudī

指要求的標準很高，甚至不切實際，但實際上工作能力低，以自己的能力根本做不到。
have grandiose aims but puny abilities; too incompetent to realize one's own lofty ambitions

1. 雖然說人往高處爬，但是也不應該太不切實際，眼高手低。

2. 如果經過了這麼大的挫折，你還不能發現自己的失敗完全是因為眼高手低的結果，那麼再一次的失敗也就不會讓人意外了。

不二法門
bú'èr fǎmén

比喻最好的或獨一無二的方法。原為佛家語，意思是直接入道的法門。
the only way

1. 要讓學生不會落入「畢業即失業」情況的不二法門，就是盡早進行產學合作，增加學生的實務經驗。

2. 企業發展的不二法門就是誠信，千萬不可以欺騙消費者。

面面俱到
miànmiàn jùdào

各方面都能照顧到，沒有遺漏或疏忽。
take all details of a matter into consideration; cover all the bases; be exhaustive

1. 這家公司的公關很厲害，每次產品發表會都能面面俱到，難怪獲得主管的青睞。

2. 一個產品如果面面俱到，可能反而失去了它的特色。

一魚兩吃
yìyú liǎngchī

比喻以一樣的事物，獲取雙重的利益。
to kill two birds with one stone

1. 你將同一篇文章投到不同的出版社，想一魚兩吃？別作夢了。

2. 那首歌受到青少年喜愛，也打進兒歌市場，這種一魚兩吃的情況並不多見。

我是點子王

請找一項市場上的老牌食品進行回春設計，從下列三項擇一撰寫。

① 撰寫一個廣告（一段廣告詞，30個字以內）

② 設計一份圖稿或包裝（20個字以內）

③ 怎麼讓客戶看見產品？（撰寫一份企劃書）

文化點

　　「包裝」一詞包含了許多意義，有實際產品的包裝，也有形象、理念甚至目的的包裝。近年環保意識抬頭，產品包裝傾向兩極化，有人覺得產品包裝越簡單越好，也有人覺得包裝跟行銷有很大的關係，設計一點都不能馬虎。中國人受到傳統文化的影響，說話方式也喜歡包裝，不直接說。有時是怕傷了感情或面子，有時可能是自己有求於人不好意思開口，所以繞個彎來說，就出現了「拐彎抹角」、「明人不說暗話」、「打開天窗說亮話」、「挑明了說」等許多有趣的俗語和歇後語，如果要對方直接地說出來，可以跟他說：別再「兜圈子」了。

The term "package" or "packaging" has many meanings. It can indicate actual product packaging, but it you can also speak of packaging an image, an idea, and even a purpose. With the increase in environmental consciousness in recent years, product packaging has tended to become polarized. Some people feel that the simpler the packaging the better, while others believe that there is a close relationship between packaging and marketing, i.e., packaging can really help sell products, so you cannot be slipshod when it comes to packaging design. Influenced by traditional culture, the Chinese also do a great deal of packaging when speaking, i.e., they avoid saying things directly. Sometimes, they do so out of fear of hurting others or to save face. Other times, they need to ask a favor, but are too embarrassed to say so, so they talk around the issue at hand. All kinds of colloquialisms and two-part allegorical sayings have been developed as a result. Examples include 拐彎抹角 (guǎiwān mòjiǎo 'beat around the bush'), 明人不說暗話 (míngrén bùshuō ànhuà 'a straightforward person does not speak in insinuations'), 打開天窗說亮話 (dǎkāi tiānchuāng shuōliànghuà 'call a spade a spade or not mince words'), 挑明了說 (tiǎomíng leshuō 'put one's cards on the table'). If you would like the person you are speaking with to speak directly, you can say: 別再「兜圈子」了 (biézài dōu quānzi le 'Stop beating around the bush or cut to the chase').

LESSON 6

第6課
給員工打考績

學習目標

能表達對同事的關懷與傾聽
能詳述事實進行績效討論
能針對現況提出將採取的措施
能引導對方回歸討論主題

語言功能

開場語言、破題切入、勸慰他人、
提出質疑

產業領域

各行各業均適用

對話 Dialogue

課前準備

 06-01 請聽對話，試著判斷下面敘述的正確性。對的圈 T；錯的圈 F。

T / F　總經理先跟王專員談家人，表示出對王專員的關心與了解。

T / F　總經理用實際發生的情況指出王專員工作上的問題。

T / F　王專員沒能升遷的原因是因為他上班遲到。

T / F　總經理沒解釋升遷的考量，也不理解王專員的委屈。

T / F　總經理請王專員找秘書談一談。

情境

王專員最近的表現非常失常，業績不佳、工作情緒也有點低落，不但主管不滿意，客戶也抱怨。總經理找他來談話，希望能協助王專員改善目前的情況。

總經理：　早，王專員你現在有空嗎？請到我辦公室來一下。

王專員：　有什麼事嗎？我可以十分鐘以後再過去嗎？

總經理：　好的。

　　　　　（王專員不想面對，故意拖延，十五分鐘以後才到總經理辦公室）

總經理：　請坐，最近忙些什麼？你兒子的鼻子過敏好一點了嗎？

王專員：　謝謝，好多了，醫生說除了治療，另外注意保暖，應該就會改善了。您找我來，不是要跟我談這個吧？

總經理：　當然，請你來是想了解一下，是不是有什麼事困擾著你，所以最近兩季的績效差強人意，跟以前判若兩人！

王專員：　我知道了，是不是我們張副理跟您說了什麼？我不知道我哪裡得罪了他。您也知道，打從我進公司開始，總是兢兢業業認真工作，從不敢偷懶。

總經理：　先別激動，你之前的表現的確很好，所以我才擔心。因為今天已經星期五了，可是你該給主管的報告，為什麼還沒交呢？大家都寫好了，只差你的部分，

到現在秘書一直沒辦法彙整。更重要的是，中華公司要我們在昨天截止日前給的報價單，你也還沒給對方，他們一直找你也聯絡不上你。

王專員：我昨天一整天都很忙，在跑客戶，一直到下午四點半才回到總公司。您也知道，我們總公司的停車場不但很難停車，手機也收不到訊號。

總經理：還好我跟中華公司的高層有老交情，我親自跟他們道歉以後，他們同意再給我們一次機會，今天五點前等我們的報價，你千萬別再誤事了。現在言歸正傳，你願意告訴我，為什麼你最近的表現出了這麼多狀況嗎？

王專員：您真的不知道？那我就直說吧。上次副理出缺，論年資或是業績表現，怎麼樣也都該輪到我了，沒想到最後升的竟然是比我晚進公司的小張。我這麼多年的努力，這麼認真地衝業績，有什麼用？

總經理：所以你就灰心了？開始遲到早退、做事拖拖拉拉？有問題，開會也不提出來？

王專員：說了又怎麼樣？

總經理：唉！可惜啊！其實，升你或是張副理，我們考量了好久，沒想到反倒讓你們有了心結。論專業能力，你們真的在伯仲之間，可是討論後，我們希望培養你，讓你對業務更熟悉之後，明年再更上一層樓。但你看看你現在這樣，對事情有幫助嗎？

王專員：對不起，總經理！有時候碰到很難搞的案子，我就失去了耐心。另外，有些業務上的瓶頸，我也不知道該怎麼突破。

總經理：能反省就好。這個週末我們都冷靜一下，好好想想該怎麼做，來幫助你增進自己的能力。下個星期我請秘書約個時間，我們再就這個問題討論討論。回去以後，先好好放鬆一下。

王專員：謝謝總經理幫我打開了心結！我早該來找您談談了！那我就先離開了。週末快樂！

生詞 New Words

	生詞	拼音	詞性	英譯
1.	考績 考绩	kǎojī	N	(employee) evaluation
2.	專員 专员	zhuānyuán	N	person specially assigned for a job
3.	失常 失常	shīcháng	Vs	to not be normal; be out of one's usual form
4.	情緒 情绪	qíngxù	N	mood; emotions
5.	低落 低落	dīluò	Vs	to be low
6.	拖延 拖延	tuōyán	V	to delay; put s/t off; procrastinate
7.	過敏 过敏	guòmǐn	Vp	to be allergic; oversensitive
8.	治療 治疗	zhìliáo	V	to treat; cure
9.	保暖 保暖	bǎonuǎn	Vs	to keep warm
10.	副理 副理	fùlǐ	N	assistant manager
11.	打從 打从	dǎcóng	Prep	from
12.	偷懶 偷懒	tōulǎn	Vi	to loaf; be lazy
13.	之前 之前	zhīqián	N	before
14.	截止日 截止日	jiézhǐrì	N	deadline (截止,Vp, end)
15.	報價單 报价单	bàojiàdān	N	price quotation (報價,V-sep, to quote a price; 單, a nominal suffix, form)
16.	對方 对方	duìfāng	N	the other party; the other person/party involved; or simply he/she/them
17.	跑客戶 跑客户	pǎo kèhù	Ph	visit customers
18.	停車場 停车场	tíngchēchǎng	N	parking lot (停車,V-sep, to park; 場, a nominal suffix, place)

19.	高層	高层	gāocéng	N	upper management; senior management
20.	交情	交情	jiāoqíng	N	friendship; friendly relations
21.	誤事	误事	wùshì	V-sep	to cause delay in work or business; hold things up; bungle matters
22.	出狀況	出狀況	chū zhuàngkuàng	Ph	go wrong
23.	出缺	出缺	chūquē	Vp	(job) vacancy; opening
24.	論	论	lùn	Prep	in terms of
25.	年資	年资	niánzī	N	seniority
26.	衝業績	冲业绩	chong yèjī	Ph	striving to achieve sales targets
27.	灰心	灰心	huīxīn	Vs	to be disheartened; discouraged
28.	早退	早退	zǎotuì	Vi	to leave early
29.	反倒	反倒	fǎndào	Adv	instead; on the contrary
30.	難搞	难搞	nángǎo	Vs	tough; difficult; not easy
31.	瓶頸	瓶颈	píngjǐng	N	bottleneck
32.	反省	反省	fǎnxǐng	Vi	to take stock; reflect; self-examine
33.	增進	增进	zēngjìn	V	to enhance; promote

四字格、熟語 06 - 03

差強人意
chāqiáng rényì

勉強使人滿意；大致上使人滿意。
just passable; barely satisfactory

1 最近生意不好，這個月的業績跟以前比起來，只能算是差強人意。

2 這次我們到瑞士參加自行車展，下訂單的狀況還算差強人意。

判若兩人
pànruò liǎngrén

形容某人的言行，前後明顯不一致，像是不同的兩個人。
one's behavior is different, as if s/b were not the same person

1 這個老闆太現實了，成交前後的態度，判若兩人，我以後再也不到這家店買東西了。

2 真受不了副理，他剛罵完我們，一轉身看到經理，立刻就換了笑臉，前後簡直判若兩人。

兢兢業業
jīngjīng yèyè

形容做事認真又小心謹慎。
work cautiously and conscientiously

1 現在工作不好找，競爭又激烈，如果不兢兢業業地工作，老闆很快就會請你走路了！

2 吃不了苦又想立刻高升，怎麼可能呢？哪一個成功的企業家不是兢兢業業奮鬥出來的？

言歸正傳 yánguī zhèngzhuàn	指話題轉回到正題上來。 getting back to the subject at hand; and now to be serious

① 別開玩笑了，言歸正傳，你們公司換了新主任後，辦公室氣氛有沒有好轉啊？

② 說了半天，我們言歸正傳，這批貨到底能不能再給我們百分之三的折扣？

拖拖拉拉 tuōtuō lālā	指行動或做事拖延、緩慢。 procrastinate; drag one's feet

① 一個經理人做決定的時候，絕對不能拖拖拉拉，以免失去了最好的時機。

② 如果要買這家公司的股票，別再拖拖拉拉了，看準機會就趕快買進吧！

伯仲之間 bózhòng zhījiān	指兩者的能力差不多，難分出來誰好誰壞，誰強誰弱。 equally matched; almost on a par

① 這兩家公司的實力本來在伯仲之間，但是後來因為選了不同的經營方向，現在越差越大。

② 產油國家中，俄國的產量幾乎與沙烏地阿拉伯在伯仲之間了。

請根據對話,回答下面問題。

1. 總經理一開始用什麼話題來避免引起王專員的情緒反應?

2. 王專員用哪些話來表示是主管在背後說他的壞話?

3. 造成王專員工作沒有動力的主因是什麼?他用了哪些話來表達?

4. 王專員沒能升副理的真正原因是什麼?

5. 總經理用了哪種積極的溝通方式讓王專員得到幫助?

打從…，總是…，從不敢…

功能　用來解釋一直以來的態度或情況。

例句　打從我進公司開始，總是兢兢業業認真工作，從不敢偷懶。

練習　請試著完成對話

> 零售商：　原料漲了，你們公司最近會調整售價嗎？雖然有合約，但是我們下游零售商還是很擔心。（公司成立 / 按照合約 / 漲價）
>
> 廠　商：　您放心！我們是正派公司，非常重視信用，<u>打從</u>公司成立以來，只要簽了約，我們一定按照合約，<u>總是</u>讓客戶滿意，<u>從不敢</u>隨便漲價。

1　記　者：你們公司才成立了一年，就有這麼好的業績，成功的原因是什麼？
（創業 / 客戶第一 / 欺騙消費者）

　　總經理：＿＿＿＿＿＿＿＿＿＿＿＿＿＿＿＿＿＿＿＿＿＿＿＿＿＿＿＿＿

　　　　　　＿＿＿＿＿＿＿＿＿＿＿＿＿＿＿＿＿＿＿＿＿＿＿＿＿＿＿＿＿

2　同事甲：她並沒有什麼背景，為什麼能這麼快升任主管呢？
（一進辦公室 / 聯絡客戶 / 耽誤事情）

　　同事乙：她真的非常認真，每天＿＿＿＿＿＿＿＿＿＿＿＿＿＿＿＿＿＿＿

　　　　　　＿＿＿＿＿＿＿＿＿＿＿＿＿＿＿＿＿＿＿＿＿＿＿＿＿＿＿＿＿

3　主　管：大華公司要我們在今天截止日前給的報價單，你怎麼還沒給對方？
（一上班 / 接不完的電話 / 連…的時間 / 要不然 / 從不敢）

　　業　務：我馬上傳。這星期＿＿＿＿＿＿＿＿＿＿＿＿＿＿＿＿＿＿＿＿＿

　　　　　　＿＿＿＿＿＿＿＿＿＿＿＿＿＿＿＿＿＿＿＿＿＿＿＿＿＿＿＿＿

…千萬別再…了，言歸正傳…

功能 提醒和警告其他事情後，再拉回原來的主要話題。

例句 你千萬別再誤事了。現在言歸正傳，你願意告訴我，為什麼你最近的表現出了這麼多狀況嗎？

練習 請試著完成句子

> 銀行專員：請您<u>千萬別再帶禮物送我了，言歸正傳，利率的高低除了看客</u><u>戶信用，還得由主管決定。</u>（禮物／利率）
>
> 客　戶：只是小禮物您就別客氣了，至於貸款利率高低的問題，我的信用一向很好，得到優惠的利率絕對沒有問題。

1 媽　媽：開會你＿＿＿＿＿＿＿＿＿＿＿＿＿＿＿＿＿＿，＿＿＿＿＿＿

＿＿＿＿＿＿＿＿＿＿＿＿＿＿＿？（遲到／到底／待在這家公司）

女　兒：好啦！要是來不及我就搭計程車，至於要不要繼續在這家公司上班，我正想聽聽您的意見。

2 主　管：＿＿＿＿＿＿＿＿＿＿＿＿＿＿＿＿＿＿＿＿＿＿＿＿＿＿

＿＿＿＿＿＿＿＿＿＿＿＿＿＿＿。（亂發脾氣／瓶頸）

小　王：對不起，有時候情緒一上來，聲音就大了，我會學習控制自己。至於突破業績瓶頸的問題，還請您多多指導。

3 總經理：沒想到他們有心結，＿＿＿＿＿＿＿＿＿＿＿＿＿＿＿＿，＿＿＿＿＿

＿＿＿＿＿＿＿＿＿＿＿＿＿＿＿？（有誤會／副理出缺／名單）

經　理：好的，我會盡量公平。說起新副理，我已經有理想的候選人了。

論…怎麼樣也都該…沒想到…竟然…

功能　用來表達不滿意，認為最後的結果讓人非常意外。

例句　論年資或是業績表現，怎麼樣也都該輪到我，沒想到最後升的竟然是比我晚進公司的小張。

練習　請試著完成句子

> 小　李：為什麼最好的考績是小張得到？<u>論表現，這次怎麼樣也都該輪到我，沒想到最後竟然是只會做表面工作的小張</u>。我哪一點不比小張強？
>
> 同　事：別不服氣啦！這年頭有關係比什麼都重要，總經理是她妹夫，你不知道嗎？

① 同　事：真想不到，這次的設計比賽你們怎麼會輸呢？

　　小　陳：＿＿＿＿＿＿＿＿＿＿＿＿＿＿＿＿＿＿＿＿＿＿＿＿

　　　　　　＿＿＿＿＿＿＿＿＿＿＿＿＿。只能怪運氣不好吧！

② 怡　君：升誰我都沒有意見，但怎麼會升這樣一個沒能力的人呢？

　　小　陳：是啊，＿＿＿＿＿＿＿＿＿＿＿＿＿＿＿＿＿＿＿＿＿

　　　　　　＿＿＿＿＿＿＿＿＿＿＿＿。只能怪重男輕女的傳統觀念吧！

③ 業　務：沒有接到這筆生意，真是讓人心裡很不舒服。

　　副　理：是啊，＿＿＿＿＿＿＿＿＿＿＿＿＿＿＿＿＿＿＿＿＿

　　　　　　＿＿＿＿＿＿＿＿＿＿＿。只能怪我們太有自信，太大意了吧！

其實…，沒想到…反倒…

功能 用來表達與原來期待相反的結果。

例句 其實，升你或是張副理，我們考量了好久，沒想到反倒讓你們產生了心結。

練習 請試著完成句子

> 經 理： 你們花費這麼多錢來給我慶生，實在沒有必要。（驚喜／不開心）
>
> 員 工： 其實我們只是希望給您一個驚喜，沒想到反倒讓您不開心。

1 老 闆：我情願把年終晚會上花在請明星作秀的錢，用來發年終獎金。
  （熱鬧／生氣）

  經 理：＿＿＿＿＿＿＿＿＿＿＿＿＿＿＿＿＿＿＿＿＿

  ＿＿＿＿＿＿＿＿＿＿＿＿＿＿＿＿＿＿＿＿＿

2 員 工：我們部門沒能得獎，是不是行銷部門在後面跟您說了什麼？
  （團隊／競賽／不和）

  主 管：公司＿＿＿＿＿＿＿＿＿＿＿＿＿＿＿＿＿

  ＿＿＿＿＿＿＿＿＿＿＿＿＿＿＿＿＿＿＿＿＿

3 小 王：為什麼從下個月開始公司沒有下午茶的休息時間了？
  （好意／輕鬆一下／聊個不停）

  小 陳：主管說＿＿＿＿＿＿＿＿＿＿＿＿＿＿＿＿＿

  ＿＿＿＿＿＿＿＿＿＿＿＿＿＿＿＿＿＿＿，不認真工作。

個案分析 Case Study

雖然怎麼打年終考績公司有一定的標準，可是每個主管風格不同。到底怎麼給考績才公平？年底將近，幾位主管在私人聚會上聊了起來。

陳經理：　快要辦尾牙了，大老闆說年終獎金會按照考績來發，你們打算怎麼打考績？

王主任：　我也聽大老闆說，到底加發幾個月年終獎金得看考績，所以我打算學公務員，按比例來決定我們單位給幾個優等、幾個甲等。當然，為了不得罪人，我最低給到乙等。

何經理：　我們單位挺麻煩的，黃專員優秀是優秀，但是你也知道我們這個部門是打團體戰的，沒有別人的支援，他怎麼可能有漂亮的成績？可是他每次總認為自己的功勞最大，應該比別人得到更多獎勵，還常常跟我嗆聲，我很頭痛，不知道怎麼擺平。

李主任：　簡單。我誰也不得罪，直接讓他們之間互評，看看大家覺得誰對部門貢獻最大。

王主任：　這樣客觀嗎？如果他們之間有什麼嫌隙或私人恩怨，這個分數恐怕會失準吧？

李主任：　那有什麼關係！這樣我們就不必去承擔部屬的抗議和抱怨啊！每個員工在我心裡都一樣好，這樣領導起來多輕鬆啊！

何經理：　我總覺得心裡不踏實，這樣會不會太鄉愿了？有點對不起良心。陳經理你呢？

陳經理：　我打算看誰在年度計畫的執行效率最高再來決定。其實在年初時，我們都會按照公司的大方向，列出每一季的執行目標，所以已經有績效考核的指標了。除了業績，還包括員工間的合作溝通。數據會說話，一切都很清楚。

王主任：　可是一切都以冰冷的數據來評斷，沒有一個開放性的溝通，會不會太沒彈性啊？

李主任：　其實，什麼數據不數據，都是假的，碰上皇親國戚，再加上裙帶關係，有時候連老闆也說不上話。考績算什麼？所以，我說別太認真！

王主任：　老李，你喝多啦！小心有人聽見，那就麻煩了…

何經理：　是啊！酒喝多了沒問題，話說多了可就…

李主任：　哎呀！我酒真的喝多了。失言，失言！你們當做沒聽見喔。

陳經理、何經理、王主任：　哈哈哈哈…

1 以上幾位主管的看法你同意嗎？

_____

_____

2 陳經理、王主任、何經理、李主任四位主管，在打考績上各有什麼不合適的地方？有什麼優點？誰最符合績效管理的原則？

_____

_____

3 如果你是主管，怎麼打考績？哪個重要？請由最不重要到最重要給予 1~10。填入下面的空格，並說出你為什麼這麼給分。

☐ 人事背景   ☐ 請假狀況

☐ 符合計畫目標   ☐ 聽主管命令

☐ 員工間互評   ☐ 認真工作

☐ 主管自行決定   ☐ 人際關係

☐ 業績   ☐ 創新能力

_____

_____

06- 05

生詞		拼音	詞性	英譯
1. 年終	年终	niánzhōng	N	end of the year
2. 尾牙	尾牙	wěiyá	N	end-of-the-year company party
3. 獎金	奖金	jiǎngjīn	N	bonus
4. 優等	优等	yōuděng	N	superior
5. 甲等	甲等	jiǎděng	N	first grade
6. 乙等	乙等	yǐděng	N	second grade
7. 團體戰	团体战	tuántǐzhàn	N	teamwork
8. 獎勵	奖励	jiǎnglì	N/V	incentive; award; to award; encourage
9. 嗆聲	呛声	qiàngshēng	Vi	to talk trash; talk smack
10. 擺平	摆平	bǎipíng	Vpt	fix the situation; deal with; handle; resolve
11. 互評	互评	hùpíng	Vi	to do peer review; critique each other
12. 客觀	客观	kèguān	Vs	to be objective
13. 嫌隙	嫌隙	xiánxì	N	bad blood; ill will; enmity
14. 恩怨	恩怨	ēnyuàn	N	grudge
15. 失準	失准	shīzhǔn	Vp	to be inaccurate
16. 承擔	承担	chéngdān	V	to bear; take on
17. 部屬	部属	bùshǔ	N	subordinate
18. 踏實	踏实	tàshí	Vs	to be steady; free from anxiety
19. 鄉愿	乡愿	xiāngyuàn	Vs	to be hypocritical
20. 良心	良心	liángxīn	N	conscience

21.	執行	执行	zhíxíng	V	implementation; to carry out; execute; implement
22.	列出	列出	lièchū	V	to list; make a list
23.	考核	考核	kǎohé	N/V	evaluation; review; to evaluate; check; examine; review
24.	指標	指标	zhǐbiāo	N	index; target
25.	數據	数据	shùjù	N	data; numbers
26.	評斷	评断	píngduàn	V/N	to judge; evaluation; assessment; judgement
27.	失言	失言	shīyán	Vi	indiscreet remark; slip of the tongue; put one's foot in one's mouth
28.	命令	命令	mìnglìng	N	order; command; instructions
29.	自行	自行	zìxíng	Adv	of/by/for oneself; autonomously
30.	創新	创新	chuàngxīn	Vi	to innovate

四字格、熟語 06- 06

皇親國戚
huángqīn guóqī

皇帝的親戚，指極有權勢的人。
relatives of an emperor

1. 在公司討論事情，最怕皇親國戚管事。

2. 別提了，一大堆皇親國戚，我們根本沒辦法表示專業的意見，所以這個案子，到現在還沒有結果！

裙帶關係
qúndài guānxi

指因妻子或婚姻關係而得到的利益。
nepotism

1. 聽說他能坐上這個位子，百分之八十是因為裙帶關係。

2. 我知道你看不起靠裙帶關係而成功的人，我們經理雖然有這層關係，但是他自己也非常有能力啊！

課室活動 Activity

1 現在你是公司二級主管，請完成這份考績表，並交給人事單位核發年終獎金。

姓名	職稱	優點	缺點	評語	考績	建議：如何協助提升他的工作能力
1. 王同	業務專員	熟悉業務	衝勁不足	有時效率不佳，業績表現尚可	乙等	建議參加業務激勵課程
2. 張月美	行政人員	做事認真仔細	缺乏彈性			
3. 陳怡君	業務助理	能提出銷售計畫	無法獨自面對客戶			
4. 黃安	行銷企劃	知道很多廣告管道	拖拖拉拉			

2 假如公司提供一筆 2 萬元的業績獎金，請分組討論，該如何才能公平地分配獎金給員工。

文化點 Culture Corner

　　中國人重人情。自古以來即使老闆要辭退員工也不願直說，而是藉著答謝員工一年辛勞的尾牙宴時，將雞頭對準誰，就是暗示請誰離職了。現代的尾牙，漸漸演變成老闆酬謝員工的餐宴和同樂晚會。有的由員工主持，有的聘請影歌星擔任主持人。員工將平日嚴肅或高高在上的老闆，扮成明星、電影中的角色或卡通人物，載歌載舞，同樂一番。老闆除了發給大家年終獎金，還常額外加碼提供獎金抽獎，製造高潮和歡樂的氣氛。不過，尾牙中要是高階主管抽到大獎，一般都在大家「捐出來」、「捐出來」的叫喊聲中，捐出他抽到的禮物，讓員工增加另一次中獎的機會。大家吃飽喝足，帶著抽來的大獎，歡歡喜喜地回家迎接新年的到來。

The Chinese attach a great deal of importance to human feelings. Since ancient times, if employers wanted to fire an employee, they would be disinclined to do so directly; rather, they would take advantage of the end-of-the year banquet, which is used to show appreciation to employees for their hard work throughout the year. They would place a chicken head on the table pointing at someone as a hint that they wanted that person to quit. End-of-the-year banquets today are gradually evolving into dinners and entertaining parties used by employers as a means to thank employees. In some, employees serve as the masters of ceremonies, while in others, celebrities are hired. A good time is had by all as employees dress up their bosses, who are generally very stern or aloof, to look like celebrities, characters in movies, or cartoon characters and have them sing and dance. In addition to giving out year-end bonuses to everybody, employers often provide more money which employees then draw for, creating an atmosphere characterized by excitement and fun. However, if somebody in upper management wins a prize during the end-of-the-year party, generally speaking, they "donate" the prize as everybody cries, "Donate it!", "Donate it!", thereby giving employees another chance to draw for it. After everybody has had their fill of food and drink, they return home with any prizes they might have won and welcome in the New Year.

LESSON 7

第 7 課
旅遊補助

學習目標

能表達喜好或偏好
能統整意見做出建議
能比較、說明補助的標準
能提出周延的計畫與安排

語言功能

表達建議、說明理由、表達偏好、
提出方案

產業領域

金融及保險業

對話 Dialogue

課前準備

 07-01 請聽對話，試著判斷下面敘述的正確性。對的圈 T；錯的圈 F。

T / F 這家公司辦過很多次員工旅遊。

T / F 今年大多數的人希望在國內旅遊。

T / F 以往旅遊補助沒有年資的相關規定。

T / F 員工旅遊會訂在明年清明連假時舉辦。

T / F 旅行的地點最後是由董事長決定的。

情境

某家銀行將舉辦員工旅遊的活動，由擔任本屆福委的員工思齊、亞文負責規劃，他們正在討論旅遊地點和相關細節。

思　齊： 去年我們銀行旗下的關係企業整體業績很亮眼，董事長大手筆提供了一筆豐厚的預算來犒賞全體員工出遊，羨煞不少金融同業，我們得好好來規劃一下這次的員工旅遊。

亞　文： 員工旅遊向來是我們公司重要的福利項目，而且董事長最在乎員工的向心力，因此都是以集團所有的員工共同參加的方式舉行，不像一般同質性企業，只限業務員參加或鼓勵員工分批參加。往年大家都攜家帶眷的，非常踴躍，今年也要辦得有聲有色才行。

思　齊： 聽同事們私下說，辦過這麼多次員旅，國內知名的景點幾乎都跑遍了。這是我們第一次承辦，今年預算又特別多，應該幫大家爭取國外旅遊才對。國外旅遊有新鮮感，又有當地美食，地點選擇也多，我想公司裡的同事們一定會心花怒放的。譬如說去長灘島，離台灣不遠，陽光、沙灘、美食……

亞　文： 你這麼一說，真讓人心動！但是我打聽到有一部分的人傾向留在國內，入住高檔的六星級飯店，自由參加飯店的半日遊或一日遊，或是乾脆留在飯店休息。按照這次公司給的補助額度，國內旅遊可以吃好、住好，員工負擔也比較低，有一定的吸引力。國外旅遊的話，每個人自費的比例提高，會不會影

響部分員工參加的意願？

思　齊：　國外也可以吃好、住好，旅遊規格方面交代旅行社就可以了。況且，我們應該可以跟旅行社談談看，請他們為我們規劃合適的國外旅遊路線。就我所知，今年想要出國的人占了大多數。辦員工旅遊沒辦法面面俱到，顧及到所有人的需求，還是以多數人的意願為優先吧！

亞　文：　那就暫定國外旅遊吧！不過，跟旅行社接洽之前，還要確認公司的補助方式和許可的旅遊天數。說到補助的問題，以往補助標準都是一致的，大家一視同仁，但是今年似乎有一些改變。

思　齊：　是啊！今年開始有年資相關的規定，像是年資滿六個月才能請領補助。另外，攜伴參加的不一定要是配偶或直系親屬，而且眷屬的補助也同樣依年資配給。還有啊，年資超過十年的甚至自己跟一位眷屬都可獲得全額補助。

亞　文：　公司這項新的補助政策真是體恤資深員工。但是我又想到一個問題，對因工作而不克參加的人來說，不是虧大了嗎？

思　齊：　你有所不知，董事長看到今年的連續假期這麼少，天數也少，而且員工人數比去年多，就下了指示，今年員旅訂在四月初的四天清明連假舉辦；一半員工早一天去早一天回來，另外一半員工去回都晚一天，這樣應該就不會影響到工作了。

亞　文：　既然補助方式和天數都確定了，地點也有了初步共識，接下來就要開始了解行程和詢價了。你看，我在網路上找到好幾家旅行社的行程，看起來大同小異，該怎麼選？

思　齊：　同樣是旅行社，素質卻大不相同，還是要撥出時間一個一個親自打電話去問。這樣，才可以看出旅行社專業度和服務的落差。我想我們先選擇三個旅遊地點，再請不同的旅行社提供路線、行程、航班、玩些什麼等等資訊，另外把餐飲、住宿、自費項目也都列出來，這樣比價的結果才客觀。

亞　文：　那就聽你的吧！我想既然是團體旅遊，那就以大眾化、老少咸宜的地點為主。等旅行社提供資訊以後，我們就進行公司內部的意見調查，等到投票結果揭曉，我們兩個的任務就算完成一半囉。

	生詞		拼音	詞性	英譯
1.	員工旅遊	员工旅游	yuángōng lǚyóu	Ph	（＝員旅）company trip; company excursion
2.	福委	福委	fúwěi	N	（＝福利委員）a person in charge of the Employee Welfare Committee
3.	旗下	旗下	qíxià	N	subordinate; affiliated (company)
4.	亮眼	亮眼	liàngyǎn	Vs	to be impressive
5.	大手筆	大手笔	dàshǒubǐ	Adv	generously
6.	豐厚	丰厚	fēnghòu	Vs	to be abundant; generous
7.	犒賞	犒赏	kàoshǎng	V	to reward employees, troops (for hard work, victory, etc.)
8.	全體	全体	quántǐ	N	entire (staff)
9.	出遊	出游	chūyóu	Vi	to travel; go on a trip
10.	羨煞	羡煞	xiànshà	Vpt	to be extremely envious
11.	金融	金融	jīnróng	N	banking; finance
12.	向來	向来	xiànglái	Adv	has always been; all along
13.	向心力	向心力	xiàngxīnlì	N	cohesion; team spirit
14.	集團	集团	jítuán	N	group (in business)
15.	同質性	同质性	tóngzhíxìng	Vs-attr	to be of the same type; in the same category
16.	分批	分批	fēnpī	Adv	in batches; in different groups
17.	往年	往年	wǎngnián	N	in previous years; in the past
18.	踴躍	踊跃	yǒngyuè	Vs/Adv	to be enthusiastic; actively

19.	私下	私下	sīxià	Adv	in private; privately
20.	承辦	承办	chéngbàn	V	to undertake; organize
21.	長灘島	长滩岛	Chángtāndǎo	N	Boracay (Philippines)
22.	心動	心动	xīndòng	Vs	to be moved; tempted
23.	傾向	倾向	qīngxiàng	V/N	to be inclined to; lean toward; inclination
24.	高檔	高档	gāodǎng	Vs-attr	to be high end; top grade
25.	飯店	饭店	fàndiàn	N	hotel (modern, especially in Taiwan)
26.	乾脆	干脆	gāncuì	Adv/Vs	simply; just; straightforward
27.	額度	额度	é'dù	N	limit; amount
28.	自費	自费	zìfèi	Vi	at one's own expense; to pay one's own way
29.	況且	况且	kuàngqiě	Conj	furthermore
30.	就我所知	就我所知	jiùwǒ suǒzhī	Ph	as far as I know
31.	優先	优先	yōuxiān	N/Adv	priority; first
32.	暫定	暂定	zhàndìng	V	to be tentative; provisional; for the time being
33.	接洽	接洽	jiēqià	V	to consult with
34.	請領	请领	qǐnglǐng	V	to apply for and receive
35.	攜伴	携伴	xībàn	Vi	accompany; take/bring along
36.	直系	直系	zhíxì	Vs-attr	to be in a direct line (relatives)
37.	親屬	亲属	qīnshǔ	N	relatives

38.	眷屬	眷属	juànshǔ	N	family dependents
39.	配給	配给	pèijǐ	V	to allot; allocate
40.	全額	全额	quán'é	Vs-attr	the entire amount
41.	體恤	体恤	tǐxù	Vst	to understand and sympathize with; show solicitude for
42.	資深	资深	zīshēn	Vs-attr	to be senior
43.	不克	不克	búkè	Vaux	cannot
44.	虧大了	亏大了	kuī dàle	Ph	to lose out; miss out
45.	清明	清明	Qīngmíng	N	Tomb Sweeping Day
46.	撥出	拨出	bōchū	Vpt	to set aside
47.	揭曉	揭晓	jiēxiǎo	V	to make known; announce
48.	囉	啰	luō	Ptc	auxiliary particle, softens the tone of what is said

四字格、熟語 07 - 03

攜家帶眷
xījiā dàijuàn

帶著家人。
bring dependents

1 公司鼓勵員工攜家帶眷來參加活動。

2 這個觀光區適合攜家帶眷，是家庭旅遊的最佳地點。

有聲有色 yǒushēng yǒusè	很精彩，讓人留下很深的印象。 impressive; dazzling

1. 他把生意擴大到全國，經營得有聲有色。
2. 手機市場一向是進口品牌的天下，沒想到這個國產品牌表現得有聲有色，銷售量不斷上升。

心花怒放 xīnhuā nùfàng	心情就像花開了一樣，形容很高興。 elated; filled with joy

1. 一聽說王先生對這個企劃有興趣，小張馬上心花怒放地帶著合約去找他。
2. 看她最近心花怒放的樣子，也許是喜事近了。

一視同仁 yíshì tóngrén	對每個人都一樣，沒有分別。 treat equally without discrimination

1. 主管對員工一視同仁，把工作內容平均分給大家。
2. 做生意的人必須對顧客一視同仁，給予同樣的服務。

有所不知 yǒusuǒ bùzhī	還有不知道或不清楚的地方。 there are things which one doesn't know

1. 有些事情公司內部的人才了解，外人很難知道。唉！你有所不知啊！
2. 當地人對吃很講究，一般人有所不知，所以外國餐廳想打進當地市場是非常困難的。

大同小異　　　　　　　　大致相同，差異不大。
dàtóng xiǎoyì　　　　　　more or less the same

1　智慧型手機不管什麼品牌，功能都大同小異。

2　吸引女性消費者的商品大同小異，不外乎化妝品、鞋子等。

老少咸宜　　　　　　　　不分年齡，適合一般大眾。
lǎoshào xiányí　　　　　suitable for all ages

1　這家店的甜點口味老少咸宜，生意非常好。

2　健走是一種老少咸宜的運動，而且不用花錢就能達到運動的
　　效果。

回答問題

請根據對話，回答下面問題。

1. 以往大家參加員工旅遊的情形怎麼樣？

2. 按照公司補助的額度，國外旅遊為什麼會影響部分員工參加的意願？

3. 公司今年的補助標準和規定跟以往有什麼不同？

4. 今年員工旅遊的日期和天數是怎麼安排的？

5. 為了比價，他們要請不同的旅行社提供哪些資訊？

語言點 Useful Expression

有一部分的人傾向⋯

功能 用來表達喜好、偏好，說明不同的意見。

例句 有一部分的人傾向留在國內，入住高檔的六星級飯店，自由參加飯店的半日遊或一日遊，或是乾脆留在飯店休息。

練習 請試著完成對話

主　任：　現代消費者的生活忙碌，但重視健康，他們對選擇飲食的態度跟過去有什麼不同？

行銷專員：　根據我們的市場調查，有一部分的人傾向<u>購買新鮮、未加工的食品，而且漸漸成為市場上的主流</u>。

1　總經理：我們現有的客戶都能接受這種高品質、高單價的產品嗎？

　　產品經理：應該可以，客戶中有一部分的人傾向_____，

　　　　　　因為_____。

2　阿　明：一般年輕消費者在購買東西時，都會先上網查詢嗎？

　　小　莉：嗯，有一部分的人傾向_____，

　　　　　　優點是_____。

…就可以了。況且，…

功能 用來減緩對方的疑慮。

例句 旅遊規格方面交代旅行社就可以了。況且，我們應該可以跟旅行社談談看，請他們為我們規劃合適的國外旅遊路線。

練習 請試著完成對話

小 吳 ：我才剛出社會，還沒什麼錢可以買保險。

保險員：你別擔心，保險費並不高。你只要每天省下一杯咖啡的錢就可以了。況且，你還可以有意外、住院、手術等保障。

1 記 者 ：如果員工不用進辦公室的話，彼此溝通上不會有問題嗎？

受訪老闆：我覺得這不是很大的問題。_____

就可以了。況且，_____。

2 小 紀 ：公司希望我接受外派工作，可是我擔心會碰到適應的問題。

維 維 ：別想那麼多，_____

就可以了。況且，_____。

就我所知，…。…沒辦法…，還是以…為優先吧！

功能 提供自己的見解，用來說服他人。

例句 就我所知，今年想要出國的人占了大多數。辦員工旅遊沒辦法顧及到所有人的需求，還是以多數人的意願為優先吧！

練習 請試著完成對話

美　玲 ： 那家新的商店會開在哪裡？我們有辦法跟他們競爭嗎？

店　長 ： 就我所知，<u>那家新的商店會開在我們對面</u>。我們在價錢上沒辦法跟他們競爭，還是以<u>客戶服務</u>為優先吧！

① 小　綱 ：除了員工旅遊以外，一般公司還有哪些福利制度？如果是小公司，要以什麼為優先？

小　李 ：就我所知，_____。小公司沒

辦法給員工太多福利，還是以_____為優先吧！

① 丁小姐：市面上有哪些保險商品？如果是第一次辦保險，應該以什麼為優先？

王先生：就我所知，_____。第一次辦

保險沒辦法一次辦好，還是以_____為優先吧！

跟…接洽之前，還要…

功能 用來說明計畫進行的先後順序。

例句 跟旅行社接洽之前，還要確認公司的補助方式和許可的旅遊天數。

練習 請試著完成句子

你可以跟廠商進一點貨，自己上網當賣家。不過在跟廠商接洽之前，還要了解一下市場行情，談價錢的時候才不會差太遠。

1 台灣企業想與中南美洲的企業合作，得做些準備工作。老闆跟當地企業接洽之前，還要 _____ 。

2 你的工作是接訂單，並聯絡貨運公司，再出貨給客戶。跟貨運公司接洽之前，還要 _____ 。

…有…的規定，…才能…

功能　用來說明經營管理上的規定、原則、資格等。

例句　今年開始有年資相關的規定，像是年資滿六個月才能請領補助。

練習　請試著完成對話

　　　林先生：　既然我們已經訂房了，為什麼不早一點到這家民宿去休息？

　　　林太太：　因為這家民宿有<u>入住時間</u>的規定，<u>必須等到下午三點以後才能入住</u>。

① 欣 元：去這家美式賣場，一定要有會員卡嗎？

　　美 芳：嗯，這家美式賣場有入場相關的規定，＿＿＿＿＿＿＿＿＿＿＿＿＿

　　　　　　＿＿＿＿＿＿＿＿＿＿＿＿＿＿＿＿＿＿＿＿＿＿＿＿＿＿＿＿＿＿

② 小 王：如果員工要辭職，有什麼要注意的嗎？

　　老 張：公司有辭職相關的規定，＿＿＿＿＿＿＿＿＿＿＿＿＿＿＿＿＿＿＿

　　　　　　＿＿＿＿＿＿＿＿＿＿＿＿＿＿＿＿＿＿＿＿＿＿＿＿＿＿＿＿＿＿

背景

　　不論企業大小，找人才、留人才一向是個挑戰。尤其是餐飲業，隨時都處於徵才的狀況，高流動率是普遍的現象。不過當中也有特例，某知名連鎖咖啡店正職人員的流動率竟然只有個位數，兼職人員的流動率也只有業界的一半左右，是「低流動率」的代表性企業。很多人都以為是該公司的薪資比較高，但實際上，與其他企業相比，並沒有太大的差異。比較特別的可能是福利的部分（請參考表一）。

表一　某知名連鎖咖啡店的徵才資料

福利說明

福委會福利
1. 夥伴獨有年度禮物
2. 三節獎金
3. 生日禮金／蛋糕
4. 各項補助津貼（結婚、生育、子女教育補助等）

創造幸福企業，關心夥伴需求
1. 急難救助金
2. 身心健康管理

夥伴獨有福利
1. 上班時間享有兩杯飲料
2. 每月享有員工福利品
3. 生日假（年資滿一年者）
4. 員工旅遊／聚餐
5. 資深員工旅遊（享有公假及額外給付旅遊津貼）
6. 每年健康檢查
7. 結婚補助
8. 教育訓練
9. 咖啡師認證制度
10. 申請海外工作或回鄉工作

改寫自 https：//www.starbucks.com.tw/recruit/careers.jspx

1　這家知名連鎖咖啡店的人才很難被挖角，但是該連鎖企業的薪資並沒有特別高。你認為他們是靠什麼讓員工留下來？請參考表一來回答。

_____

_____

2　找工作或是評估工作時，什麼條件對你而言最有吸引力？請從以下a-h中選出三個，排出優先順序，並說明為什麼。

1. ☐ _____

2. ☐ _____

3. ☐ _____

a. 高薪
b. 獎金或紅利計畫
c. 有機會承擔責任
d. 長期的工作合約
e. 出國或旅遊的機會
f. 每年有放長假的福利
g. 企業內部的在職訓練
h. 透明順暢的升遷管道

_____

_____

07- 04

	生詞		拼音	詞性	英譯
1.	人才	人才	réncái	N	talent (people)
2.	處於	处于	chǔyú	Vst	to be (in a certain condition)
3.	徵才	征才	zhēngcái	Vi	to recruit (talents)
4.	流動率	流动率	liúdònglǜ	N	turnover rate
5.	特例	特例	tèlì	N	exception; special case
6.	個位數	个位数	gèwèishù	N	single digit
7.	兼職	兼职	jiānzhí	Vs-attr	to be part time
8.	相比	相比	xiāngbǐ	Vi	to compare
9.	夥伴	伙伴	huǒbàn	N	partner
10.	禮金	礼金	lǐjīn	N	cash gift
11.	津貼	津贴	jīntiē	N	allowance
12.	急難	急难	jínàn	Vs-attr	to be an emergency
13.	救助金	救助金	jiùzhùjīn	N	assistance (救助, V, to assist; aid; 金, N, money)
14.	享有	享有	xiǎngyǒu	Vst	to enjoy (e.g., to drink, eat, have)
15.	聚餐	聚餐	jùcān	Vi	to dine together
16.	公假	公假	gōngjià	N	official leave from work
17.	額外	额外	é'wài	Adv	additional; extra
18.	給付	给付	jǐfù	V	to pay
19.	挖角	挖角	wājiǎo	Vi	to poach; headhunt
20.	順序	顺序	shùnxù	N	order; sequence

21.	紅利	紅利	hónglì	N	bonus; dividend
*22.	在職	在职	zàizhí	Vs-attr	to be on the job; in service
23.	透明	透明	tòumíng	Vs	to be transparent
24.	順暢	顺畅	shùnchàng	Vs	to be unhindered; smooth

一、請根據圖片，回答問題：

① ☐ 為什麼仁美會投入保險業？

1. 她是銀行保險系畢業的　　2. 她媽媽的客戶推薦她去的

3. 她對保險本來就有一點認識

② ☐ 林經理認為怎麼樣才算是一個專業的保險人員？

1. 只要有空就要多去跑客戶　　2. 必須根據不同的客戶需求來做理財和保險規劃

3. 與其熟悉不同的險種，不如只賣單一保險商品

3 ☐ 老李的兒子為什麼選擇這家公司？

1. 他可以接下他爸爸的老客戶　　2. 他認同這家公司的經營方式

3. 他不需要通過考核就能接下他爸爸的工作

4 ☐ 總經理對李經理的兒子接下爸爸工作的看法怎麼樣？

1. 服務會中斷　　2. 客戶會流失　　3. 能讓公司有新人可以承擔原有的工作

二、問題討論

1　保險業務員必須具備哪些知識和能力？

_____

_____

2　你認為保險產業跟現代人的生活關係大不大？為什麼？

_____

_____

　　福利好不好常是人們選擇一家公司的條件之一。台灣企業普遍喜歡以舉辦旅遊活動來犒賞員工。除了大公司可以跟旅行社談到不錯的折扣之外，員工之間也能利用這些機會互相認識、增進情感交流，讓工作更順利。而員工福利也是親朋好友之間常見的話題，如員工旅遊的補助、三節禮金、尾牙在哪裡吃及最大獎、最小獎、年休假有幾天、有沒有特殊福利（像生日禮、健身房、親子假）等等，就常被拿出來互相比較。所以說，員工福利的存在不只是金錢上的價值而已。鼓勵員工、提高工作效率，甚至對公司形象有加分效果，才是背後的用意。

The quality of benefits is often one of the reasons people choose a company. Taiwanese companies generally like to take their employees on trips as a means of rewarding them for their hard work. Large companies can negotiate good discounts with travel agencies. Employees can take the opportunity to get to know each other better and bond to make their work go more smoothly. Employee benefits are also a common topic of conversation among friends and family members. For example, employee travel allowances, bonuses for the three main holidays, as well as where the end-of-the-year banquet will be held, what the biggest and smallest prizes will be, and how many days employees will get off. Other topics include does the company provide special benefits, like birthday gifts, a workout room, and family leave? People like to compare what they get with what others get. So employee benefits do not exist merely for their monetary value. The real intentions behind them are to encourage employees, enhance work efficiency, and they even help improve the company's image.

LESSON 8

第 8 課
裁員風波

學習目標

能描述自身在職場遇到的突發狀況
能與律師溝通請求協助
能說明法律條文、強調重點
能針對對方疑慮提出具體解決方法

語言功能

提供資訊、勸慰他人、表達感受、
說明疑慮

產業領域

醫療保健及社會工作服務業

對話 Dialogue

課前準備

 08-01 請聽對話，試著判斷下面敘述的正確性。對的圈 T；錯的圈 F。

T / F 公司打算裁員的理由是員工年紀太大。

T / F 這個員工擔心會連退休金也泡湯了。

T / F 這個員工打算告他的公司而來請教律師。

T / F 內部員工都聽到公司會安排他們轉職的風聲。

T / F 根據勞基法，只要公司願意付資遣費就可以立刻解雇員工。

情境

在照護中心工作的老周面臨可能被裁員的問題，所以他到律師事務所請教律師李律。

老　周：李律師，我昨天忽然被公司告知不必再去上班了，一點心理準備也沒有。我問老闆理由，只得到「現在公司面臨資金危機，必須減少人事成本」的回答。我已經快要退休了，哪裡有辦法再去找工作？我該怎麼辦？幫幫我吧，律師！

李　律：你先別急，我處理過很多類似的案例，包在我身上。我國的勞基法中規定，如果雇主想解雇員工，有一定的條件和程序。尤其是當員工沒有重大過失，雇主是基於經營上的理由單方面要員工走路時，一定要提早通知，還要主動支付資遣費。只要登記在案的公司，就要按照勞基法的規定來走，並不能說裁就裁，你不必太過擔心。

老　周：唉！發生這麼無預警的事，我們所有人都很震驚。公司以往一直要我們共體時艱，我們也常常配合加班。工作雖然辛苦，可是大家都自我安慰，這起碼是個穩定的差事。沒想到發生這麼殘酷的事，叫我們這些服務了十幾二十年的資深員工該往哪裡去？公司的手法太粗糙了，讓人心寒。

李　律：剛剛你說你們公司面臨資金危機，其實這個說法也是很容易被資方拿來濫用的裁員藉口。勞基法第十一條的規定提到了，有虧損或業務緊縮時，雇主是可以終止勞動契約，但是否真有虧損？不能只用公司內部自製的財務報表為準。

老　周　：　就算公司造假，我們也不知道啊！從年輕為公司努力工作，一路上風風雨雨，真的沒想到會有這麼一天。我們這些資深員工真的不能接受！我們該怎麼自保？

李　律　：　你先別慌，現在還不到絕望的時候。有句話說，關關難過關關過，你不要太悲觀。首先，趁他們還沒解雇你之前，你可以常做工作紀錄，做為將來需要時的證明。只要你沒有不能勝任這個工作的事實，公司也不能拿你怎麼樣。

老　周　：　好的。我已經六十歲了，家裡的開銷都要靠這份薪水。萬一一夕之間什麼都沒了，連退休金也泡湯了，那我該何去何從？

李　律　：　你不要自己嚇自己。法律規定，雇主必須先考量有沒有其他工作可以安置你們，例如，轉到其他關係企業工作；或盡量採取迴避解雇的措施，像停止招募新人、減薪、徵求自願提早退休者等，最後才可以裁員。公司有沒有這麼做？

老　周　：　有是有，我們都配合減薪了，可是裁員好像還是無可避免的，而且到現在為止都沒有聽到任何公司會替我們安排新工作的風聲。加上再做五年就可以退休了，早知道會這樣，我還不如早早退了算了！

李　律　：　對，其實公司應該安排你退休才對。我國最高法院也認為，雇主對於已符合退休條件或將要屆齡退休的勞工，只能強制其退休而不得予以資遣。如果這個時候把你裁掉，公司是站不住腳的。

老　周　：　真的嗎？我只能把希望寄託在跟他們好聚好散，可是現在我實在樂觀不起來。萬一他們還是把我解雇了呢？勞工的籌碼實在太少了！

李　律　：　不，相信我。不要說你的公司不能任意把你裁掉，倘若真的遭到不當解雇，你可以向法院提起確認雇傭關係的訴訟。如果怕跟老闆撕破臉或不想走法律途徑，也可先向勞工行政主管機關申請調解，避免曠日費時的訴訟程序。

老　周　：　謝謝你，律師。我總算有個底了。我也會告知其他員工，讓大家都安心一點。還好有律師你的耐心說明，要不然我們這些弱勢勞工，真是求助無門！

生詞 New Words

	生詞		拼音	詞性	英譯
1.	風波	风波	fēngbō	N	crisis; disturbance; wave (of s/t)
2.	照護 中心	照护 中心	zhàohù zhōngxīn	Ph	care center; treatment center
3.	事務所	事务所	shìwùsuǒ	N	(law) office; firm
4.	告知	告知	gàozhī	V	to notify
5.	理由	理由	lǐyóu	N	reason
6.	勞基法	劳基法	láojīfǎ	N	Labor Standards Act
7.	雇主	雇主	gùzhǔ	N	employer
8.	解雇	解雇	jiěgù	V	to dismiss; lay off
9.	過失	过失	guòshī	N	misconduct; mistake
10.	基於	基于	jīyú	Prep	to be based on
11.	支付	支付	zhīfù	V	to pay
12.	資遣	资遣	zīqiǎn	V	to lay off (also severance)
13.	登記 在案	登记 在案	dēngjì zài'àn	Ph	documented; registered
14.	無預警	无预警	wúyùjǐng	Vs-attr	without warning
15.	震驚	震惊	zhènjīng	Vp	stunned; shocked
16.	起碼	起码	qǐmǎ	Adv	at least
17.	殘酷	残酷	cánkù	Vs	cruel; ruthless; inhuman
18.	粗糙	粗糙	cūcāo	Vs	to be crude; unrefined
19.	心寒	心寒	xīnhán	Vs	to send a chill to the heart; be bitterly disappointed

20. 資方	资方	zīfāng	N	management; employers
21. 濫用	滥用	lànyòng	V	to abuse; misuse; use indiscriminately
22. 緊縮	紧缩	jǐnsuō	Vs	to retrench; reduce (staff, etc.)
23. 終止	终止	zhōngzhǐ	V	to terminate
24. 契約	契约	qìyuē	N	contract; agreement
25. 財務	财务	cáiwù	N	finances
26. 造假	造假	zàojiǎ	Vi	to fabricate; make up; fake
27. 自保	自保	zìbǎo	Vi	to protect o/s
28. 絕望	绝望	juéwàng	Vs	to despair; be utterly without hope; desperate
29. 悲觀	悲观	bēiguān	Vs	to be pessimistic
30. 證明	证明	zhèngmíng	N/V	prove; evidence; to prove
31. 事實	事实	shìshí	N	fact; reality
32. 泡湯了	泡汤了	pàotāng le	Id	go up in smoke; go down the drain
33. 安置	安置	ānzhì	V	to place
34. 迴避	回避	huíbì	V	to avoid
35. 招募	招募	zhāomù	V	to recruit
36. 自願	自愿	zìyuàn	Adv	to volunteer
37. 為止	为止	wéizhǐ	Vs	until; up to
38. 風聲	风声	fēngshēng	N	rumor; news; talk of
39. 法院	法院	fǎyuàn	N	court
40. 屆齡	届龄	jièlíng	Adv	to reach the age of

41. 勞工	劳工	láogōng	N	worker; laborer
42. 強制	强制	qiǎngzhì	V	to compel; oblige; force
43. 不得	不得	bùdé	Vaux	to not be allowed to; not supposed to
44. 予以	予以	yǔyǐ	Vaux	to give
45. 站不住腳	站不住脚	zhànbúzhù jiǎo	Ph	not have a leg to stand on; have no grounds
46. 寄託	寄托	jìtuō	Vi	to depend on; entrust
47. 樂觀	乐观	lèguān	Vs	to be optimistic
48. 籌碼	筹码	chóumǎ	N	bargaining chip
49. 任意	任意	rènyì	Adv	to do arbitrarily
50. 倘若	倘若	tǎngruò	Conj	if
51. 不當	不当	búdàng	Adv	inappropriate; improper
52. 雇傭	雇佣	gùyōng	N	employer and employee
53. 訴訟	诉讼	sùsòng	N	litigation
54. 撕破臉	撕破脸	sīpò liǎn	Id	openly offend s/b
55. 途徑	途径	tújìng	N	approach; path
56. 行政主管機關	行政主管机关	xíngzhèng zhǔguǎn jīguān	Ph	competent administrative authorities (機關 , N, office; institution; body)
57. 調解	调解	tiáojiě	V	to mediate
58. 有個底	有个底	yǒuge dǐ	Ph	get the idea; get the gist; have a basic understanding
59. 安心	安心	ānxīn	Vs	to set your mind at rest

四字格、熟語 08-03

共體時艱
gòngtǐ shíjiān

一起度過現在碰到的困難。
understand the problem we face and help each other get through it

1. 最近公司業績不好，暫時不能幫大家加薪，也請各位同仁共體時艱。

2. 為了共體時艱，公司的高級主管主動減薪百分之五。

風風雨雨
fēngfēng yǔyǔ

比喻一路上受到很多打擊、不順利和考驗。
great difficulties; trials and hardships

1. 這對明星夫婦一起經歷過許多風風雨雨，至今十幾年的感情仍然不變。

2. 老闆為了感謝員工跟公司一起走過風風雨雨，宣布全體員工加薪百分之十。

關關難過關關過
guānguān nánguò
guānguān guò

困難一個一個地解決，表示事情一定會順利解決的意思。
difficulties abound, but take them one at a time

1. 我剛開始經營這家公司的時候碰到很多困難，幸好沒放棄，關關難過關關過，到現在已經過了十年了。

2. 老王靠朋友的幫忙，找到新的工作，也搬到比較好的公寓，關關難過關關過，現在又恢復正常的生活了。

一夕之間
yíxì zhījiān

在很短的時間內。
overnight

1. 如果我在一夕之間丟了工作，那可慘了！

2. 這個產品在網路上一夕之間紅了起來。

何去何從 héqù hécóng	「要往哪裡去？」（面對困境時的心情） 'where does (one) go from here?', what to do

1　公司倒閉了，這些員工都不知道該何去何從。

2　這一行越來越不景氣，許多廠商都在思考未來究竟何去何從。

無可避免 wúkě bìmiǎn	避免不了的意思。 cannot avoid

1　總經理表示，因為虧損嚴重，所以裁員是無可避免的決定。

2　原物料都漲價了，因此廠商也無可避免地調整商品定價。

好聚好散 hǎojù hǎosàn	相處時很愉快，分開時也能維持風度和禮貌。 part friends; leave on good terms

1　員工辭職時，主管跟下屬好聚好散是一門學問。

2　王老闆認為辦公室戀情很難好聚好散，所以禁止員工之間談戀愛。

曠日費時 kuàngrì fèishí	花費很多時間和力氣的意思。 spend/take a great deal of time and energy

1　走法律途徑的話，不但曠日費時，還會影響正常的生活。

2　李小姐寧可自己吃虧也不想請求法律的幫助，就是為了避免曠日費時的過程。

求助無門
qiúzhù wúmén

不知道該找誰幫忙。
don't know where to go; have no one to turn to

1 他在網路上買到了瑕疵品,現在找不到賣家了,真是求助無門。

2 王小姐出國整型時,不幸發生醫療糾紛,在國外求助無門。

請根據對話，回答下面問題。

1. 照護中心老闆裁員的理由是什麼？

2. 律師說，趁還沒被解雇以前，員工可以做些什麼來自保？

3. 我國法律規定，雇主必須做哪些迴避解雇的努力以後，才可以裁員？

4. 根據最高法院的規定，公司可以資遣屆齡退休的員工嗎？

5. 倘若真的遭到非法解雇，這個員工可以怎麼做？

語言點 Useful Expression

…忽然被（公司）告知…

功能　說話人用來表達被臨時通知所產生的不滿或不安情緒。

例句　我昨天忽然被公司告知不必再去上班了，一點心理準備也沒有。

練習　請試著完成句子

> 我昨天忽然被公司告知<u>因為人手不夠，必須把我調到另一個部門</u>。

1　那個新人忽然被公司告知 ＿＿＿＿＿＿＿＿＿＿＿＿＿＿＿＿＿＿＿ ，
　讓他覺得不合理。

2　員工今天忽然被公司告知 ＿＿＿＿＿＿＿＿＿＿＿＿＿＿＿＿＿＿＿ ，
　所以這個月起希望大家配合減薪。

…規定…，尤其是…，一定要…

功能 用來解釋法條或規定，並說明某些特殊情況。

例句 我國的勞基法中規定，解雇員工有一定的條件和程序，尤其是當員工沒有重大過失時，一定要提早通知。

練習 請試著完成對話

> 工讀生A： 公司希望工讀生加班，我們可以要求加班費嗎？
>
> 工讀生B： 當然可以啊！勞基法規定，工讀生加班也要算加班費，尤其是<u>假日加班時</u>，一定要<u>比平日的時薪多一倍</u>。

① 小　美：聽說在一般商店買東西不一定能退換。那在網路商店購物呢？萬一收到貨以後，發現是瑕疵品可以退換嗎？

　　小　新：你放心。消保法規定，在網路商店購物七天以內都可以退換，尤其是 ＿＿＿＿＿＿＿＿＿＿＿＿，一定要 ＿＿＿＿＿＿＿＿＿＿＿＿。

② 小　張：勞工福利都有法律保障嗎？

　　王律師：是的。法律規定，不管公司大小，勞工都有法律上的基本保障，尤其是 ＿＿＿＿＿＿＿＿＿＿＿，一定要＿＿＿＿＿＿＿＿＿＿＿。

真的沒想到…，我們該怎麼自保？

功能 說話人表示意外，並尋求協助。

例句 真的沒想到會有這麼一天。我們這些資深員工真的不能接受！我們該怎麼自保？

練習 請試著完成句子

> 我們公司請這家工廠生產食品，真的沒想到<u>廠商會使用過期的原料，讓我們公司的信用也受到影響</u>，我們該怎麼自保？

1. 真的沒想到 ＿＿＿＿＿＿＿＿＿＿＿＿＿＿＿＿＿＿＿＿＿，

   如果不配合的話就要走路，我們該怎麼自保？

2. 真的沒想到 ＿＿＿＿＿＿＿＿＿＿＿＿＿＿＿＿＿＿＿＿＿，

   並使六百名員工失去工作，我們該怎麼自保？

不要說⋯，倘若真的⋯

功能 用來說明某情況發生的機率很低，若真的發生也有方法可以應對。

例句 不要說公司不能任意把你裁掉，倘若真的遭到非法解雇，你可以向法院提起訴訟。

練習 請試著完成對話

> 員工 A： 工作已經做不完了，小李還要休一個月的假。萬一客戶希望我們提前交貨怎麼辦？
>
> 經理 B： 不要說客戶不可能這樣要求，倘若真的<u>如此，我們也可以表達我們有困難啊！</u>

1. 同事 A：我聽說因為不景氣，公司想裁掉一些員工。雖然我有專業技術，但還是擔心會被裁員。

   同事 B：那只是小道消息罷了。不要說公司的營運狀況很穩定，倘若真的要裁員，＿＿＿＿＿＿＿＿＿＿＿＿＿＿＿＿＿＿＿＿＿＿＿

2. 老闆 A：這款新產品的價錢怎麼樣？要是市場反應不佳，怎麼辦？

   老闆 B：不要說這款新產品的價錢很有競爭力，倘若真的市場反應不佳，＿＿＿＿＿＿＿＿＿＿＿＿＿＿＿＿＿＿＿＿＿＿＿

個案分析 Case Study

背景

當公司面臨財務危機或營運不善時，難免要進行組織縮編或相關因應計畫。無論是裁員或採取其他調整方式，員工都曾為公司付出過，這是毋庸置疑的。因此，如何幫助員工找到新的方向或適應改變，讓勞資雙方「好聚好散」，是一項重要的管理課題。以下舉兩個案例來說明：

案例 1. A 公司對被裁員者的協助

A 公司是 1990 年代 IT 產業的龍頭老大，但是在「網際網路泡沫化」時，股價暴跌，為了不影響公司營運，只好大量裁員。他們希望能妥善照顧被裁員的員工，對有意學習、提升職業技能的人提供學習津貼；也對有意投入慈善事業或社會企業的人提供補助。對於沒被裁員的員工，公司則提供休假福利，安撫不安的情緒。

案例 2. B 公司的減薪方案

某台灣文創領導品牌，出現連續兩年營收下滑的現象，由於預期景氣短期內無法復甦，因此緊急以減薪方案因應。經中高階員工共同討論，多達八成員工願意接受減薪一成，至於薪資較低的年輕及基層員工則維持原薪水，不減薪。該公司承諾不會裁員，未來景氣好轉後會把薪資調回，並分配年終獎金及紅利。

1 你認為以上兩個案例是否能讓被裁員及被減薪的員工感覺到公司的誠意,並降低其他權益未受波及的員工的不安感?請說說你的看法。

_____

_____

2 如果你是公司主管,當你的公司決定縮編,你的部屬將要被公司裁員或減薪時,你如何告訴你的部屬這個消息?你如何協助部屬向公司爭取基本的、合理的權益?

_____

_____

3 當公司營運不善,出現財務危機時,只有裁員這一個解決方法嗎?請你以經營者的立場,說一說你的公司是什麼產業,有多少員工,遇到財務危機時,有哪些解決方法?

_____

_____

生詞 New Words

	生詞		拼音	詞性	英譯
1.	不善	不善	búshàn	Vs	to do poorly; not be good at
2.	縮編	缩编	suōbiān	Vi	to downsize
3.	付出	付出	fùchū	V	to put in a great deal of hard work
4.	網際網路	网际网路	wǎngjì wǎnglù	Ph	（＝互聯網）Internet
5.	泡沫化	泡沫化	pàomòhuà	Vp	bubble
6.	股價	股价	gǔjià	N	stock price
7.	暴跌	暴跌	bàodié	Vs	plummet; plunge; crash
8.	妥善	妥善	tuǒshàn	Adv	appropriately
9.	有意	有意	yǒuyì	Adv	to be inclined to
10.	安撫	安抚	ānfǔ	V	to pacify; placate
11.	文創	文创	wénchuàng	N	（＝文化創意）cultural and creative
12.	復甦	复苏	fùsū	Vs	to revive; resuscitate; recover
13.	中高階	中高阶	zhōnggāojiē	Ph	（＝中階＋高階）middle and upper level
14.	基層	基层	jīcéng	N	lower level
15.	誠意	诚意	chéngyì	N	good faith; sincerity
16.	波及	波及	bōjí	Vst	to be affected

四字格、熟語 08 - 05

毋庸置疑
wúyōng zhìyí

沒有任何需要懷疑的地方。
beyond all doubt; undisputed; beyond question; beyond all question

1 這個員工的工作能力是毋庸置疑的。

2 阿明對顧客很親切,工作也最認真,毋庸置疑會得到本月最佳員工獎。

聽一聽

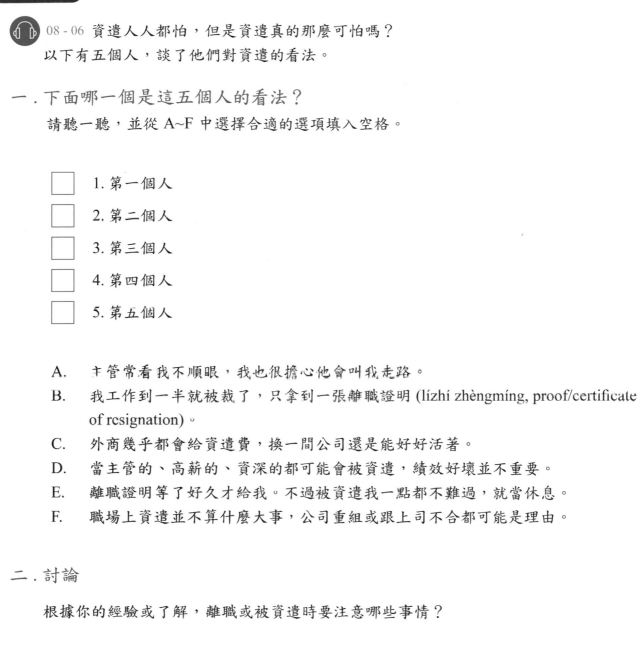

08-06 資遣人人都怕，但是資遣真的那麼可怕嗎？
以下有五個人，談了他們對資遣的看法。

一. 下面哪一個是這五個人的看法？

請聽一聽，並從 A~F 中選擇合適的選項填入空格。

- [ ] 1. 第一個人
- [ ] 2. 第二個人
- [ ] 3. 第三個人
- [ ] 4. 第四個人
- [ ] 5. 第五個人

A. 主管常看我不順眼，我也很擔心他會叫我走路。
B. 我工作到一半就被裁了，只拿到一張離職證明 (lízhí zhèngmíng, proof/certificate of resignation)。
C. 外商幾乎都會給資遣費，換一間公司還是能好好活著。
D. 當主管的、高薪的、資深的都可能會被資遣，績效好壞並不重要。
E. 離職證明等了好久才給我。不過被資遣我一點都不難過，就當休息。
F. 職場上資遣並不算什麼大事，公司重組或跟上司不合都可能是理由。

二. 討論

根據你的經驗或了解，離職或被資遣時要注意哪些事情？

_____

_____

_____

文化點 Culture Corner

　　當企業傳出裁員風聲時，員工第一時間擔心的總是如何自保，做最壞的打算。臺灣企業面對裁員這種敏感問題，自有一套內部流程，像是約談、職務調動、減薪、減少上班時數、留職停薪等比較委婉的方式，讓員工有所準備，但也有早上約談、下午就離開公司的情況發生。一般來說，到了非裁員不可的時刻，台灣企業還是會顧及員工生計，展現人情味。所以，大多數的企業主會選擇讓員工優退、優離，來補償因為裁員而造成員工生活上的困難，不然就是把員工轉到其他分公司或相關事業，盡量讓員工的個人職業生涯能有效連接、轉換，而不至於又要從頭開始。「好好善後」的裁員作風，也算是一種負責任的臺灣企業文化表現。

When there is news that a company will be downsizing, the first thing employees always do is worry about is how to protect themselves and plan for the worst. When faced with the sensitive issue of layoffs, Taiwanese companies have their own internal process, employing relatively mild and roundabout methods, like calling employees in for a meeting, job transfers, pay cuts, reducing work hours, and leave without pay, to help employees prepare themselves. Some, however, call employees in for a meeting one morning and the employees are out of a job that afternoon. Generally speaking, when the time comes that layoffs must be carried out, Taiwanese businesses will still attend to the livelihoods of their employees showing them human kindness. So the heads of most large businesses will choose to give their employees favorable conditions for retirement or resignation to make up for the difficulties in life that the employees might experience as a result of being let go. Another possibility is transferring employees to branch offices or affiliated companies as the companies try their best to ensure that the personal careers of their employees are effectively continued and transformed, so that the employees don't have to start all over again. The way Taiwanese business "do a good job of dealing with the aftermath" of downsizing can be considered a responsible manifestation of Taiwanese business culture.

LESSON 9

第 9 課
老闆與老闆娘

學習目標

能詳述自己遇到的困境
能描述自己工作場域的管理模式
能分析不同管理模式的優缺點
能針對不同狀況提出因應方式

語言功能

描述特色、表達抱怨、舉例說明、
誇大表達

產業領域

補教業

對話 1 Dialogue 1

課前準備

🎧 09 - 01 請聽對話 1，試著判斷下面敘述的正確性。對的圈 T；錯的圈 F。

T / F　傑克想知道蘿拉公司的情況。

T / F　這兩個人都在補習班工作。

T / F　在蘿拉她們公司，權力最大的是老闆。

T / F　蘿拉的老闆娘不喜歡蘿拉。

T / F　他們的老闆利用監視器來看課堂上的情況。

情境

傑克和蘿拉一起在餐廳用餐。因兩人都是在補習班工作，所以聊起自己公司的情況。

傑　克：　我覺得我工作的這家補習班快倒閉了，最近在考慮跳槽，想打聽一下你那邊的情況怎麼樣？

蘿　拉：　我這裡也好不到哪兒去。他們是家族企業，老闆不常進辦公室。另外，因為他英文不好，所以教學上很信任我們。不過他一向只在乎學生有沒有流失、有沒有家長抱怨而已。其他的像財務、教材的選用、排課等大小事都是老闆娘在處理。

傑　克：　這樣一來，同事間應該會勾心鬥角，大家都想討老闆娘的歡心吧！

蘿　拉：　老闆娘她的確不太公正，誰跟她比較親近，誰就能接到比較多的課。我剛開始只想把自己的事做好，不想去討好誰；但偏偏有人的地方就有是非。畢竟我是個外師，本土老師都拿我當假想敵。

傑　克：　本來就不可能迎合每個人，反正真正握有大權的是老闆娘，只要處處配合她、獲得她的信賴就好了吧？

蘿　拉：　可是不知道為什麼她就是看我不順眼，不但常擺臉色給我看，還總是找我麻煩。隨便舉個例子來說，當我上網查備課所需要的資料時，她卻在旁酸言酸語，說我如果有時間逛網站，怎麼不去幫補習班做電訪工作。還有一次，她要求我寫份學生學習報告給她，我事後申請加班費，她卻說這只需幾分鐘就

能完成，所以不准。但其實我們的薪水是以鐘點來算的，那工作花了我將近兩個小時的時間。

傑　克：我們這一行就是這樣！除了上課時間以外，下課後的備課辛勞，老闆都好像沒看見，認為是理所當然的。

蘿　拉：說到上課，我們每間教室都裝有監視器，常上課上到一半就接到內線電話，跟我說哪個學生不專心，要我注意他。

傑　克：我們教室也有監視器。剛開始我也不習慣。不過，站在老闆的角度想，老闆想從畫面中了解師生的互動跟學習情況也是合理的。還好我們老闆不會斤斤計較，你的情況真讓人生氣，難道沒有別的申訴管道嗎？

蘿　拉：跟老闆申訴嗎？算了吧！家族企業就是這樣，缺乏制度，我也不敢直接找老闆溝通。再說他們夫妻感情不是很好，總把個人的情緒帶到公司，動不動就在補習班裡吵架，好幾次都波及到我們，要我們說誰對誰錯，還問我們要挺誰。

傑　克：嗯，可以想像員工們夾在中間很為難吧！

蘿　拉：是啊！對了，換你說一說你們補習班的問題！為什麼快倒了？

傑　克：我們補習班的事說來話長，這家餐廳下午要休息了。我們找家咖啡店，點個下午茶，再慢慢聊吧！

生詞 New Words

	生詞		拼音	詞性	英譯
1.	老闆娘	老板娘	lǎobǎnniáng	N	boss' wife
2.	跳槽	跳槽	tiàocáo	Vi	job-hopping; to quit one job for another
3.	家族	家族	jiāzú	N	family
4.	教材	教材	jiàocái	N	teaching materials
5.	討歡心	讨欢心	tǎo huānxīn	Ph	ingratiate o/s with s/b
6.	公正	公正	gōngzhèng	Vs	to be fair; impartial
7.	親近	亲近	qīnjìn	Vs	to be close; on intimate terms with
8.	討好	讨好	tǎohǎo	V	to ingratiate o/s with; kiss up to
9.	是非	是非	shìfēi	N	gossip; quarreling
10.	本土	本土	běntǔ	Vs-attr	to be local
11.	假想敵	假想敌	jiǎxiǎngdí	N	hypothetical enemy; imagined foe
12.	握有大權	握有大权	wòyǒu dàquán	Ph	hold power
13.	信賴	信赖	xìnlài	N	trust
14.	擺臉色	摆脸色	bǎi liǎnsè	Ph	frown at; give s/b attitude
15.	備課	备课	bèikè	V-sep	to prepare lessons
16.	酸言酸語	酸言酸语	suānyán suānyǔ	Ph	to say sarcastically
17.	電訪	电访	diànfǎng	Ph	（＝電話訪問）telephone interview
18.	准	准	zhǔn	V	to approve; authorize
19.	鐘點	钟点	zhōngdiǎn	N	hour
20.	辛勞	辛劳	xīnláo	N	toil; pains

21. 監視器	监视器	jiānshìqì	N	surveillance camera
22. 內線	内线	nèixiàn	N	internal line
23. 畫面	画面	huàmiàn	N	picture; screen
24. 申訴	申诉	shēnsù	N/Vi	grievance; to complain; appeal
25. 挺	挺	tǐng	V	to back; support
26. 夾	夹	jiá	Vi	to be pressed in between; squeezed between
27. 為難	为难	wéinán	Vs/V	to be in an awkward position; make things difficult for; be in a pickle; to feel awkward

四字格、熟語 09 - 03

勾心鬥角
gōuxīn dòujiǎo

人們暗地裡互相競爭。
intrigue against; infighting

1. 同事之間，大家都勾心鬥角的話，工作就無法順利進行了。

2. 雖說同事間有點競爭是好事，但如果太激烈，就會讓公司裡的氣氛像那勾心鬥角的連續劇一樣糟。

斤斤計較
jīnjīn jìjiào

計算很小的事物。通常是指擔心吃虧而計較。
haggle over trivial things

1. 他很慷慨，對小錢從不斤斤計較，難怪很受大家歡迎。

2. 我很喜歡我辦公室的同事，大家總是相互幫忙，不會為了芝麻綠豆的小事而斤斤計較。

說來話長
shuōlái huàcháng

指事情很複雜，不是一兩句話就能說清楚的。
it's a long story

1. 關於我離職的原因，那實在是說來話長啊！有空再告訴你吧！

2. 中秋節為什麼要吃月餅？這故事說來話長，下次回鄉下，請爺爺說給你聽吧！

回答問題

請根據對話 1，回答下面問題。

1. 傑克想跳槽的原因是什麼？
2. 蘿拉老闆的管理方式是什麼？
3. 蘿拉的老闆娘在公司負責哪些事務？
4. 為什麼大家都想討好老闆娘？
5. 家族企業是什麼意思？有什麼缺點？

語言點 Useful Expression

> ⋯也好不到哪兒去。⋯

功能 意思是「⋯的情況沒有比較好」。用於比較分析兩邊的情況，例如：說明自己所遇到的困境。

例句 你的公司快倒閉了，我這裡的情況也好不到哪兒去。老闆一直裁員，大家都沒心情上班了。

練習 請試著完成句子

小 李： 自從你離開公司之後就沒你的消息了，最近怎麼樣？新工作還順利嗎？

阿 文： 唉！別提了，新公司也好不到哪兒去，每天都累得跟狗一樣。

1 怡 君：我這陣子很缺錢，你方便借我一點嗎？

　 雅 維：_____ 也好不到哪兒去。_____

　　　　_____。

2 經 理：下星期得找個人接待美國來的客人，小慧的英文程度不好，讓圓圓來做好嗎？

　 組 長：_____ 也好不到哪兒去。_____

　　　　_____。

3 秀 秀：唉！經濟不景氣，我們公司生意不好，老闆一直裁員。

　 老 馬：_____ 也好不到哪兒去。_____

　　　　_____。

這樣一來，⋯應該⋯吧！

功能 用於推論情況，對這樣的情況會產生什麼結果，提出自己的想法。

例句 公司的事都是老闆娘決定，這樣一來，同事間應該會勾心鬥角，大家都想討老闆娘的歡心吧！

練習 請試著完成句子

小 張 ： 我們老闆今天宣布因為一連幾個月的生意都不好，從下個月起薪水要調降百分之十。

媽 媽 ： 這樣一來，員工們應該很不高興、想跳槽了吧！

1 文 清 ：我打算下個月起提高產品的售價。

思 雲 ：這樣一來，_____吧！

2 觀 慧 ：公司有了一條新規定，就是在辦公室裡不能談戀愛。

冠 語 ：這樣一來，_____吧！

3 店 長 ：附近新開了幾家飲料店，跟我們賣的差不多。

老 闆 ：這樣一來，_____吧！

算了吧！…就是這樣

功能 用來表達因為情況難以改變而只能接受現實，不再爭取或抗議。

例句 在這裡即使被欺負也沒地方申訴，算了吧！家族企業就是這樣，缺乏制度。

練習 請試著完成對話

可　欣： 自從開始在這工作以來，我每天都準時來上班，從來沒遲到過就只有今天晚到 15 分鐘，就被組長罵了一頓，真不公平。

怡　文： 算了吧！組長就是這樣，你生氣也沒用。

1　小　平： 在這工作三年都沒調薪，老闆不主動加，那我們開會時提一下吧？

　　麗　麗： _____

　　　　　　_____（老闆小氣）

2　心　如： 明明就不是我的錯，卻得要我跟客人道歉，真是太不合理了。

　　華　華： _____

　　　　　　_____（服務業「顧客至上」）

3　明　依： _____

　　若　藍： 算了吧！別生氣了，男人就是這樣。

課前準備

 09 - 04 請聽對話 2，試著判斷下面敘述的正確性。對的圈 T；錯的圈 F。

T / F　傑克找蘿拉出來是想打聽她們學校有沒有工作機會。

T / F　傑克常和老闆娘吵起來。

T / F　蘿拉的老闆常因老闆娘沒在大家面前給他留面子而生氣。

T / F　傑克的老闆娘不管事、對員工不太好。

T / F　他們兩個人都認為在公司裡最好只聽一個人的命令。

情境

蘿拉和傑克在咖啡廳聊天。傑克向蘿拉抱怨自己公司的老闆，最後希望蘿拉幫他留意工作的機會。

蘿　拉：　傑克，你為什麼想離職呢？是受不了同事間的派系鬥爭，還是受不了老闆娘強勢掌權？

傑　克：　同事間表面上井水不犯河水，暗地裡互相較勁的那些情況，我都還應付得來。我們老闆娘平常是不管事的，對員工非常好，還常買些甜點來慰勞我們，是那種成功男人背後的偉大女人。

蘿　拉：　那很好呀！不像我們的老闆娘老在會議上反駁老闆的意見，老闆聽不進去她的意見，也氣老闆娘沒給他留面子，常常在會議上惱羞成怒，一言不合就吵起來。

傑　克：　先不說兩夫妻，就算是兩個合作的朋友都很難有共識。如果兩人在公司的權力一樣大，卻又做不到公私分明的話，很難讓公司正常運作。

蘿　拉：　你說得對極了！像你們那樣只聽一個人的命令做事，員工才不會無所適從。

傑　克：　不過話說回來，我們的老闆就是個傳統的權威式老闆。白手起家、不怕吃苦，什麼事都自己來。不出去交際開拓財源，而是坐在櫃臺接電話。連換洗手間的衛生紙這種小事都是他自己做，就是想省下請工讀生跟清潔員的費用。

蘿　拉：　聽起來是誇張了點。不過，什麼事都讓他來決定，旁人省得煩惱也不錯呀！

傑　克　：　但他常一看到他校有什麼新做法就興沖沖地跟進。常常月初宣布一項制度，沒過幾天又說那個制度不好。我們對這種朝令夕改的情況已經麻木了，現在他如果又提什麼策略，我們就當做是「當月主打」，沒人認真做了。

蘿　拉　：　很多事情老闆說了算。反正天塌下來，有老闆頂著。

傑　克　：　問題就出在他頂不住。他一口氣開了三家分校，老師們都得跑分校，車馬費不給不說，累到快爆肝了，還領不到薪水，到現在已經積欠了三個月。

蘿　拉　：　哇！是因為財務出問題，他發不出薪水嗎？

傑　克　：　是啊！有幾位老師已經離職了。他要我們體諒，說現在我們都在同一條船上，要一起度過這個難關。但其實，大家為了自保，已經私下到處應徵工作了。

蘿　拉　：　和人情相比，現實比較重要，畢竟你還有老婆小孩要養，還是得多為自己著想。

傑　克　：　就是說啊！那就麻煩你幫我留意一下工作機會。

蘿　拉　：　那還用說！我們人在異鄉，肯定是要互相幫忙的。

09 - 05

	生詞		拼音	詞性	英譯
1.	離職	离职	lízhí	Vi	to resign
2.	派系	派系	pàixì	N	clique; factions
3.	鬥爭	斗争	dòuzhēng	N/Vi	fighting; struggle
4.	強勢	强势	qiángshì	Vs	to strong; powerful
5.	掌權	掌权	zhǎngquán	V-sep	to wield power; exercise control
6.	表面上	表面上	biǎomiàn shàng	Ph	superficially; on the surface
7.	暗地裡	暗地里	àndìlǐ	Ph	to be secret; secret; secretly; on the sly
8.	較勁	较劲	jiàojìn	Vi	to compete; have rivalry
9.	應付	应付	yìngfù	V	to deal with; handle
10.	管	管	guǎn	V	to meddle in
11.	慰勞	慰劳	wèiláo	V	to give gifts to express appreciation for services rendered; comfort
12.	背後	背后	bèihòu	N	behind
13.	偉大	伟大	wěidà	Vs	to be great
14.	反駁	反驳	fǎnbó	V	to refute; rebuttal
15.	面子	面子	miànzi	N	face
16.	運作	运作	yùnzuò	Vi/N	operate; operations
17.	權威式	权威式	quánwēishì	Vs-attr	authoritarian; autocratic
18.	財源	财源	cáiyuán	N	sources of revenue
19.	櫃臺	柜台	guìtái	N	counter
20.	工讀生	工读生	gōngdúshēng	N	student working part time

21. 旁人	旁人	pángrén	N	other people; others
22. 省得	省得	shěngde	Vst	to save (e.g., time, money, hassle, headaches)
23. 興沖沖	兴冲冲	xìngchōngchōng	Adv	excitedly; all fired up
24. 跟進	跟进	gēnjìn	Vi	to follow; follow in s/b's steps; do the same
25. 宣布	宣布	xuānbù	V	to announce
26. 麻木	麻木	mámù	Vs	to be numbed to
27. 當月	当月	dāngyuè	Ph	that month; the same month
28. 頂	顶	dǐng	V	to hold up
29. 車馬費	车马费	chēmǎfèi	N	travel allowance
30. 爆肝	爆肝	bàogān	Vp	to explode one's liver (i.e., so tired your liver functions go awry)
31. 積欠	积欠	jīqiàn	V	to pile up debts
32. 度過	度过	dùguò	V	to get through; make it through
33. 難關	难关	nánguān	N	crisis; difficulty
34. 著想	着想	zháoxiǎng	Vi	to give thought to consider
35. 異鄉	异乡	yìxiāng	N	foreign land; a place other than one's hometown

四字格、熟語 09 - 06

井水不犯河水
jǐngshuǐ búfàn héshuǐ

各管各的，自己做自己的，不去影響到對方。
everyone minds their own business; each tends to their own field

1 雖然這兩個意見不合的小組在同一個部門工作，但他們彼此井水不犯河水，還沒發生過爭吵的情況。

2 聽說經理跟他太太簽字離婚以後，就井水不犯河水，現在也完全不聯絡了。

惱羞成怒
nǎoxiū chéngnù

雖是自己的錯，但因感到丟臉反而對人發脾氣。
fly into a rage out of humiliation

1 小王在會議上指出經理的資料缺乏根據，沒想到經理竟然惱羞成怒。

2 那個業務員來了兩次，但主管對他愛理不理，最後他惱羞成怒地罵了主管一句，用力地把資料丟在地上走了。

一言不合
yìyán bùhé

雙方在對話時意見不同。（後面得再接一個動作）
disagree (leading to fighting, etc.)

1 雖然他們兩個經常在會議上一言不合吵起來，但散會後仍然是好朋友。

2 昨天小王跟老李喝醉了，一言不合，就發生了衝突，結果兩人都進了警察局。

公私分明 gōngsī fēnmíng	工作的事和自己私人的事分得很清楚。 be scrupulous in separating public from private interest

1　雖然和家人一起工作，很難做到公私分明，但如果常常公私不分，會讓同事們很困擾。

2　我的主管是個公私分明的人。在公司，不會因為小王是他的朋友就對他特別好。

無所適從 wúsuǒ shìcóng	不知道應該聽誰的話，或不知道應該怎麼辦才好。 not know what to do; at a loss as to what to do

1　公司的規定常常改變，一下子說要這樣做，過了幾天又說不可以，讓員工們無所適從。

2　如果國家的政策常常改變的話，人民會無所適從。

白手起家 báishǒu qǐjiā	不靠父母或祖先的財產，自己從零開始工作、創業。 build an empire, etc. from scratch; pull o/s up from the bootstraps

1　我父親白手起家，16歲就自己一個人到大城市工作，慢慢地才有了今天的地位。

2　一些書商喜歡找成功的企業家，把他們白手起家、創業成功的故事出版成書。

朝令夕改 zhāolìng xìgǎi	早上才傳下來的命令，還不到晚上就改變了。指命令或規定改變得很快。 issue an order in the morning, but countermand it at night; inconstant policy; make frequent changes in policies

1　若公司的制度常朝令夕改，不但會引起員工們抱怨，也會讓公司不穩定。

2　老闆原來為了體恤員工的辛勞而要舉辦員工旅遊，但費用的補助方式卻朝令夕改，弄得大家都不想去了。

回答問題

請根據對話 2，回答下面問題。

1. 傑克想離職的理由是什麼？

2. 傑克老闆的管理方式是什麼？

3. 員工們對於老闆所提的新政策抱著什麼態度？

4. 傑克說他老闆頂不住什麼事？

5. 關於發不出薪水的事，老闆怎麼跟員工說？

語言點 Useful Expression

表面上⋯，暗地裡⋯

功能 用於說明情況看起來和實際並不一樣。

例句 同事們表面上井水不犯河水，暗地裡互相較勁。

練習 請試著完成句子

表面上他在市場賣菜，暗地裡卻是在做些不合法的生意。

1 _____，暗地裡她卻做了許多壞事。

2 明華很同情樂顏的家庭環境，_____

_____，暗地裡為她解決一些經濟上的困難。

3 那家公司表面上_____，_____

_____。

A 說了算

功能　指 A 說的話可以決定這件事。可用於描述管理模式。

例句　在我們公司，幾乎所有事情都是老闆說了算。

練習　請試著回答問題

> Q：在你的公司常是誰來決定事情的呢？
> A：因為老闆住在國外，所以公司大大小小的事都是總經理說了算。

1　Q：在你家誰可以做決定呢？

　　A：_____

　　_____

2　Q：在你們國家誰的權力最大呢？

　　A：_____

　　_____

3　Q：拍電影時，出錢的老闆、當紅的演員、導演等同時在現場，大家得聽誰的話呢？

　　A：_____

　　_____

和⋯相比，⋯比較⋯

功能 把兩個東西相比。可用於分析優缺點。

例句 和人情相比，現實比較重要。

練習 請試著回答問題

> Q：臺灣的農產品和你們國家的有什麼不一樣嗎？
>
> A：臺灣的水果種類和我們國家的相比，臺灣的比較多。

1 　Q：關於社會福利，臺灣和你們國家有什麼不一樣嗎？

　　A：＿＿＿＿＿＿＿＿＿＿＿＿＿＿＿＿＿＿＿＿＿

　　＿＿＿＿＿＿＿＿＿＿＿＿＿＿＿＿＿＿＿＿＿＿＿

2 　Q：你們公司與朋友他們的公司有哪些不同呢？

　　A：＿＿＿＿＿＿＿＿＿＿＿＿＿＿＿＿＿＿＿＿＿

　　＿＿＿＿＿＿＿＿＿＿＿＿＿＿＿＿＿＿＿＿＿＿＿

3 　Q：請比較兩個人（明星、老師、前男／女友⋯）。

　　A：＿＿＿＿＿＿＿＿＿＿＿＿＿＿＿＿＿＿＿＿＿

　　＿＿＿＿＿＿＿＿＿＿＿＿＿＿＿＿＿＿＿＿＿＿＿

在一家教英文的補習班裡，老闆、老闆娘、美籍教師 Naomi、Vivian、英籍教師 Mary 和本國籍教師張志中正在開會討論學生考試成績不佳的問題。

老　闆：　國家英語能力考試的成績已經公布了，我非常驚訝我們學生的通過率只有 12%，怎麼會這樣？

Naomi：　說實話，我對這樣的情況並不意外。我注意到這裡只重視生詞的教學，而不重視句型；只重視聽、說而不重視讀、寫。老師們各有各的教法，教學品質不太穩定。

老闆娘：　為什麼老師各有各的教法呢？不是有教案，每個老師按照教案進行教學嗎？

Mary：　那份教案設計得粗糙，應付不了實際的情況。

老　闆：　所以得重新設計囉！我要你們設計一份可以套用在每個程度、每個班的教案。

Vivian：　不太可能設計得出這種教案，老師得根據每個學生的特質教學。

老　闆：　我是外行，反正我要我補習班的學生在學完兩學期後，通過考試的比率提高到百分之五十。

張志中：　那誰來做教案呢？大家每天都要上很多課。

老　闆：　那讓 Naomi 跟志中來做吧！你們比較專業，我每個人每星期多給你們兩個小時的鐘點費來做教案，以後每個老師都按照那份教案上課，就連教室裡玩的遊戲都得一樣。

老闆娘：　每個星期兩個小時？想份教案而已，需要那麼多時間來做嗎？

Naomi：　我認為兩個小時鐘點費根本不夠，智慧財產也需要算進去。畢竟好的教案可是一所學校的靈魂呢！只有兩個小時？對不起，我難以接受。

老　闆：　很抱歉，我們小學校的預算有限啊！大家別計較太多，多多幫助學校也是為了各位的將來好。

1 從開會對話中，你覺得這個公司是家族企業的管理模式嗎？誰是掌權的人？

2 請討論這種管理模式的優缺點。

3 要解決會議中的問題，以下哪個解決方法較佳？請以老闆的角度來想。

A. 老闆每個禮拜多支付四至六個小時，讓較有經驗的 Naomi 和張志中一邊教一邊寫出完美的教案。
B. 請一個短期、專業的人來寫教案，然後訓練一致的教法。
C. 老闆在書店買教師手冊，要老師們按照書上來教。
D. 其他（請說明）

4 如果你要開一家小型的語言補習班，需要考慮什麼？

A. 補習班的語言課程：中文、英文、法文、日文、韓文、西班牙文、德文，或其它：

B. 地點：　　　　　　　　　　　　理由：

C. 需要哪些設備：影印機 (yǐngyìnjī, copy machine)、

D. 請幾個老師：（1）本土教師：＿＿＿＿＿＿個。理由：＿＿＿＿＿＿＿＿＿＿＿＿＿＿

           （2）外籍教師：＿＿＿＿＿＿個。理由：＿＿＿＿＿＿＿＿＿＿＿＿＿＿

E. 怎麼選教材：教師自編、書店現有教材、＿＿＿＿＿＿＿＿＿＿＿＿＿＿＿＿＿＿

＿＿＿＿＿＿＿＿＿＿＿＿＿＿＿＿＿＿＿＿＿＿＿＿＿＿＿＿＿＿＿＿＿＿＿＿＿

F. 其他考量因素 (yīnsù, factor, element)：＿＿＿＿＿＿＿＿＿＿＿＿＿＿＿＿＿

＿＿＿＿＿＿＿＿＿＿＿＿＿＿＿＿＿＿＿＿＿＿＿＿＿＿＿＿＿＿＿＿＿＿＿＿＿

生詞 New Words

	生詞		拼音	詞性	英譯
1.	公布	公布	gōngbù	V	to make public; post
2.	驚訝	惊讶	jīngyà	Vs	to be surprised
3.	實話	实话	shíhuà	N	truth
4.	意外	意外	yìwài	Vs/N	to be surprised by (i.e., it is not surprising); a surprise
5.	句型	句型	jùxíng	N	sentence pattern
6.	教案	教案	jiào'àn	N	teaching plan
7.	套用	套用	tàoyòng	V	to apply to
8.	外行	外行	wàiháng	Vs	to be a layman; not trained in the field
9.	智慧財產	智慧财产	zhìhuì cáichǎn	Ph	intellectual property
10.	靈魂	灵魂	línghún	N	spirit; soul

Q 請先準備一間自己國家的家族企業公司的資料，再上台口頭報告。

討論：

1 在你的國家有許多家族企業嗎？請舉出一間知名的公司為例，並介紹一下該公司。

2 你對家族企業的看法是什麼？如果你開一間公司，會找自己人來工作嗎？為什麼？

文化點 Culture Corner

　　根據調查，台灣平均每兩人就有一人加過班，其中約 170 萬人，一天工作超過 12 個小時，而且大部分是沒加班費可領的。即使如此，多數台灣人仍默默地辛苦工作。在歐美，勞工若受到不平等待遇時，多數會站出來，且常利用無預警的罷工來爭取自己的權益。台灣卻鮮少有罷工的新聞，這歸因於勞工們總是顧慮太多，除了擔心日後給雇主留下不好的印象之外，也不希望因為自己的利益而影響到無辜的人。例如交通行業若罷工，破壞了社會秩序不說，肯定會造成很多乘客不便，甚至不利於國家的經濟發展。也因此才會出現某年台灣鐵路公司的員工提出罷工，卻在交通部開會協調後，決定只採取形式上「罷工」，但火車仍照開的例子。

According to surveys, on average, one out of two people has had to work overtime. 1.7 million of them have had to work 12 hours in one day and most of those didn't receive any overtime pay. Despite this, most Taiwanese continue quietly work hard. In Europe and the United States, if laborers receive unfair treatment, most will come forward and will often go on strike without prior warning to fight for their rights and interests. In Taiwan, however, there is rarely any news of strikes. This can be attributed to the fact that workers have too many concerns. In addition to worrying that their employer will have a bad impression of them in the future, they also don't want to their interests to affect innocent people. For example, if the transportation industry went on strike, it goes without saying that it would wreak havoc on social order, inconvenience many passengers, and even be bad for the nation's economic development. That is why one year Taiwan Railway employees mentioned going on strike, but after some coordinating with the Ministry of Transportation during a meeting, they opted to only go through the motions of having a strike, but the trains kept running.

LESSON 10

第 10 課
人往高處爬

學習目標

能描述工作性質
能分析事理與事情的優劣
能從不同角度勸說他人
能詳細敘述對新工作的期望

語言功能

描述工作內容、提出疑慮、解釋分析、勸說他人

產業領域

出版傳媒業

對話 1 Dialogue 1

課前準備

 10-01 請聽對話 1，試著判斷下面敘述的正確性。對的圈 T；錯的圈 F。

T / F　這是獵人頭公司和在出版社工作的小嫻之間的對話。

T / F　小嫻現在的工作很輕鬆。

T / F　小嫻現在的公司快倒了。

T / F　離開家人到國外，這點讓小嫻不想換工作。

T / F　小嫻得問她先生後再決定。

情境

獵人頭公司的代表雅莉與出版社的平面設計師小嫻視訊，希望小嫻能接受去美國電子書設計公司工作。

雅　莉：　小嫻，你工作態度認真又負責，而且是去年電子書設計大賽的冠軍。我跟你說的這家美國電子書公司，他們有個職缺，每個月六千美金起薪。剛開始是設計師，如果你表現得好就會栽培你成為主管。

小　嫻：　聽起來很誘人。只是目前公司非常器重我，在薪水方面也很好。

雅　莉：　說實話，你在那家出版社工作開心嗎？再說比起工作量，這家可是只有你現在的三分之一喔！

小　嫻：　的確做得有點累。最近生意差，所以老闆接了一些其他公司外包的案子，因此我的工作量沒少過，常常加班，都快爆肝了。

雅　莉：　只不過是餬口，可別為了工作傷了身體，不值得呀！話說回來，現在都電子化了，出版業逐漸沒落了，你待的那家公司，我看撐不了十年。

小　嫻：　嗯！網路人口成長迅速，大家的購書習慣從紙本轉移到電子書。眼看傳統做字典、做百科、做食譜的出版公司幾乎都已經快倒光了，而我們老闆的觀念卻還那麼保守，沒考量現實環境，的確沒什麼前景。

雅　莉：　現在跟上數位化的產品才有商機，因此美國那家公司應該不會有倒閉這樣的

問題，除非你自己不願意待下去。再說公司在設計方面的資源多、環境好，又非常珍惜專業人才。你這麼優秀，有豐富的工作資歷，好的人才要有好的舞臺才是。

小　嫻：　我的確希望我的人生能更精彩。但…那麼遠，我家人怎麼辦？

雅　莉：　根據我幫其他人處理的經驗，到了美國以後，最快四個月，最慢八個月就可以拿到綠卡；工作滿一年以後，就能開始試著幫家人申請移民了。

小　嫻：　不過，你也知道我年紀不輕了，現在換工作有點冒險。

雅　莉：　正因為不年輕了，現在不行動，還要等到什麼時候？埋頭繼續做，你會失去更多！這樣吧！我跟那邊的經理說，就讓你帶領一個新的團隊，有他在，你什麼都不必擔心，上面的人也不會多管，你就放手去幹。現在市場正在成長，你要把握機會啊！

小　嫻：　謝謝你。只是換工作畢竟是一件大事，我還是跟我先生商量一下再決定吧！

雅　莉：　好，是該慎重！你考慮一下，但機會不等人，你不要錯過這個大好機會，我等你的好消息！

生詞 New Words

	生詞		拼音	詞性	英譯
1.	獵人頭	猎人头	lièréntóu	Vs-attr	headhunting; to headhunt; poach
2.	平面設計師	平面设计师	píngmiàn shèjìshī	Ph	graphic designer (平面, N, flat surface (part of the phrase "graphic design"))
3.	視訊	视讯	shìxùn	Vi	to hold a conference call
4.	職缺	职缺	zhíquē	N	job vacancy; opening
5.	栽培	栽培	zāipéi	V	to train; cultivate
6.	誘人	诱人	yòurén	Vs	to be tempting
7.	器重	器重	qìzhòng	Vst	to think highly of; regard highly
8.	工作量	工作量	gōngzuòliàng	N	workload (量, quantity)
9.	外包	外包	wàibāo	Vi	to outsource; contract
10.	餬口	餬口	húkǒu	Vi	to make a living; elsewhere: to scrape by; make just enough to get by
11.	出版業	出版业	chūbǎnyè	N	publishing industry
12.	撐不了	撑不了	chēngbùliǎo	Ph	cannot hold on
13.	成長	成长	chéngzhǎng	N/Vi	growth; to grow
14.	迅速	迅速	xùnsù	Vs	to be rapid; fast
15.	紙本	纸本	zhǐběn	N	paper version; hard copy
16.	字典	字典	zìdiǎn	N	dictionary
17.	百科	百科	bǎikē	Vs-attr	encyclopedia
18.	食譜	食谱	shípǔ	N	cookbook; recipe
19.	保守	保守	bǎoshǒu	Vs	to be conservative
20.	前景	前景	qiánjǐng	N	future; future prospects

21.	數位化	数位化	shùwèihuà	Vp	to digitize
22.	豐富	丰富	fēngfù	Vs	to be rich; abundant
23.	資歷	资历	zīlì	N	qualifications and experience, credentials
24.	舞臺	舞台	wǔtái	N	stage
25.	綠卡	绿卡	lǜkǎ	N	green card
26.	行動	行动	xíngdòng	Vi	action; to take action; act
27.	埋頭	埋头	máitóu	Adv	to bury one's head (in work)
28.	幹	干	gàn	V	to do, work
29.	把握	把握	bǎwò	V/N	to seize; grasp
30.	慎重	慎重	shènzhòng	Vs/Adv	to cautious; careful; prudent; cautiously; prudently

四字格、熟語 10 - 03

人往高處爬
rén wǎng gāochù pá

指人應該追求更高的地位或往更好的地方發展。
people strive to move up in the world

1 你也別怪他這麼現實，畢竟「人往高處爬」，人總是會選擇待遇高、機會好的地方工作。

2 雖然現在你有份穩定的工作，但有句話說：「人往高處爬」，面對大公司挖角，你得把握才對。

回答問題

請根據對話 1，回答下面問題。

1. 小嫻為什麼認為她的公司沒有前景？

2. 小嫻最後以什麼說法來讓談話不再繼續？

3. 小嫻現在的工作情況怎麼樣？

4. 小嫻的顧慮是什麼？

5. 雅莉用哪些條件來說服小嫻？

比起…，（B）可是只有 A 的 X 分之 Y 喔！

功能 意思是「明顯地 B 比 A 少」。可用於分析事理與事情的優劣，說服別人接受或拒絕 B。

例句 比起工作量，可是只有你現在的三分之一喔！

練習 請試著回答問題

Q：你的家人想在市中心租店面做生意，但是市中心的租金比你家附近的高兩倍，你會怎麼跟家人說？

A：市中心雖然顧客比較多，但比起店面租金，我們家附近的（店面）可是只有市中心的二分之一喔！

1 Q：你正在跟一家咖啡廳老闆推銷你的咖啡豆，跟他目前使用的「奇香」咖啡豆比，你的價格便宜三成，你怎麼說服他？

A：＿＿＿＿＿＿＿＿＿＿＿＿＿＿＿＿＿＿＿＿＿＿

＿＿＿＿＿＿＿＿＿＿＿＿＿＿＿＿＿＿＿＿＿＿

2 Q：那家店因週年慶，商品全面打七折，你怎麼跟朋友說，要他把握機會，趁現在多買一些？

A：＿＿＿＿＿＿＿＿＿＿＿＿＿＿＿＿＿＿＿＿＿＿

＿＿＿＿＿＿＿＿＿＿＿＿＿＿＿＿＿＿＿＿＿＿

3 Q：你的朋友想在台北買房子，你知道在台北買一間房子可以在台南買三間，你會怎麼跟他說？

A：＿＿＿＿＿＿＿＿＿＿＿＿＿＿＿＿＿＿＿＿＿＿

＿＿＿＿＿＿＿＿＿＿＿＿＿＿＿＿＿＿＿＿＿＿

…只不過是…，可別為了…，不值得呀！

功能 用於勸說或安慰他人，不要為了某些原因而做出讓自己後悔的事。

例句 只不過是餬口，可別為了工作傷了身體，不值得呀！

練習 請試著回答問題

Q：你看到同事每天都在公司加班到很晚才回家。你可以給他什麼建議？

A：你女兒不是才一歲嗎？你應該多陪她。我們現在只不過是在一家小公司，可別為了這麼一點薪水錯過了孩子的成長，不值得呀！

1　Q：送贈品是百貨公司的促銷手法。你怎麼跟朋友說，千萬別因此買太多東西？

A：＿＿＿＿＿＿＿＿＿＿＿＿＿＿＿＿＿＿＿＿＿＿＿＿＿＿＿

2　Q：心怡的辦公桌就在雅婷的旁邊，上個月她們為了一件小事吵架，到現在兩人都不說話，若你是主管，可以怎麼跟她們說？

A：＿＿＿＿＿＿＿＿＿＿＿＿＿＿＿＿＿＿＿＿＿＿＿＿＿＿＿

3　Q：餐廳老闆為了想做更多的生意而打算在大門口外面多擺些桌子，但老闆娘認為若是被警察開罰單不值得，她可以怎麼跟先生說？

A：＿＿＿＿＿＿＿＿＿＿＿＿＿＿＿＿＿＿＿＿＿＿＿＿＿＿＿

眼看⋯，而⋯卻⋯

功能 可用於說明所面臨的情況與困境，但不知道如何面對的心情。

例句 眼看傳統的公司幾乎都快倒光了，而我們老闆的觀念卻還那麼保守。

練習 請試著換句話說

越來越多飲料店開在李先生的奶茶店附近，李先生心裡很擔心，但也不知道怎麼辦。這種情況可以怎麼說？

→ 眼看越來越多飲料店開在附近，而自己卻什麼辦法也沒有，真擔心客人都跑了。

1 再半個小時就是下班時間，但工作還沒做完。這種情況可以怎麼說？

→ ＿＿＿＿＿＿＿＿＿＿＿＿＿＿＿＿＿＿＿＿＿＿＿＿＿＿＿＿＿

＿＿＿＿＿＿＿＿＿＿＿＿＿＿＿＿＿＿＿＿＿＿＿＿＿＿＿＿＿＿＿

2 又快到了要繳店租的日子了，但餐廳生意一直很差，讓王老闆很緊張。這種情況可以怎麼說？

→ ＿＿＿＿＿＿＿＿＿＿＿＿＿＿＿＿＿＿＿＿＿＿＿＿＿＿＿＿＿

＿＿＿＿＿＿＿＿＿＿＿＿＿＿＿＿＿＿＿＿＿＿＿＿＿＿＿＿＿＿＿

3 天快要亮了，可是林傳文還醒著，睡不著。這種情況可以怎麼說？

→ ＿＿＿＿＿＿＿＿＿＿＿＿＿＿＿＿＿＿＿＿＿＿＿＿＿＿＿＿＿

＿＿＿＿＿＿＿＿＿＿＿＿＿＿＿＿＿＿＿＿＿＿＿＿＿＿＿＿＿＿＿

對話 2 Dialogue 2

🎧 10-04 請聽對話 2，試著判斷下面敘述的正確性。對的圈 T；錯的圈 F。

T / F 這是一個面試的對話。

T / F 志龍很完美，沒有缺點。

T / F 志龍對所面試的公司背景並不了解。

T / F 志龍是個很有自信的人。

T / F 總經理決定錄用志龍了。

情境

志龍應徵出版社編輯部主編的職位，他通過了前兩次的面試，現在正在和趙總經理進行第三次的面試。

趙 總： 首先恭喜你通過前兩關的面試。能經過層層的篩選，相信你擁有一定的能力。上次面試，人力資源部主任就對你讚不絕口，他跟我提到你對未來出版產業以及市場的看法，令人印象深刻。

志 龍： 謝謝，不敢當。

趙 總： 從資歷看來，你有非常豐富的實務經驗，你覺得自己最大的優點是什麼呢？

志 龍： 我做事要求完美，事情沒做到令人滿意的結果就不會罷手。

趙 總： 你是個相當優秀的人才。那你最大的缺點是什麼？

志 龍： 嗯…我是個沒什麼耐心的人，例如，有時部屬沒把事做好，我就會將責任攬在自己身上，獨自解決。

趙 總： 那麼，你為什麼會選擇我們公司呢？

志 龍： 先不說貴公司是業界中大家夢寐以求的公司。我十分欣賞貴公司董事長的理念——開一家公司，應問對社會是否有幫助，不要只問是否能為自己帶來利益。此外，我的實務經驗很適合這個職缺。

趙 總： 看來你對我們公司還做了些功課，顯示你不是亂槍打鳥地寄履歷。但你前一份工作做不到一年，離職的原因是什麼呢？

志　龍　：　由於市場改變，那家公司的營運情形每況愈下，大家人心惶惶。我也只好重新尋找能發揮能力的舞臺。

趙　總　：　和其他競爭者相比，你覺得我們應該錄取你的理由是什麼？

志　龍　：　憑我所掌握的技能和對工作的責任感吧。另外，您可以從我以往工作中的表現，看出我全力以赴的工作態度以及帶領團隊的能力。

趙　總　：　那你希望的待遇是多少呢？

志　龍　：　我對自己的能力有信心，但我不想讓您覺得我獅子大開口。因此在試用期的薪資就照公司規定。接下來我們可以一起討論部門未來經營的方向，訂定應達成的目標以及應得的報酬，等我表現出我的本事，貴公司再按照我的達成率調薪吧！

趙　總　：　你的能力很好，我開始擔心我的位子很快就會被你取代了。

志　龍　：　那至少是十五年後才可能發生的事，而在那之前，我會全力以赴地協助您管理好部門。

趙　總　：　我的確是想找一個值得信賴的人。如果我錄用你，你想怎麼開始這個工作？

志　龍　：　首先我會盡快了解和熟悉這個團隊和團隊的作品，接下來制定一份近期的工作計畫，主要目標是提高本部門的產出率和降低成本。

趙　總　：　不錯。像你能力這麼強，應該可以找到比我們更好的公司吧！

志　龍　：　也許我能找到更有名氣的公司，但應該很難像這裡一樣重視人才。

趙　總　：　最後…你還有沒有什麼問題要問我的？

志　龍　：　我很好奇，總經理您一路走來，是如何達到今天的成就的？

趙　總　：　我的座右銘是「只為成功找方法，不為失敗找藉口」。能有今天這樣的地位，我想最重要的是堅持自己的理想，堅強地面對挑戰。

志　龍　：　謝謝您給了我這麼好的回饋，即使沒被錄取，聽到這番話也值得了！

趙　總　：　好說、好說。無論結果如何，我會盡快通知你。

志　龍　：　好，再次謝謝您給我面試的機會。再見。

生詞		拼音	詞性	英譯
1. 編輯	编辑	biānjí	N/V	editing; to edit and compile
2. 主編	主编	zhǔbiān	N/V	editor-in-chief; chief editor; to supervise the publication
3. 篩選	筛选	shāixuǎn	N/V	screening; to screen
4. 人力資源	人力资源	rénlì zīyuán	Ph	human resources (人力, N, manpower; human resources)
5. 實務	实务	shíwù	N/Vs	practice; practical
6. 罷手	罢手	bàshǒu	Vi	to give up; stop
7. 缺點	缺点	quēdiǎn	N	shortcoming; deficiency
8. 攬	揽	lǎn	V	to pull into one's arms; take on everything; undertake the whole task
9. 十分	十分	shífēn	Adv	very; fully
10. 理念	理念	lǐniàn	N	idea; philosophy
11. 尋找	寻找	xúnzhǎo	V	to look for; seek; search for
12. 發揮	发挥	fāhuī	V	to give free rein to; give play to
13. 憑	凭	píng	Prep	based on
14. 試用期	试用期	shìyòngqí	N	probation period (試用 , V, trial; to try something out)
15. 照	照	zhào	Vst	to be in accordance with; according to
16. 報酬	报酬	bàochóu	N	remuneration
17. 本事	本事	běnshì	N	skills; abilities
18. 盡快	尽快	jìnkuài	Adv	as soon as possible; as quickly as possible

19.	作品	作品	zuòpǐn	N	work (of art, etc.)
20.	制定	制定	zhìdìng	V	to draw up; formulate
21.	名氣	名气	míngqì	N	reputation
22.	成就	成就	chéngjiù	N	accomplishment; achievement
23.	座右銘	座右铭	zuòyòumíng	N	motto
24.	失敗	失败	shībài	N	failure
25.	堅持	坚持	jiānchí	Vst	to persist; perseverance
26.	堅強	坚强	jiānqiáng	Vs	to be strong; tough
27.	番	番	fān	M	measure for repeated actions

四字格、熟語 10 - 06

讚不絕口
zàn bù juékǒu

不停地誇獎。
shower with praise

1 這盤令人讚不絕口的水餃居然是經理自己包的，不是買現成的。

2 政府提供 60 歲以上民眾免費身體檢查的這項政策，讓民眾讚不絕口。

夢寐以求
mèngmèi yǐqiú

非常想得到，連做夢都夢到。
to dream; the x of one's dreams; one's dream x

1 能早點退休到世界各地旅行，是許多人夢寐以求的事。

2 這是別人眼中夢寐以求的機會，他卻毫不考慮地放棄。

亂槍打鳥
luànqiāng dǎniǎo

不挑對象地、大量地試，好增加成功的機會。
take a scattershot or shotgun approach; do something without a focus; cast a wide net in the hopes of catching a fish

1 你這樣亂槍打鳥地丟履歷，怎麼能找到理想的工作？

2 這個企業花了很多錢在廣告上，但因為沒有規劃好，就像亂槍打鳥，完全看不到效益。

每況愈下 měikuàng yùxià	指情況越來越糟。 go downhill; go from bad to worse

1　近年來，連鎖咖啡店一家接著一家開，使得我們店的經營每況愈下。

2　這一兩年來，協理的健康情形每況愈下，現在他打算辭職在家好好休息。

人心惶惶 rénxīn huánghuáng	形容心裡焦慮、恐懼不安的樣子。 jittery; panicky; in a panic

1　經濟不景氣，公司一波一波地裁員，大家都人心惶惶，擔心下一個被資遣的是自己。

2　壞人逃到我們社區的消息傳出後，使得社區居民人心惶惶，晚上睡不好覺。

獅子大開口 shīzi dà kāikǒu	開出過高的條件或價錢。 demand an exorbitant price; to get greedy

1　這筆生意沒談成是因為對方獅子大開口，價錢太不合理了，我沒辦法接受。

2　小李竟然趁我急需要他的幫助時獅子大開口，這樣還算是朋友嗎？

一路走來 yílù zǒulái	指一個人所經歷的。 on your journey; along the way

1　兩年前他開始當起了老闆，以他節儉的個性，沒請服務員，什麼事都自己來。一路走來，現在這家店已成了當地最有名的小吃店了。

2　王小姐在這次演講中分享她一路走來的過程，希望能鼓勵更多人創業。

回答問題

請根據對話 2，回答下面問題。

1. 志龍怎麼形容他自己個人最大的特色？

2. 志龍最大的缺點是什麼？

3. 上個工作，志龍為什麼離職？

4. 和其他競爭者相比，志龍哪裡比別人好？

5. 關於薪水的要求，志龍怎麼回答？如果是你，你想怎麼回答？

由於… ，…只好…

功能 用於解釋只能這麼做的原因。

例句 由於公司營運情形每況愈下，我只好重新找尋一份工作。

練習 請試著回答問題

> Q：因工廠來不及出貨，請通知客人，並說明理由。
>
> A：親愛的客戶您好，由於工廠來不及出貨，本公司只好將送貨日期延後一個星期，很抱歉造成您的不便。

1. Q：新的公司離住家有一段距離，怎麼辦呢？

   A：＿＿＿＿＿＿＿＿＿＿＿＿＿＿＿＿＿＿＿＿＿

   ＿＿＿＿＿＿＿＿＿＿＿＿＿＿＿＿＿＿＿＿＿

2. Q：想像你新開一家餐廳，但附近的鄰居抗議味道太重、聲音太吵……，你能如何處理呢？

   A：＿＿＿＿＿＿＿＿＿＿＿＿＿＿＿＿＿＿＿＿＿

   ＿＿＿＿＿＿＿＿＿＿＿＿＿＿＿＿＿＿＿＿＿

3. Q：學生成績太差或多次不寫功課，遇到這樣的情形老師會怎麼做呢？

   A：＿＿＿＿＿＿＿＿＿＿＿＿＿＿＿＿＿＿＿＿＿

   ＿＿＿＿＿＿＿＿＿＿＿＿＿＿＿＿＿＿＿＿＿

首先…，接下來…，主要目標是…

功能 用來說明做事的步驟以及設定的目標。

例句 進來這家公司後，首先我會盡快熟悉團隊，接下來制定一份工作計劃，主要目標是提高本部門的產出率。

練習 請試著回答問題

> Q：如果有人在你的餐廳附近新開了一家餐廳，你可以怎麼做才不會受到影響？
>
> A：<u>首先</u>可以打折扣戰，<u>接下來</u>再進行送小菜的活動，<u>主要目標是</u>穩定客人的數量。

1 Q：你剛進入一個大賣場工作，你該怎麼盡快熟悉這個工作？

A：_____

_____

2 Q：如果你是麵包店老闆，你會怎麼做來增加客人的購買慾呢？

A：_____

_____

3 Q：如果你是一名業務員（汽車、保險…），已經一連三個月業績不好了，有什麼好方法可以提升業績呢？

A：_____

_____

個案分析 Case Study

 情境　🎧 10-07

亞　維：　你氣色越來越差，是常熬夜趕稿的緣故吧！

小　嫻：　唉，這樣的日子不知要過到什麼時候？有一件事⋯嗯⋯我們到角落那兒說。

亞　維：　什麼事，神祕兮兮的。

小　嫻：　沒什麼，只是最近我心情很差，早上起床都不想上班，看什麼事都覺得煩。想想在這兒工作已經三年多了，不但工作內容沒什麼變化，也沒有升遷的機會。正好有家美國電子書公司問我去那裡工作的意願。

亞　維：　出版業的大環境普遍不重視美編，你的能力被賞識是件值得高興的事。只是我很好奇他們開了什麼條件，竟然會讓你願意放棄高薪離開這裡？

小　嫻：　至少六千美金起跳，年假是三倍多，公司制度健全，讓我當主管帶領新的團隊，還幫我跟家人辦移民。我很心動，但總覺得有點不安，能給我點意見嗎？

亞　維：　外商的薪資福利制度都比本土企業要好許多是真的。錢多事少，又尊重專業，就是離家遠了些。不過，能永久居留這點的確很誘人，難怪你會興起跳槽念頭。我可以理解你有多興奮。但別高興得太早，那也可能是另一場惡夢的開始。

小　嫻：　怎麼說呢？

亞　維：　很多老闆剛開始承諾的事情，事後可能有很大的落差。可得理性點，別被沖昏頭了。

小　嫻：　這倒是。通常被挖角的人在跳槽後的發展，好壞各占一半，賠了夫人又折兵的也不在少數。

亞　維：　而且得花上一段時間適應環境，包括新的老闆、新的同事、新的工作流程及新的文化。我聽過很多空降當主管，卻無法得到原來團隊支持的失敗例子。

小　嫻：　這點我想我克服得了。我最近的設計遇到瓶頸，真的想接受這份工作，換個環境，去更專業的設計公司充電。

亞　維：　這個抉擇不容易，畢竟工作一段時間了，要放棄這些日子的努力成果，難免誰都會猶豫。

小　嫻：　還有，對方是電子書，我們是紙本出版社，這樣不算同業跳槽吧？

亞　維：　別多想了。在大公司一年抵小公司三年。如果最後選擇離開這裡，最重要的是維持良好關係，好聚好散，未來還是可能有合作的機會。一般請辭的官方說法是，想嘗試接觸不同職場領域、開發潛能等等。走之前，記得買個禮物，感謝老闆這一路來的照顧就好了。

1 你同意亞維的意見嗎？你認為小嫻應該跳槽的理由是什麼？

_____

_____

2 除了這個個案以外，你想還有什麼情況也會讓人跳槽？

_____

_____

3 你認為小嫻跳槽後可能面臨的風險是什麼？

_____

_____

生詞 New Words

生詞		拼音	詞性	英譯
1. 氣色	气色	qìsè	N	complexion; color
2. 稿	稿	gǎo	N	manuscript; text (used to describe many types of work that involve writing)
3. 美編	美编	měibiān	N	（＝美術編輯）art editing; art editor
4. 賞識	赏识	shǎngshì	N/V	appreciation; to appreciate; recognize
5. 起跳	起跳	qǐtiào	Vi	to take off
6. 健全	健全	jiànquán	Vs	to be sound
7. 永久	永久	yǒngjiǔ	Adv	permanently
8. 居留	居留	jūliú	Vi	to reside
9. 興起	兴起	xīngqǐ	Vpt	to rise; be aroused; spring up
10. 念頭	念头	niàntou	N	thought of; idea of
11. 惡夢	恶梦	è'mèng	N	nightmare
12. 理性	理性	lǐxìng	Vs	rational
13. 沖昏頭	冲昏头	chōnghūn tóu	Ph	let yourself get carried away
14. 空降	空降	kōngjiàng	V	airborne, to come from out of nowhere
15. 克服	克服	kèfú	V	to overcome
16. 抉擇	抉择	juézé	N/V	choice; to choose
17. 猶豫	犹豫	yóuyù	Vs	to hesitate
18. 抵	抵	dǐ	V	to be substituted for; be the same as; equivalent to
19. 請辭	请辞	qǐngcí	Vi	to resign
20. 官方	官方	guānfāng	Vs-attr	official

21. 潛能	潜能	qiánnéng	N	potential

四字格、熟語 10-09

神祕兮兮 shénmì xīxī	不想讓人知道的樣子。「兮兮」指「非常 Vs 的樣子」。如：緊張兮兮、髒兮兮、可憐兮兮。 mysterious; conspiratorially; cryptically

① 一進辦公室就感覺每個人都神祕兮兮的樣子，當大家關燈拿著蛋糕出現時，才知道是為了慶祝我的生日。

② 他最近神祕兮兮的，原來是在準備結婚的事。

賠了夫人又折兵 péile fūrén yòu zhébīng	不但沒達到目的，反而損失嚴重。 not get what you want and lose s/t extra to boot; double whammy; not catch the fish and lose the hook, too

① 老李進門偷東西，不但沒偷到什麼，還不小心跌倒受傷。真是賠了夫人又折兵啊！

② 小張為了領保險金故意把自己的手弄斷，結果被發現。錢沒領到不說，妻子還因為覺得丟臉而跟他離婚，真是賠了夫人又折兵。

請看以下出版社的徵人廣告與三位應徵者的資料，然後回答問題。

徵人廣告　東東出版社有限公司

誠徵【美術編輯】高手

工作內容：

1. 雜誌、動漫類型漫畫、小說等書籍的封面設計、版面設計。
2. 為日文漫畫修圖、文字編排等。
3. 設計製作網頁圖案、Flash 廣告等。
4. 設計製作活動專案的平面文宣品、海報和 DM 等。
5. 另需配合編輯審稿、廠商打字及排版。
6. 其他主管交辦事項。

徵才條件：

1. 設計相關經驗 2 年以上。
2. 擅長 Adobe 相關軟體操作，如 Photoshop、DreamWeaver、Illustrator 等等。
3. 認真負責、執行力高、細心、有耐性、可與同仁合作。
4. 懂日文者佳。

工作性質：全職。

月休：依國定假日休假。

待遇：薪優、面議。

其它：屬責任制，加班費優於勞基法。

有興趣者，請將履歷及作品集寄到：dondon@gmail.com

應徵者資料

1 香琴

21 歲。美工設計系應屆畢業。
除了在校期間常接出版社的設計稿件以外，也幫開旅行社的
家人設計網頁及宣傳簡章。

前份工作離職原因：略

註：平時喜歡和朋友們唱 KTV，常去日本旅遊，略懂日文。

2 直樹

30 歲。美術設計系畢業，從事美編工作已 7 年。
熟悉各種美工繪圖軟體。
個性內向。
興趣是閱讀、玩線上遊戲、攝影、畫漫畫。

得過許多獎，如：最佳海報創意設計、國際攝影大賽佳作、四格
漫畫比賽冠軍。

前份工作離職原因：與前同事不合。

3 凱莉

27 歲。美工設計系畢業，從事美術設計工作 2 年、日文文
字編輯工作 2 年。
熟悉 PS 修圖。擁有日文檢定中級證書。
工作非常有效率。興趣是上網、在網上分享自己的生活。

前份工作離職原因：準備婚禮與蜜月旅行。

註：新婚，計劃生子中。

如果你是主管，會挑選哪一位來面試？為什麼？

_____

_____

_____

_____

_____

_____

文化點 Culture Corner

　　歐美國家離職的理由普遍是薪水低、工作沒挑戰性或和老闆相處不好。但根據時事網路數據分析公司（DailyView）調查，台灣人離職理由的首位卻是工作量多、負擔太重。然而台灣人請辭時會跟老闆說出真正的理由嗎？根據網路人力銀行調查，提出離職的人，超過75.7%不會說出真心話，66.6%以「職涯規劃」當做表面上的離職原因，54%則拿「家庭因素」當做擋箭牌。這正是所謂的「人情留一線，日後好相見」（台灣諺語）。而提出離職的方式，大多選擇以「口頭」提出（60.9%），或是提出「正式書面辭呈」（49.7%），透過「電子郵件」或「簡訊」的則比較少。

Common reasons for quitting jobs in Europe and the US are low salary, lack of challenge at work, and not getting along well with one's boss. According to a survey by the DailyView, the top reason Taiwanese quit their jobs is too much work and too much responsibility. But when Taiwanese quit, do they actually tell their boss the real reason? According to a survey by human resource banks, over 75.7% of people who quit their jobs don't tell the truth. 66.6% use "career planning" as the ostensive reason for leaving. 54% use "family reasons" as a pretext. Hence the adage "A thread of mutual affection is a thread to future connection" (Taiwanese proverb). As to methods used for quitting, most choose to do so verbally (60.9%) or do so by tendering a formal written letter of resignation (49.7%). Relatively few do so by email or by text.

詞語索引 Vocabulary Index

漢語拼音	正體	简体	序號
A			
àilǐ bùlǐ	愛理不理	爱理不理	2- 四 -8
àn	按	按	5-1-29
àndìlǐ	暗地裡	暗地里	9-2-7
ānfǔ	安撫	安抚	8- 個 -10
ànlì	案例	案例	1- 個 -10
ānxīn	安心	安心	8-1-59
ānzhì	安置	安置	8-1-33
B			
bǎi liǎnsè	擺臉色	摆脸色	9-1-14
bǎikē	百科	百科	10-1-17
bǎipíng	擺平	摆平	6- 個 -10
báishǒu qǐjiā	白手起家	白手起家	9- 四 -9
bàntú érfèi	半途而廢	半途而废	3- 四 -7
bàobiǎo	報表	报表	2-1-4
bàochóu	報酬	报酬	10-2-16
bàodié	暴跌	暴跌	8 - 個 - 7
bàofèi	報廢	报废	2-1-8
bāofú	包袱	包袱	5-1-3
bàogān	爆肝	爆肝	9-2-30
bàojiàdān	報價單	报价单	6-1-15
bǎonuǎn	保暖	保暖	6-1-9

漢語拼音	正體	简体	序號
bǎoshǒu	保守	保守	10-1-19
bāozài wǒ shēnshàng	包在我身上	包在我身上	4- 四 -2
bàshǒu	罷手	罢手	10-2-6
bǎwò	把握	把握	10-1-29
bēiguān	悲觀	悲观	8-1-29
bèihòu	背後	背后	9-2-12
bèikè	備課	备课	9-1-15
běnháng	本行	本行	5-1-44
běnshì	本事	本事	10-2-17
běntǔ	本土	本土	9-1-10
běnyè	本業	本业	5-1-42
biānjí	編輯	编辑	10-2-1
biāobǎng	標榜	标榜	5-1-22
biǎomiàn shàng	表面上	表面上	9-2-6
biāoqiān	標籤	标签	1-1-25
biǎoyáng	表揚	表扬	2-2-14
bōchū	撥出	拨出	7-1-46
bōjí	波及	波及	8- 個 -16
bózhòng zhījiān	伯仲之間	伯仲之间	6- 四 -6
bǔ	補	补	1-1-28

漢語拼音	正體	简体	序號
bú'èr fǎmén	不二法門	不二法门	5-四-6
bùchéng wèntí	不成問題	不成问题	3-四-3
bǔchōng	補充	补充	2-1-28
búdàng	不當	不当	8-1-51
bùdé	強制	强制	8-1-42
bùfèn	部分	部分	4-1-7
bùjiā	不佳	不佳	3-個-8
bùjǐng	布景	布景	5-個-15
búkè	不克	不克	7-1-43
bùrán	不然	不然	2-2-26
búshàn	不善	不善	8-個-1
bùshǔ	部屬	部属	6-個-17
bùwú dàolǐ	不無道理	不无道理	3-四-1
bùzòu	步驟	步骤	1-1-32

C

漢語拼音	正體	简体	序號
cǎiqǔ	採取	采取	1-個-19
cáiwù	財務	财务	8-1-25
cáiyuán	財源	财源	9-2-18
cánkù	殘酷	残酷	8-1-17
cānlǚ	餐旅	餐旅	5-個-31
cǎntòng	慘痛	惨痛	5-1-39
cānyuè	參閱	参阅	3-1-15

漢語拼音	正體	简体	序號
chāishì	差事	差事	2-個-8
chǎngjǐng	場景	场景	4-個-1
chángtàixìng	常態性	常态性	1-1-29
Chángtāndǎo	長灘島	长滩岛	7-1-21
chǎnxué hézuò	產學合作	产学合作	5-個-2
chǎnyèduān	產業端	产业端	5-個-22
chāqiáng rényì	差強人意	差强人意	6-四-1
cháshuǐjiān	茶水間	茶水间	2-2-1
chēmǎfèi	車馬費	车马费	9-2-29
chéngbàn	承辦	承办	7-1-20
chēngbùliǎo	撐不了	撑不了	10-1-12
chéngdān	承擔	承担	6-個-16
chéngjiù	成就	成就	10-2-22
chéngxiàn	呈現	呈现	3-1-9
chéngyì	誠意	诚意	8-個-15
chéngzhǎng	成長	成长	10-1-13
chènzǎo	趁早	趁早	2-2-8
chōng yèjī	衝業績	冲业绩	6-1-26
chōnghūn tóu	沖昏頭	冲昏头	10-個-13
chōngpèi	充沛	充沛	5-個-5
chōngtú	衝突	冲突	2-1-1
chōngzú	充足	充足	2-1-14

漢語拼音	正體	简体	序號
chóubèi	籌備	筹备	1-1-6
chóumǎ	籌碼	筹码	8-1-48
chū zhuàngkuàng	出狀況	出狀况	6-1-22
chuǎngrù	闖入	闯入	5-1-37
chuàngxīn	創新	创新	6- 個 -30
chuàngzuò	創作	创作	5- 個 -21
chūbǎnyè	出版業	出版业	10-1-11
chūchū zuǐba	出出嘴巴	出出嘴巴	4-1-50
chúcǐ yǐwài	除此以外	除此以外	1- 四 -3
chūquē	出缺	出缺	6-1-23
chūyóu	出遊	出游	7-1-9
chǔyú	處於	处于	7- 個 -2
cìshù	次數	次数	3- 個 -15
cónglái	從來	从来	1-1-10
cūcāo	粗糙	粗糙	8-1-18
cùnbù nánxíng	寸步難行	寸步难行	1- 四 -6
cūxīn	粗心	粗心	2-1-19

D

漢語拼音	正體	简体	序號
dàbǐng	大餅	大饼	3-1-48
dǎcóng	打從	打从	6-1-11

漢語拼音	正體	简体	序號
dǎdào huífǔ	打道回府	打道回府	1- 四 -7
dāihuǐr	待會兒	待会儿	4-2-1
dàiyán	代言	代言	5-1-11
dǎngqí	檔期	档期	1-1-44
dāngyuè	當月	当月	9-2-27
dànjì	淡季	淡季	5- 個 -27
dàohuòliàng	到貨量	到货量	1-1-36
dàojù	道具	道具	5- 個 -14
dǎolǎn	導覽	导览	5- 個 -20
dāpèi	搭配	搭配	4-1-16
dǎpíng	打平	打平	3-1-11
dàshǒubǐ	大手筆	大手笔	7-1-5
dàtīng	大廳	大厅	4-1-12
dàtóng xiǎoyì	大同小異	大同小异	7- 四 -6
dàzhì	大致	大致	4-1-13
délì	得力	得力	2-2-23
dēngjì zài'àn	登記在案	登记在案	8-1-13
dēngrù	登入	登入	1-1-40
dézuì	得罪	得罪	2-2-6
dǐ	抵	抵	10- 個 -18
diànfǎng	電訪	电访	9-1-17
diānfù	顛覆	颠覆	5-1-31

漢語拼音	正體	简体	序號	漢語拼音	正體	简体	序號
diànxiàn	電線	电线	4-1-37	fāng'àn	方案	方案	5-1-16
dìduàn	地段	地段	1-1-8	fàngshǒu yìbó	放手一搏	放手一搏	3- 四 -4
dīluò	低落	低落	6-1-5	fǎngwèn	訪問	访问	4- 個 -2
dǐng	頂	顶	9-2-28	fǎngzhīpǐn	紡織品	纺织品	1-1-12
dòuzhēng	鬥爭	斗争	9-2-3	fǎnxǐng	反省	反省	6-1-32
dùguò	度過	度过	9-2-32	fǎyuàn	法院	法院	8-1-39
duìfāng	對方	对方	6-1-16	fèifǔ zhīyán	肺腑之言	肺腑之言	4- 四 -4
duìshǒu	對手	对手	3-1-46	fēngbō	風波	风波	8-1-1
duìzhào	對照	对照	1-1-24	fēngfēng yǔyǔ	風風雨雨	风风雨雨	8- 四 -2
duōjiǎohuà	多角化	多角化	5-1-35	fēngfù	豐富	丰富	10-1-22
E				fēnggé	風格	风格	1- 個 -3
é'dù	額度	额度	7-1-27	fēngguāng	風光	风光	5-1-7
è'mèng	惡夢	恶梦	10- 個 -11	fēnghòu	豐厚	丰厚	7-1-6
é'wài	額外	额外	7- 個 -17	fēngshēng	風聲	风声	8-1-38
ēnyuàn	恩怨	恩怨	6- 個 -14	fēnpī	分批	分批	7-1-16
F				fēnshù	分數	分数	2- 個 -11
fā láosāo	發牢騷	发牢骚	2-2-29	fùchū	付出	付出	8- 個 -3
fāhuī	發揮	发挥	10-2-12	fùlǐ	副理	副理	6-1-10
fān	番	番	10-2-27	fùsū	復甦	复苏	8- 個 -12
fǎnbó	反駁	反驳	9-2-14	fúwěi	福委	福委	7-1-2
fǎndào	反倒	反倒	6-1-29	**G**			
fàndiàn	飯店	饭店	7-1-25	gǎibǎn	改版	改版	3-1-17

漢語拼音	正體	简体	序號	漢語拼音	正體	简体	序號
gàn	幹	干	10-1-28	gòngshì	共事	共事	4-1-51
gāncuì	乾脆	干脆	7-1-26	gōngshí	工時	工时	1-1-5
gǎo	稿	稿	10-個-2	gōngsī fēnmíng	公私分明	公私分明	9-四-7
gāocéng	高層	高层	6-1-19	gòngtǐ shíjiān	共體時艱	共体时艰	8-四-1
gāodá	高達	高达	3-1-38	gōngzhèng	公正	公正	9-1-6
gāodǎng	高檔	高档	7-1-24	gōngzuòliàng	工作量	工作量	10-1-8
gàozhī	告知	告知	8-1-4	gōuxīn dòujiǎo	勾心鬥角	勾心斗角	9-四-1
gēngdòng	更動	更动	1-1-22	guàibùdé	怪不得	怪不得	4-1-40
gēngxīn	更新	更新	5-1-24	guǎn	管	管	9-2-10
gēnjìn	跟進	跟进	9-2-24	guānfāng	官方	官方	10-個-20
gérè	隔熱	隔热	4-1-18	guānguān nánguò guānguān guò	關關難過 關關過	关关难过 关关过	8-四-3
gèwèishù	個位數	个位数	7-個-6				
gèyǒu suǒhuò	各有所獲	各有所获	5-個-3	guānzhù	關注	关注	3-1-47
gèzhōng hǎoshǒu	箇中好手	个中好手	5-四-2	guīgé	規格	规格	2-1-6
				guìtái	櫃臺	柜台	9-2-19
gèzì	各自	各自	3-1-26	gùjí	顧及	顾及	5-1-21
gōngbù	公布	公布	9-個-1	gǔjià	股價	股价	8-個-6
gōngdú	工讀	工读	5-個-23	guòmǐn	過敏	过敏	6-1-7
gōngdúshēng	工讀生	工读生	9-2-20	guǒrán	果然	果然	5-1-23
gōngjià	公假	公假	7-個-16	guòshèng	過剩	过剩	2-1-22
gōngláo	功勞	功劳	4-1-46	guòshí	過時	过时	2-1-7
gòngshì	共識	共识	3-1-53	guòshī	過失	过失	8-1-9

漢語拼音	正體	简体	序號	漢語拼音	正體	简体	序號
jiāng	僵	僵	2-2-25	jiéchū	傑出	杰出	1- 個 -2
jiǎngjīn	獎金	奖金	6- 個 -3	jiěgù	解雇	解雇	8-1-8
jiǎnglì	獎勵	奖励	6- 個 -8	jiéhé	結合	结合	5- 個 -30
jiāngōng	監工	监工	4-1-38	jièkǒu	藉口	借口	4-2-2
jiànjià	賤價	贱价	2-1-25	jièlíng	予以	予以	8-1-44
jiānqiáng	堅強	坚强	10-2-26	jiénéng	節能	节能	4-1-20
jiànquán	健全	健全	10- 個 -6	jiēqià	接洽	接洽	7-1-33
jiānshìqì	監視器	监视器	9-1-21	jiérán bùtóng	截然不同	截然不同	3- 四 -2
jiǎntǎo	檢討	检讨	2-1-2	jiēxià	接下	接下	4-2-9
jiānzhí	兼職	兼职	7- 個 -7	jiēxiǎo	揭曉	揭晓	7-1-47
jiào'àn	教案	教案	9- 個 -6	jiézhàng	結帳	结账	1- 個 -12
jiàocái	教材	教材	9-1-4	jiézhǐrì	截止日	截止日	6-1-14
jiāodài	交代	交代	4-2-6	jǐfù	給付	给付	7- 個 -18
jiàojìn	較勁	较劲	9-2-8	jìhuà gǎnbúshàng biànhuà	計畫趕不上 變化	计画赶不上 变化	2- 四 -2
jiǎoluò	角落	角落	1-1-19	jìlù	記錄	记录	1-1-33
jiāoqíng	交情	交情	6-1-20	jínàn	急難	急难	7- 個 -12
jiǎrú	假如	假如	3- 個 -10	jìnéng	技能	技能	3- 個 -5
jiǎxiǎngdí	假想敵	假想敌	9-1-11	jīngjīng yèyè	兢兢業業	兢兢业业	6- 四 -3
jiǎzhuāng	假裝	假装	4- 個 -4	jǐngshuǐ búfàn héshuǐ	井水不犯 河水	井水不犯 河水	9- 四 -4
jiāzú	家族	家族	9-1-3	jīngyà	驚訝	惊讶	9- 個 -2
jīcéng	基層	基层	8- 個 -14				
jídù	嫉妒	嫉妒	2-2-15				

漢語拼音	正體	简体	序號
jīngyíng móshì	經營模式	经营模式	1-個-1
jìnhuò	進貨	进货	1-1-23
jīnjīn jìjiào	斤斤計較	斤斤计较	9-四-2
jìnkuài	盡快	尽快	10-2-18
jìnnián	近年	近年	3-個-4
jīnróng	金融	金融	7-1-11
jǐnsuō	緊縮	紧缩	8-1-22
jīntiē	津貼	津贴	7-個-11
jīnù	激怒	激怒	2-2-3
jìnxiāocún diànnǎo xìtǒng	進銷存電腦系統	进销存电脑系统	1-1-35
jīqiàn	積欠	积欠	9-2-31
jítuán	集團	集团	7-1-14
jìtuō	寄託	寄托	8-1-46
jiùpíng zhuāng xīnjiǔ	舊瓶裝新酒	旧瓶装新酒	5-四-1
jiùshì lùnshì	就事論事	就事论事	2-四-7
jiùwǒ suǒzhī	就我所知	就我所知	7-1-30
jiùzhùjīn	救助金	救助金	7-個-13
jīxiào	績效	绩效	2-個-9
jīyú	基於	基于	8-1-10
juànshǔ	眷屬	眷属	7-1-38
jùcān	聚餐	聚餐	7-個-15
jùchǎng	劇場	剧场	5-個-17
juécè	決策	决策	3-個-9
juéwàng	絕望	绝望	8-1-28
juézé	抉擇	抉择	10-個-16
jūliú	居留	居留	10-個-8
jǔsàng	沮喪	沮丧	2-2-2
jùxíng	句型	句型	9-個-5
jǔyī fǎnsān	舉一反三	举一反三	1-四-4

K

漢語拼音	正體	简体	序號
kāixiāo	開銷	开销	4-1-8
kǎohé	考核	考核	6-個-23
kǎojī	考績	考绩	6-1-1
kàoshǎng	犒賞	犒赏	7-1-7
kǎsǔn	卡榫	卡榫	1-個-13
kèfú	克服	克服	10-個-15
kèguān	客觀	客观	6-個-12
kěndìng	肯定	肯定	4-1-11
kěxíng	可行	可行	5-1-34
kōngjiàng	空降	空降	10-個-14
kǒuqì	口氣	口气	2-2-13
kuā	誇	夸	2-2-17

漢語拼音	正體	简体	序號	漢語拼音	正體	简体	序號
kuàisù	快速	快速	3-1-7	liángxīn	良心	良心	6- 個 -20
kuàngqiě	況且	况且	7-1-29	liàngyǎn	亮眼	亮眼	7-1-4
kuàngrì fèishí	曠日費時	旷日费时	8- 四 -8	liánxiǎng	聯想	联想	4-1-24
kùcún	庫存	库存	1-1-34	lìchǎng	立場	立场	2-2-11
kuī dàle	虧大了	亏大了	7-1-44	lièchū	列出	列出	6- 個 -22
kuīsǔn	虧損	亏损	3-1-12	lièréntóu	獵人頭	猎人头	10-1-1
L				lǐjīn	禮金	礼金	7- 個 -10
lājìn	拉近	拉近	5-1-25	lìng	令	令	4-1-22
lǎn	攬	揽	10-2-8	lǐngdǎo pǐnpái	領導品牌	领导品牌	3-1-45
lànyòng	濫用	滥用	8-1-21	línghún	靈魂	灵魂	9- 個 -10
lǎobǎnniáng	老闆娘	老板娘	9-1-1	lǐngwùlì	領悟力	领悟力	4-1-49
láogōng	屆齡	届龄	8-1-40	lìnián	歷年	历年	5- 個 -13
láojīfǎ	勞基法	劳基法	8-1-6	lǐniàn	理念	理念	10-2-10
lǎopái	老牌	老牌	5-1-9	línlín zǒngzǒng	林林總總	林林总总	1- 四 -1
lǎoshào xiányí	老少咸宜	老少咸宜	7- 四 -7	lǐsuǒ dāngrán	理所當然	理所当然	2- 四 -9
lǎozìhào	老字號	老字号	5-1-2	liúchéng	流程	流程	1-1-41
làxiàng	蠟像	蜡像	5- 個 -16	liúdònglǜ	流動率	流动率	7- 個 -4
lèguān	樂觀	乐观	8-1-47	liúshī	流失	流失	5-1-43
lèisì	類似	类似	1-1-9	liúxiě	流血	流血	1- 個 -14
lěngsèxì	冷色系	冷色系	4-1-15	liúxíngyǔ	流行語	流行语	5-1-17
lèyuán	樂園	乐园	5-1-41	lǐxìng	理性	理性	10- 個 -12
liàngfàndiàn	量販店	量贩店	1-1-2	lǐyóu	理由	理由	8-1-5

漢語拼音	正體	简体	序號
lízhí	離職	离职	9-2-1
luànqiāng dǎniǎo	亂槍打鳥	乱枪打鸟	10- 四 -4
lùkǎ	綠卡	绿卡	10-1-25
lùn	論	论	6-1-24
luō	囉	啰	7-1-48

M

漢語拼音	正體	简体	序號
màidiǎn	賣點	卖点	3-1-30
mǎiqì	買氣	买气	2-1-26
máitóu	埋頭	埋头	10-1-27
mámù	麻木	麻木	9-2-26
mǎndǎng	滿檔	满档	5- 個 -10
mǎnfù wěiqū	滿腹委屈	满腹委屈	2- 四 -1
máolì	毛利	毛利	3-1-37
màorán	貿然	贸然	3-1-29
màoxiǎn	冒險	冒险	2- 個 -13
měibiān	美編	美编	10- 個 -3
méicuò	沒錯	没错	3-1-6
měikuàng yùxià	每況愈下	每况愈下	10- 四 -5
mèngmèi yǐqiú	夢寐以求	梦寐以求	10- 四 -3
mènmèn búlè	悶悶不樂	闷闷不乐	2- 四 -3

漢語拼音	正體	简体	序號
miǎnbùliǎo	免不了	免不了	1-1-49
miànmiàn jùdào	面面俱到	面面俱到	5- 四 -7
miànzi	面子	面子	9-2-15
mìmǎ	密碼	密码	1-1-39
mìnglìng	命令	命令	6- 個 -28
míngqì	名氣	名气	10-2-21
míngwén guīdìng	明文規定	明文规定	4- 四 -9
mǒu	某	某	2-1-17
mùgōng	木工	木工	4-1-6
mùkuǎn	募款	募款	5- 個 -7

N

漢語拼音	正體	简体	序號
nánbùdǎo	難不倒	难不倒	4-2-8
nángǎo	難搞	难搞	6-1-30
nánguān	難關	难关	9-2-33
nániē	拿捏	拿捏	4-1-29
nǎolì jīdàng	腦力激盪	脑力激荡	5-1-46
nǎoxiū chéngnù	惱羞成怒	恼羞成怒	9- 四 -5
nǎozhèndàng	腦震盪	脑震荡	1- 個 -16
nèixiàn	內線	内线	9-1-22

漢語拼音	正體	简体	序號
niàntou	念頭	念头	10-個-10
niánzhōng	年終	年终	6-個-1
niánzī	年資	年资	6-1-25

P

漢語拼音	正體	简体	序號
páibān biǎo	排班表	排班表	1-1-37
páimiàn	排面	排面	1-1-17
pàixì	派系	派系	9-2-2
páixiū	排休	排休	1-1-43
pángrén	旁人	旁人	9-2-21
pànruò liǎngrén	判若兩人	判若两人	6-四-2
pǎo kèhù	跑客戶	跑客户	6-1-17
pàomòhuà	泡沫化	泡沫化	8-個-5
pàotāng le	泡湯了	泡汤了	8-1-32
pèijǐ	配給	配给	7-1-39
péile fūrén yòu zhébīng	賠了夫人又折兵	赔了夫人又折兵	10-四-10
pèisè	配色	配色	4-1-28
pèizhì	配置	配置	4-1-35
piānjiàn	偏見	偏见	2-2-18
piēkāi	撇開	撇开	2-2-12
píláo	疲勞	疲劳	4-1-26
píng	憑	凭	10-2-13

漢語拼音	正體	简体	序號
píngduàn	評斷	评断	6-個-26
pínggū	評估	评估	2-個-10
píngjǐng	瓶頸	瓶颈	6-1-31
píngmiàn shèjìshī	平面設計師	平面设计师	10-1-2
pǐnpái jiàzhí	品牌價值	品牌价值	3-1-25
pǐnxiàng	品項	品项	1-1-14
pùguānglù	曝光率	曝光率	3-1-52

Q

漢語拼音	正體	简体	序號
qiàdào hǎochù	恰到好處	恰到好处	4-四-1
qiàngshēng	嗆聲	呛声	6-個-9
qiángshì	強勢	强势	9-2-4
qiǎngzhì	勞工	劳工	8-1-41
qiánjǐng	前景	前景	10-1-20
qiánnéng	潛能	潜能	10-個-21
qīchéng	漆成	漆成	4-1-25
qíjiàn diàn	旗艦店	旗舰店	5-1-28
qǐmǎ	起碼	起码	8-1-16
qǐngcí	請辭	请辞	10-個-19
qìngdiǎn	慶典	庆典	5-個-9
qíngjìng	情境	情境	1-1-1
qǐnglǐng	請領	请领	7-1-34

漢語拼音	正體	简体	序號
Qīngmíng	清明	清明	7-1-45
qīngxiàng	傾向	倾向	7-1-23
qíngxù	情緒	情绪	6-1-4
qǐngyì	請益	请益	4-1-42
qīnjìn	親近	亲近	9-1-7
qīnshǔ	親屬	亲属	7-1-37
qìsè	氣色	气色	10- 個 -1
qǐtiào	起跳	起跳	10- 個 -5
qiúzhù wúmén	求助無門	求助无门	8- 四 -9
qíxià	旗下	旗下	7-1-3
qiyue	契約	契约	8-1-24
qizhòng	器重	器重	10-1-7
quán'é	全額	全额	7-1-40
quánlì yǐfù	全力以赴	全力以赴	1- 四 -5
quántǐ	全體	全体	7-1-8
quánwēishì	權威式	权威式	9-2-17
quēdiǎn	缺點	缺点	10-2-7
qúndài guānxi	裙帶關係	裙带关系	6- 四 -8

R

漢語拼音	正體	简体	序號
rèchǎo	熱炒	热炒	2-2-27
rělái	惹來	惹来	2- 個 -5

漢語拼音	正體	简体	序號
rén wǎng gāochù pá	人往高處爬	人往高处爬	10- 四 -1
réncái	人才	人才	7- 個 -1
réncháo	人潮	人潮	1- 個 -5
rènjūn tiāoxuǎn	任君挑選	任君挑选	3- 四 -8
rénlì zīyuán	人力資源	人力资源	10-2-4
rénqíng	人情	人情	4-2-11
rénwài yǒurén, tiānwài yǒutiān	人外有人，天外有天	人外有人，天外有天	4- 四 -3
rènwù	任務	任务	1-1-3
rénxīn huánghuáng	人心惶惶	人心惶惶	10- 四 -6
rènyì	任意	任意	8-1-49
rèxiāo	熱銷	热销	2-1-13
róngrù	融入	融入	4- 個 -8

S

漢語拼音	正體	简体	序號
sànhuì	散會	散会	2-1-29
shāixuǎn	篩選	筛选	10-2-3
shàncháng	擅長	擅长	2-2-20
shàngjià	上架	上架	1-1-20
shǎngshì	賞識	赏识	10- 個 -4
shàngshǒu	上手	上手	1-1-52

漢語拼音	正體	简体	序號	漢語拼音	正體	简体	序號
shàngtou	上頭	上头	4-2-7	shípǔ	食譜	食谱	10-1-18
shànyòng	善用	善用	4-1-17	shìshí	事實	事实	8-1-31
shāowéi	稍微	稍微	4- 個 -5	shíshí kèkè	時時刻刻	时时刻刻	4-1-9
shè	設	设	5- 個 -19	shíwù	實務	实务	10-2-5
shēchǐ	奢侈	奢侈	5-1-32	shìwù	事務	事务	2- 個 -2
shēhuá	奢華	奢华	5-1-26	shìwùsuǒ	事務所	事务所	8-1-3
shēng	聲	声	4- 個 -3	shìxùn	視訊	视讯	10-1-3
shēng	升	升	2- 個 -12	shīyán	失言	失言	6- 個 -27
shěngde	省得	省得	9-2-22	shìyě	視野	视野	3- 個 -3
shēngxiān	生鮮	生鲜	1-1-11	shìyòngqí	試用期	试用期	10-2-14
shēnkè	深刻	深刻	4-1-39	shīzhǔn	失準	失准	6- 個 -15
shénmì xīxī	神祕兮兮	神秘兮兮	10- 四 -9	shīzī	師資	师资	3- 個 -16
shēnrù	深入	深入	3-1-33	shīzi dà kāikǒu	獅子大開口	狮子大开口	10- 四 -7
shēnsù	申訴	申诉	9-1-24	shǒubiān	手邊	手边	3-1-3
shènzhòng	慎重	慎重	10-1-30	shǒufútī	手扶梯	手扶梯	1- 個 -18
shībài	失敗	失败	10-2-24	shǒugōng	手工	手工	3-1-19
shīcháng	失常	失常	6-1-3	shòupiào	售票	售票	5- 個 -11
shìfàn	示範	示范	3-1-16	shǒutóu	手頭	手头	4-1-23
shìfēi	是非	是非	9-1-9	shǔ	數	数	4-1-47
shífēn	十分	十分	10-2-9	shǔbùqīng	數不清	数不清	4-1-48
shīgōng	施工	施工	4-1-33	shuìfú	說服	说服	3-1-50
shíhuà	實話	实话	9- 個 -3	shuǐguǎn	水管	水管	4-1-36

漢語拼音	正體	简体	序號
shùjù	數據	数据	6- 個 -25
shùnchàng	順暢	顺畅	7- 個 -24
shùnxù	順序	顺序	7- 個 -20
shùnyǎn	順眼	顺眼	2-2-5
shuōbúshàng	說不上	说不上	2-2-4
shuōhuǎng	說謊	说谎	4-1-43
shuōlái huàcháng	說來話長	说来话长	9- 四 -3
shùwèi	數位	数位	5-1-33
shùwèihuà	數位化	数位化	10-1-21
sīpò liǎn	撕破臉	撕破脸	8-1-54
sīrén	私人	私人	2- 個 -1
sīxià	私下	私下	7-1-19
suānyán suānyǔ	酸言酸語	酸言酸语	9-1-16
suì	碎	碎	1- 個 -15
suōbiān	縮編	缩编	8- 個 -2
sùsòng	訴訟	诉讼	8-1-53

T

漢語拼音	正體	简体	序號
tǎngruò	倘若	倘若	8-1-50
tàngshǒu shānyù	燙手山芋	烫手山芋	4- 四 -7
tánpàn	談判	谈判	2-2-22

漢語拼音	正體	简体	序號
tǎo huānxīn	討歡心	讨欢心	9-1-5
tǎohǎo	討好	讨好	9-1-8
tàoyòng	套用	套用	9- 個 -7
tàshí	踏實	踏实	6- 個 -18
tèlì	特例	特例	7- 個 -5
tí'àn	提案	提案	3-1-2
tiàocáo	跳槽	跳槽	9-1-2
tiáojiàng	調降	调降	3- 個 -13
tiáojiě	調解	调解	8-1-57
tiáopí	調皮	调皮	1- 個 -11
tiáozhuàng tú	條狀圖	条状图	3-1-43
tǐliàng	體諒	体谅	1-1-51
tǐng	挺	挺	9-1-25
tíngchēchǎng	停車場	停车场	6-1-18
tíshēng	提升	提升	3-1-23
tǐwú wánfū	體無完膚	体无完肤	2- 四 -10
tǐxù	體恤	体恤	7-1-41
tǐyàn	體驗	体验	3-1-36
tíyì	提議	提议	3-1-24
tōngfēng	通風	通风	4-1-19
tóngyè	同業	同业	4-2-4

漢語拼音	正體	简体	序號
tóngzài yìtiáo chuánshàng	同在一條船上	同在一条船上	4- 四 -6
tóngzhíxìng	同質性	同质性	7-1-15
tōulǎn	偷懶	偷懒	6-1-12
tòumíng	透明	透明	7- 個 -23
tóutòng	頭痛	头痛	1- 個 -7
tóuyǐngpiàn	投影片	投影片	3-1-41
tuánduì	團隊	团队	3-1-32
tuántǐzhàn	團體戰	团体战	6- 個 -7
túbiǎo	圖表	图表	3-1-4
tuīdiào	推掉	推掉	4-2-3
tuīrù	推入	推入	3-1-44
tuīxiè	推卸	推卸	2-1-15
tújìng	途徑	途径	8-1-55
tuō	拖	拖	2-2-9
tuō nǐ de fú	託你的福	托你的福	4- 四 -5
tuǒshàn	妥善	妥善	8- 個 -8
tuōtuō lālā	拖拖拉拉	拖拖拉拉	6- 四 -5
tuōyán	拖延	拖延	6-1-6
túpò	突破	突破	4-1-14

W

漢語拼音	正體	简体	序號
wàibāo	外包	外包	10-1-9
wàiháng	外行	外行	9- 個 -8
wājiǎo	挖角	挖角	7- 個 -19
wǎngjì wǎnglù	網際網路	网际网路	8- 個 -4
wǎngnián	往年	往年	7-1-17
wéibèi	違背	违背	3-1-51
wěidà	偉大	伟大	9-2-13
wéidiànyǐng	微電影	微电影	5-1-8
wéijī	危機	危机	5-1-38
wèiláo	慰勞	慰劳	9-2-11
wéinán	為難	为难	9-1-27
wéixiū	維修	维修	5- 個 -24
wěiyá	尾牙	尾牙	6- 個 -2
wèiyú	位於	位于	1-1-7
wéizhǐ	為止	为止	8-1-37
wénchuàng	文創	文创	8- 個 -11
wényì	文藝	文艺	5-1-18
wòyǒu dàquán	握有大權	握有大权	9-1-12
wúcháng	無償	无偿	5- 個 -29
wúfèng jiēguǐ	無縫接軌	无缝接轨	5- 四 -4
wùhuì	誤會	误会	2-2-7
wúkě bìmiǎn	無可避免	无可避免	8- 四 -6
wùshì	誤事	误事	6-1-21

漢語拼音	正體	简体	序號
wúsuǒ shìcóng	無所適從	无所适从	9- 四 -8
wǔtái	舞臺	舞台	10-1-24
wúyōng zhìyí	毋庸置疑	毋庸置疑	8- 四 -10
wúyùjǐng	無預警	无预警	8-1-14

X

漢語拼音	正體	简体	序號
xià huí	下回	下回	4-2-10
xiàdié	下跌	下跌	3-1-8
xiàhuá	下滑	下滑	3- 個 -11
xiànchéng	現成	现成	4-1-5
xiāngbǐ	相比	相比	7- 個 -8
xiángjìn	詳盡	详尽	3-1-49
xiànglái	向來	向来	7-1-12
xiàngxīnlì	向心力	向心力	7-1-13
xiǎngyǒu	享有	享有	7- 個 -14
xiāngyuàn	鄉愿	乡愿	6- 個 -19
xiānlái hòudào	先來後到	先来后到	1- 四 -8
xiānqián	先前	先前	2-1-10
xiǎnrán	顯然	显然	3-1-13
xiànshà	羨煞	羡煞	7-1-10
xiánxì	嫌隙	嫌隙	6- 個 -13
xiǎnyǎn	顯眼	显眼	1-1-18
xiánzhì	閒置	闲置	5- 個 -8

漢語拼音	正體	简体	序號
xiǎofú	小幅	小幅	3-1-10
xiàolǜ	效率	效率	4-1-27
xiāoshòu'é	銷售額	销售额	3-1-39
xiǎoxīnyǎn	小心眼	小心眼	2-2-16
xiàoyì	效益	效益	5- 個 -26
xībàn	攜伴	携伴	7-1-35
xǐhào	喜好	喜好	5-1-20
xījiā dàijuàn	攜家帶眷	携家带眷	7- 四 -1
xìliè	系列	系列	1-1-16
xīnān lǐdé	心安理得	心安理得	4- 四 -8
xīnchuàng gōngsī	新創公司	新创公司	3- 個 -2
xīndòng	心動	心动	7-1-22
xìngchōngchōng	興沖沖	兴冲冲	9-2-23
xíngdòng	行動	行动	10-1-26
xīngqǐ	興起	兴起	10- 個 -9
xíngzhèng zhǔguǎn jīguān	行政主管機關	行政主管机关	8-1-56
xīnhán	心寒	心寒	8-1-19
xīnhuā nùfàng	心花怒放	心花怒放	7- 四 -3
xīnjié	心結	心结	2-2-10
xìnlài	信賴	信赖	9-1-13

漢語拼音	正體	简体	序號
xīnláo	辛勞	辛劳	9-1-20
xīnlì	心力	心力	4-1-31
xīnténg bùyǐ	心疼不已	心疼不已	1- 個 -17
xuānbù	宣布	宣布	9-2-25
xǔkě	許可	许可	4-1-34
xùnsù	迅速	迅速	10-1-14
xúnwèn	詢問	询问	1-1-15
xúnzhǎo	尋找	寻找	10-2-11
xūqiúliàng yùcè	需求量預測	需求量预测	2-1-16

Y

漢語拼音	正體	简体	序號
yǎngāo shǒudī	眼高手低	眼高手低	5- 四 -5
yángé	嚴格	严格	2-1-12
yángguāng	陽光	阳光	5-1-10
yǎnguāng	眼光	眼光	4-1-30
yánguī zhèngzhuàn	言歸正傳	言归正传	6- 四 -4
yǎnhuā liáoluàn	眼花撩亂	眼花撩乱	1- 四 -2
yǎnkàn	眼看	眼看	2-1-5
yí	咦	咦	1-1-30
yī duì yī	一對一	一对一	3-1-28
yídàn	一旦	一旦	2-1-21
yǐděng	乙等	乙等	6- 個 -6

漢語拼音	正體	简体	序號
yìjià	議價	议价	2-2-21
yījù	依據	依据	1-1-21
yìlì bùyáo	屹立不搖	屹立不搖	3- 四 -5
yílù zǒulái	一路走來	一路走来	10- 四 -8
yǐmiǎn	以免	以免	5-1-36
yìngfù	應付	应付	9-2-9
yínghé	迎合	迎合	3-1-35
yíngjiàn	營建	营建	4-1-45
yíshì tóngrén	一視同仁	一视同仁	7- 四 -4
yìwài	意外	意外	1- 個 -8
yìwài	意外	意外	9- 個 -4
yìwén	藝文	艺文	5- 個 -12
yíxì zhījiān	一夕之間	一夕之间	8- 四 -4
yìxiāng	異鄉	异乡	9-2-35
yìyán bùhé	一言不合	一言不合	9- 四 -6
yìyú liǎngchī	一魚兩吃	一鱼两吃	5- 四 -8
yízhì	一致	一致	4- 個 -7
yònghù	用戶	用户	3-1-5
yǒngjǐ	擁擠	拥挤	1- 個 -6
yǒngjiǔ	永久	永久	10- 個 -7
yǒngrù	湧入	涌入	1- 個 -4
yǒngyuè	踴躍	踊跃	7-1-18

漢語拼音	正體	简体	序號
yōuděng	優等	优等	6- 個 -4
yǒuge dǐ	有個底	有个底	8-1-58
yōuhuì	優惠	优惠	5- 個 -28
yōumò	幽默	幽默	4-1-44
yòurén	誘人	诱人	10-1-6
yǒushēng yǒusè	有聲有色	有声有色	7- 四 -2
yǒusuǒ bùzhī	有所不知	有所不知	7- 四 -5
yǒuxiàn	有限	有限	5- 個 -6
yōuxiān	優先	优先	7-1-31
yōuxiù	優秀	优秀	2-2-19
yǒuyì	有意	有意	8- 個 -9
yóuyù	猶豫	犹豫	10- 個 -17
yuánbǐng tú	圓餅圖	圆饼图	3-1-42
yuángōng lǚyóu	員工旅遊	员工旅游	7-1-1
yuǎnjiàn	遠見	远见	4-1-21
yuánsù	元素	元素	5-1-5
yuánxiān	原先	原先	2-1-24
yuánzé shàng	原則上	原则上	1-1-42
yuèmiáo yuèhēi	越描越黑	越描越黑	2- 四 -6
yuēpìn	約聘	约聘	1-1-46
yùgū	預估	预估	3- 個 -17
yùjì	預計	预计	3-1-21

漢語拼音	正體	简体	序號
yùnzuò	運作	运作	9-2-16
yǔyǐ	不得	不得	8-1-43

Z

漢語拼音	正體	简体	序號
(zài) jīdànlǐ tiāogútou	（在）雞蛋裡挑骨頭	（在）鸡蛋里挑骨头	2- 四 -5
zāipéi	栽培	栽培	10-1-5
zàizhí	在職	在职	7- 個 -22
zàn bù juékǒu	讚不絕口	赞不绝口	10- 四 -2
zàojiǎ	造假	造假	8-1-26
zǎotuì	早退	早退	6-1-28
zé	則	则	2-1-11
zēngjìn	增進	增进	6-1-33
zhànbúzhù jiǎo	站不住腳	站不住脚	8-1-45
zhǎnchū	展出	展出	5- 個 -18
zhàndìng	暫定	暂定	7-1-32
zhǎngquán	掌權	掌权	9-2-5
zhǎnshì	展示	展示	1-1-27
zhànxiàn	戰線	战线	3-1-22
zhǎnyǎn	展演	展演	5- 個 -4
zhào	照	照	10-2-15
zhǎo máfán	找麻煩	找麻烦	2- 個 -6
zhàohù zhōngxīn	照護中心	照护中心	8-1-2

漢語拼音	正體	简体	序號	漢語拼音	正體	简体	序號
zhàokāi	召開	召开	5-1-4	zhíquē	職缺	职缺	10-1-4
zhāolìng xìgǎi	朝令夕改	朝令夕改	9- 四 -10	zhíxì	直系	直系	7-1-36
zhāomù	招募	招募	8-1-35	zhíxiàn	直線	直线	3-1-20
zháoxiǎng	著想	着想	9-2-34	zhíxíng	執行	执行	6- 個 -21
zhēngcái	徵才	征才	7- 個 -3	zhìxù	秩序	秩序	1- 個 -9
zhèngmíng	證明	证明	8-1-30	zhíyí	質疑	质疑	2-1-9
zhèngzhí	正職	正职	1-1-48	zhīyuán	支援	支援	1-1-47
zhènjīng	震驚	震惊	8-1-15	zhízé	職責	职责	1-1-4
zhéxiàn tú	折線圖	折线图	3- 個 -14	zhōngdiǎn	鐘點	钟点	9-1-19
zhézhōng	折衷	折衷	5-1-15	zhōngduàn	中斷	中断	3- 個 -7
zhǐběn	紙本	纸本	10-1-15	zhōnggāojiē	中高階	中高阶	8- 個 -13
zhǐbiāo	指標	指标	6- 個 -24	zhòngyì	中意	中意	4-1-4
zhíbò	直播	直播	5-1-27	zhōngzhǐ	終止	终止	8-1-23
zhǐdiǎn	指點	指点	4-1-10	zhōuqí	週期	周期	2-1-23
zhìdìng	制定	制定	10-2-20	zhuā	抓	抓	2-1-20
zhīfù	支付	支付	8-1-11	zhuānàn	專案	专案	3-1-1
zhǐhǎo	只好	只好	1-1-50	zhuānghuáng	裝潢	装潢	4-1-1
zhìhuì cáichǎn	智慧財產	智慧财产	9- 個 -9	zhuǎnxíng	轉型	转型	3- 個 -1
zhījiān	之間	之间	2-2-24	zhuānyuán	專員	专员	6-1-2
zhìliáo	治療	治疗	6-1-8	zhuānzhí	專職	专职	5- 個 -25
zhīmá lǜdòu	芝麻綠豆	芝麻绿豆	2- 四 -4	zhuānzhù	專注	专注	3-1-27
zhīqián	之前	之前	6-1-13	zhǔbiān	主編	主编	10-2-2

漢語拼音	正體	简体	序號
zhǔdǎ	主打	主打	1-1-26
zhǔguǎn	主管	主管	2-1-3
zhǔn	准	准	9-1-18
zhǔnquè	準確	准确	2-1-18
zhǔtí	主題	主题	5-1-40
zhǔyīn	主因	主因	3- 個 -12
zìbǎo	自保	自保	8-1-27
zìdiǎn	字典	字典	10-1-16
zīfāng	資方	资方	8-1-20
zìfèi	自費	自费	7-1-28
zīlì	資歷	资历	10-1-23
zīqiǎn	資遣	资遣	8-1-12
zīshēn	資深	资深	7-1-42
zìwǒ xíngxiāo	自我行銷	自我行销	5- 個 -1
zìxíng	自行	自行	6- 個 -29
zìyuàn	自願	自愿	8-1-36
zǒngzhī	總之	总之	5-1-45
zǔ	組	组	1-1-38
zuòpǐn	作品	作品	10-2-19
zuòxí	作息	作息	4- 個 -6
zuòyòumíng	座右銘	座右铭	10-2-23
zúqún	族群	族群	3-1-18

漢語拼音	正體	简体	序號
zǔyuán	組員	组员	4-1-3
zǔzhǎng	組長	组长	4-1-2

第 1 课 新人的第一天

对话 Dialogue

情境

量贩店的主任周开文带领新人林中平，交办任务、说明工作职责、协调工时。

周开文：　我们正在筹备新的卖场，到时你会被派到那里。新卖场位于最热闹的商业地段，规模也比其他分店大。你有类似的工作经验吗？

林中平：　有的，我对卖场工作很熟悉，在便利商店待过半年，还有一年小型连锁超市的工作经验。不过，我从来没在那么大的卖场工作过，商品种类和仓储数量是过去的好几倍，所以需要进一步了解实际的工作项目。

周开文：　我们这家分店的商品，主要分为生鲜、食品、日用百货、家电用品、纺织品等五个部门。我们是负责日用百货的部分。第一步你得熟悉不同商品的摆放货架及位置。毕竟品牌和品项林林总总，卖场的员工都必须能在第一时间回答顾客的询问。

林中平：　好的。架上的商品看得我眼花撩乱，三号柜是洗发精系列产品，四号柜是牙刷和漱口水，嗯……我发现有些商品的数量多，在货架上占的排面比较大；有些放在显眼的位置，但有些却被堆在角落。不知道在上架的时候，有什么地方是我该注意的？

周开文：　嗯，每天我们都会依据销售量来更动排面，卖得好的就多进一点货，位置也比较靠近中间，尽量让顾客一眼就找到。因此，上架的时候，你得一个一个对照货品名称跟标签上的是不是符合。除此以外，整个卖场每周都会选出几款新的主打商品，大量地把货铺在特卖区来展示，吸引顾客随手放进购物车。以上这些都是上架跟补货的常态性工作。

林中平：　咦，这排洗面乳怎么只剩一条了？架上都空了，该补货了。对了，后场好像在很远的地方？这么一来，要补货时，恐怕速度上会受影响吧？有没有安排特别的补货路线？

周开文：　你很有概念。不过，我们没有一定的补货路线，但是到后场去补货以前，倒是有几个步骤。首先，得把整面货架浏览一遍，把该补的商品一次记录下来。接下来，我们每一区都会有一台电脑，你可以立刻透过电脑查询各项商品的库存量。来，我带你过去看看。

林中平： 这就是我们的进销存电脑系统吗？那除了库存量，我是不是还能在里头查询到单日销售情况、当日的到货量、员工排班表之类的资料？

周开文： 没错，你真会举一反三。每个员工都会分配到一组帐号密码，然后就可以登入电脑系统，查询本部门的所有资料。正常的补货流程就是，你从电脑萤幕上查到该商品的库存状况，再到后场仓库取货，最后拿到卖场补货。有一点要特别留意，补的时候，排面要拉整齐，顺便检查一下货架干不干净。

林中平： 我一定会全力以赴的。不过，刚刚提到电脑系统可以查询人事排班表，请问员工排班的原则是什么呢？

周开文： 原则上台湾分公司的要求是，一星期可以排休两天。如果碰到重要档期，公司会另外雇用约聘人员来支援，但是正职员工还是免不了要加班的。

林中平： 那如果真的有急事，需要请假怎么办？当然这种情况不是常常发生，我只是想了解一下有没有弹性安排的可能。

周开文： 这毕竟是公司的规定，也只好请你多配合了。不过，我个人是很能体谅大家的。如果你真的碰到非常紧急的状况，我会帮你协调找人代班的。

林中平： 谢谢！我会尽量避免这种状况，好好表现，也有信心很快就可以上手！

第 2 课　职场冲突

对话 Dialogue 1

在公司的检讨会议上，主管费南多针对销售未达到预期目标，而造成库存太多的情况，请销售部珊珊与产品部小雅说明原因。

费南多：　根据报表看来，我们的库存压力大，眼看又有一批货可能会因规格过时得报废了。请珊珊解释一下为什么销售没达到预期目标。

珊　珊：　我可以理解库存太多时，大家第一个会质疑的是我们销售部的能力。不过我们也是满腹委屈。先不提先前我们接到订单时，工厂却赶不出货来，无法准时交货，害我们被客户骂的事；现在则是制造一堆，卖不完。关于库存量的控制，严格说来，应该算是产品部的责任吧！

小　雅：　那是先前热销时，上面要求我们备好充足的货品啊！现在销售不好，产品卖不出去，应该检讨的是行销策略。若反过来说是我们制造过多，这样是否有点推卸责任呢？

珊　珊：　说推卸责任这个词就严重了点吧！

费南多：　关于制造数量，不是早已经请销售部提供需求量预测数字了吗？

小　雅：　话是没错，但预测没有一次准的，如果某部门能提供准确的资讯就好了。

珊　珊：　如果是我粗心算错，那没话讲，但市场变化很快，我们也只能尽量抓个大概的数字呀！

费南多：　嗯，的确是计画赶不上变化。一旦景气不好，业务员再努力也没用。这样吧！宁可少制造一些，才不会有商品过剩的状况发生。尤其是产品生命周期较短的产品，宁可少赚一点也不要有存货。珊珊，你们的销售目标也得调整一下，别定太高，也需随时掌握现在库存的数量。另外，因短期预测会比长期预测来得准，所以从现在起，你们预测数字的报表从原先定的三个月交一次，缩短成一个月。还有，以后要给我每日的库存报表。

珊　珊：　了解。

费南多：　现在那批库存只好贱价卖出，以打折促销方式刺激买气，换取现金。如果各位没有要补充的话，今天会议就到这里结束，散会吧！

对话 Dialogue 2

情境

会议结束后，明萱和同事小雅在茶水间聊天。小雅为了刚才在会议上跟珊珊意见不同的事而抱怨。

明　萱： 你怎么看起来闷闷不乐的？还在生气吗？刚刚的事你就别放在心上，没必要为了这种芝麻绿豆的小事让心情不好。

小　雅： 嗯，谢谢你。只是心里觉得很委屈、也很沮丧。不知道为什么，每次跟珊珊说话的时候，就很容易被激怒。

明　萱： 也许这不是一天两天的事了。

小　雅： 那倒是真的。一直以来就感觉她常针对我，也说不上是鸡蛋里挑骨头。但很明显的是看我不顺眼，想不通到底我什么时候得罪了她？

明　萱： 如果是误会，最好两人趁早解释清楚，拖下去会成难解的心结。

小　雅： 我也想，但不知道从哪里说起，也担心越描越黑。

明　萱： 你们各有各的立场，她应该只是就事论事，大家都是为了公司好。撇开公事不谈，你们平时的互动怎么样？

小　雅： 平常她就对我爱理不理的，讲话的口气也不是很好。会不会是因为上次老板表扬我而嫉妒？我这样想是不是太小心眼了？

明　萱： 别这么想，她说话比较直，容易让人误会。我记得她曾跟我夸过你的能力喔！看来她不是对你有偏见。

小　雅： 她夸过我？

明　萱： 是呀！你们两个都很优秀。一个擅长议价谈判；一个擅长产品行销。是主管最得力的左右手。我有点担心你们之间相处的情况，因为这不只影响你们自己的工作，开会时气氛也很僵，影响到其他人。不然，我来安排一下，下班后一起去吃个热炒、唱个歌，如何？真有什么心结，我可以来当个和事佬。

小　雅： 也好。谢谢你听我发牢骚。

明　萱： 哪里。那我先出去了！下次再聊。

第 3 课 专业经理人

对话 Dialogue

情境

专案经理高绘玲正在向总经理周学盛做一个市场分析报告及新 app 提案，业务经理陈士丰与产品经理许美齐也一起参加会议。

高绘玲： 大家都到了，那我就开始简报了。今天我要向大家报告采购小秘书（personal shopping assistant）的市场分析以及我推荐的新产品走向。如果萤幕上显示的资料不清楚，各位也可以参考手边的市场分析报告。请先看这个图表，蓝色线显示，这五年来采购小秘书的网站用户不断增加。那么请再看红色线，代表了什么呢？

周学盛： 采购小秘书的网站销售量吗？

高绘玲： 没错。在第一年到第三年之间快速成长，平均年成长 20%，到了第四年就不再成长了。而今年是第五年，从第一季到第三季，每季都下跌了 6%，呈现逐渐下跌的趋势，第四季虽然因为年节采购而小幅上升，但就整体而言，都还没有打平前三季的亏损。

周学盛： 显然我们的网站今年没有赚到钱。问题出在哪里呢？

高绘玲： 嗯，我这里有一份使用者经验回馈分析，请大家参阅。上面写得很清楚，有 40% 的顾客反应他们没空看网站教学示范。这表示着一旦找不到想要的商品，他们就不再使用我们的网站服务了。

周学盛： 让我确认一下，你是说，我们的网站过去两年来已经改版过两次了，还要再重新设计一次吗？

高绘玲： 不是的。我们有一个全新的提案。根据我们观察目标族群的消费模式，使用智慧型手机 app 来购买流行手工商品的比率正在直线上升，而且我们预计，三年后将从 35% 升到 80%。我们过去五年来一直是市场的领导者，只有把我们的战线提升到智慧型手机，才能维持我们的市场占有率。

周学盛： 你的意思是……

高绘玲： 我们提议，采购小秘书应该要投入 app 市场。这样一来，只要利用智慧型手机就能轻松下单、付款，符合现代消费者的购物习惯，才能吸引更多的使用者。

周学盛： 开发个人采购小秘书 app 能反映我们的品牌价值吗？请大家就各自代表的部门发表意见吧！

陈士丰： 我想我们应该专注在改善现有的网路一对一个人化服务，贸然投入 app 市场，风险会不会太高？市场上 shopping app 那么多，我们的卖点在哪里？

高绘玲： 有关市场的问题，何不这样看？经过我们团队的深入调查，海外跟网路的市场每年成长 15%，我们的卖点就是迎合市场快速转变的消费习惯，让目标族群得到的是方便又快速的体验。

陈士丰： 你说的不无道理。基本上我是同意的，但是我们未来是要减少网站的预算和资源吗？我们现在的网站销售毛利率高达 50%。我不知道开发 app 需要多少用户跟销售额才能让我们回本？

高绘玲： 请看这张投影片，相关的获利分析在这里。请先看这张圆饼图，我们现有的客户中，高达 80% 有意愿使用采购小秘书 app。接下来再看这张条状图，其中有 60% 的人愿意付费使用线上购物服务，也有 50% 的人认为如果能直接在智慧型手机上下订单，他们会买得更多。从中我们可以预期，整体销售额将增加 35%。简单地说，我们不需要放弃原本的网路一对一服务，而是要把采购小秘书 app 推入市场，以维持我们领导品牌的地位。毕竟，我们的竞争对手都在关注这块大饼，现在不做，以后想投入可能就来不及了。

陈士丰： 你的分析报告做得很详尽，连我也被你说服了。

许美齐： 我也支持这个提案。就我看来，这不违背我们强调沟通的品牌价值，也能提高我们对主要族群的行销曝光率，而且让我们的产品更快打入海外市场。

周学盛： 不过，开发网站和 app 是截然不同的技术，我们的研发部门有办法做到吗？如果技术方面不成问题，那就放手一搏吧！

高绘玲： 以我对技术团队的了解，应该没有问题，我会去联络的。谢谢大家的意见，能够获得大家的共识，我就更有信心了！让我汇整一下，再跟大家报告结果。

第4课 说话的艺术

对话 Dialogue 1

情境

在装潢公司的会议上，组长和两位组员敏华、维克在讨论新的装潢工程案子。

组　长：　关于新案子，在你们送来的报告中，我个人比较中意敏华的这份规划，该注意的细节都注意到了，尤其是以现成家具取代木工装潢的部分，节省了很多开销，能控制在客户的预算内，不错！

敏　华：　若不是组长时时刻刻指点我哪里做得不好，我肯定完成不了。

组　长：　大厅的设计大致上没什么问题，只是办公室的墙壁，应该可以突破传统，改用冷色系。就以蓝色搭配绿色吧！另外，可以善用隔热及通风设计来节能，各位有什么其他想法吗？

维　克：　组长真是太有远见了！蓝色是个令人平静的颜色，能帮助员工专心手头的工作；而绿色让人联想到自然与新生命，把办公室漆成绿色，能减少眼睛疲劳，也有助于保持高效率，配色拿捏得恰到好处。如果没有组长的好眼光，这事怎么办得成。

敏　华：　就是！如果没有组长给我们指点，我们肯定需要花更多的心力才能做好这个案子。

组　长：　呵呵。好说，好说。那今天的会就开到这里，等政府的施工许可下来后，就可以找水电师傅过去配置水管和电线了。另外，去现场监工看进度的差事就交给维克了。

维　克：　没问题，包在我身上。

（会后，敏华和同事秀秀在茶水间聊天）

秀　秀：　敏华，看了你写的那份工程规划报告，让我深刻了解到「人外有人，天外有天」这句话，连组长都夸好，怪不得你一直是老板眼中的红人，以后可要多多向你请益。

敏　华：　你过奖了，我没那么厉害。

秀　秀：　真的啦！我说的可是肺腑之言，我这个人最大的优点就是不说谎。

敏　华： 你真幽默。别忘了，那份报告你也帮了不少忙，特别是营建材料的选择跟结构分析那两个部分，你的功劳数都数不清呢！

小　雅： 哪里，你本来就很有实力，领悟力高，托你的福，我只是出出嘴巴而已。能有机会与你共事，实在是我进入社会工作以来最大的荣幸。看来要赶上你，我还得再多学几年。

对话 Dialogue 2

情境

在办公室内。离下班只剩一个小时，组长要求员工赶一份报告。

组　长： 敏华，刚接到一个新案子，需要你来做环境评估及施工报告，应该不会花很多时间，明天一早再交给我就好。

敏　华： 啊！可是我待会儿约了人了，恐怕不能加班。

组　长： 可以找个借口推掉吗？最近同业竞争很激烈，我们同在一条船上，不能输给别人呀！

敏　华： 如果还不是太急，我明天一早来就处理，或是您请其他同事支援一下，好吗？实在很抱歉，今天真的不方便。

怡　君： 唉！怡君，那交给你，留下来加个班吧！

组　长： 但是，这个报告也是很急的，得先评估过环境才能施工，你也知道上头给我的压力很大，我需要你们呀！你能力那么强，这点工作难不倒你的。

怡　君： 不然，我带回家做吧！在家工作比较自由。

组　长： 太好了，谢谢你愿意接下这烫手山芋。我会记得你的功劳的。

敏　华： 谢谢怡君，下回我一定还你这份人情。

第 5 课　旧瓶装新酒

对话 Dialogue

情境

台湾许多传统产业虽然曾经在国内甚至国际间创造过非常辉煌的历史，可是现在老字号反而成了年轻化的包袱，于是企划经理陈永庆召开会议，与企划行销何平、黄淑华、范姜文讨论如何加入年轻的元素来活化品牌。

陈永庆：　四、五十年来，我们的品牌创造过辉煌的销售纪录，可是这些风光的过去并不能永远维持品牌的新鲜感，我们该怎么让品牌维持年轻化呢？

何　平：　我看到传统速食面用微电影表现，也看过有些老牌食品请来形象阳光的明星在网上示范产品的新吃法。我觉得这种融入新科技的方式都能让我们的品牌年轻化。

黄淑华：　找名人代言固然可以很快引起热门话题，但是也有不少问题，譬如他们的形象跟品牌形象一致吗？产品是否真的大卖了呢？我觉得还需要观察。否则投入大量的预算，却不见得能让品牌回春。

范姜文：　我建议采取风险低的折衷方案，那就是换个新包装。像老牌的饮料印上网路流行语「高富帅」、「文艺青年」什么的，都是老店新装。虽然是旧瓶装新酒，但是让产品产生新的活力，挺有意思，大家觉得怎么样？

陈永庆：　嗯！这样既符合年轻人的喜好，也顾及了追求新鲜感的其他族群。让消费者有了更多有趣的选择，也没脱离产品原本标榜的特色，果然是更新包装的个中好手。

何　平：　我还是觉得运用科技很重要，网路行销是有必要性的，因为可以拉近与消费者之间的距离。像有些名牌，本来它的品牌形象是奢华的，到店面购买，可能产生压力。但是，运用了网路，让一般消费者从手机就可以看到直播，想买也不用去旗舰店，只要按个键就行了，完全颠覆了奢侈品牌行销的模式。

黄淑华：　最近这些品牌确实获得了年轻族群的青睐。可见数位行销是可行的。另外，我想提一下多角化经营的模式，让我们的产品更多元。

陈永庆：　嗯！想法很好，可是我们得多小心，以免闯入自己不熟悉的领域，掉进另一个危机。

何　平：　没错，某家玩具公司就有过惨痛的经验。我记得当时面对电玩的冲击，他们开始多角化经营，不但卖饮料、手机，还积极开发主题乐园。真的不可思议！

范姜文：　我也记得，他们忽略了自己本业的能力和形象，让原来的客户大量流失，最后造成严重亏损。

何　平：　是啊！多角化经营固然好，可是一定不能离我们熟悉的本行太远，否则我们的客户就不认识我们了。

陈永庆：　没错。总之，请各位就今天讨论的结果，汇整出更可行的发展方向，我们下次再继续脑力激荡吧！

第6课 给员工打考绩

对话 Dialogue

情境

王专员最近的表现非常失常，业绩不佳、工作情绪也有点低落，不但主管不满意，客户也抱怨。总经理找他来谈话，希望能协助王专员改善目前的情况。

总经理： 早，王专员你现在有空吗？请到我办公室来一下。

王专员： 有什么事吗？我可以十分钟以后再过去吗？

总经理： 好的。

（王专员不想面对，故意拖延，十五分钟以后才到总经理办公室）

总经理： 请坐，最近忙些什么？你儿子的鼻子过敏好一点了吗？

王专员： 谢谢，好多了，医生说除了治疗，另外注意保暖，应该就会改善了。您找我来，不是要跟我谈这个吧？

总经理： 当然，请你来是想了解一下，是不是有什么事困扰着你，所以最近两季的绩效差强人意，跟以前判若两人！

王专员： 我知道了，是不是我们张副理跟您说了什么？我不知道我哪里得罪了他。您也知道，打从我进公司开始，总是兢兢业业认真工作，从不敢偷懒。

总经理： 先别激动，你之前的表现的确很好，所以我才担心。因为今天已经星期五了，可是你该给主管的报告，为什么还没交呢？大家都写好了，只差你的部分，到现在秘书一直没办法汇整。更重要的是，中华公司要我们在昨天截止日前给的报价单，你也还没给对方，他们一直找你也联络不上你。

王专员： 我昨天一整天都很忙，在跑客户，一直到下午四点半才回到总公司。您也知道，我们总公司的停车场不但很难停车，手机也收不到讯号。

总经理： 还好我跟中华公司的高层有老交情，我亲自跟他们道歉以后，他们同意再给我们一次机会，今天五点前等我们的报价，你千万别再误事了。现在言归正传，你愿意告诉我，为什么你最近的表现出了这么多状况吗？

王专员： 您真的不知道？那我就直说吧。上次副理出缺，论年资或是业绩表现，怎么样也都该轮到我了，没想到最后升的竟然是比我晚进公司的小张。我这么多

年的努力，这么认真地冲业绩，有什么用？

总经理：　所以你就灰心了？开始迟到早退、做事拖拖拉拉？有问题，开会也不提出来？

王专员：　说了又怎么样？

总经理：　唉！可惜啊！其实，升你还是张副理，我们考量了好久，没想到反倒让你们有了心结。论专业能力，你们真的在伯仲之间，可是讨论后，我们希望培养你，让你对业务更熟悉之后，明年再更上一层楼。但你看看你现在这样，对事情有帮助吗？

王专员：　对不起，总经理！有时候碰到很难搞的案子，我就失去了耐心。另外，有些业务上的瓶颈，我也不知道该怎么突破。

总经理：　能反省就好。这个周末我们都冷静一下，好好想想该怎么做，来帮助你增进自己的能力。下个星期我请秘书约个时间，我们再就这个问题讨论讨论。回去以后，先好好放松一下。

王专员：　谢谢总经理帮我打开了心结！我早该来找您谈谈了！那我就先离开了。周末快乐！

第 7 课 旅游补助

对话 Dialogue

情境

某家银行将举办员工旅游的活动，由担任本届福委的员工思齐、亚文负责规划，他们正在讨论旅游地点和相关细节。

思 齐 ： 今年我们银行旗下的关系企业整体业绩很亮眼，董事长大手笔提供了一笔丰厚的预算来犒赏全体员工出游，羡煞不少金融同业，我们得好好来规划一下这次的员工旅游。

亚 文 ： 员工旅游向来是我们公司重要的福利项目，而且董事长最在乎员工的向心力，因此都是以集团所有的员工共同参加的方式举行，不像一般同质性企业，只限业务员参加或鼓励员工分批参加。往年大家都携家带眷的，非常踊跃，今年也要办得有声有色才行。

思 齐 ： 听同事们私下说，办过这么多次员旅，国内知名的景点几乎都跑遍了。这是我们第一次承办，今年预算又特别多，应该帮大家争取国外旅游才对。国外旅游有新鲜感，又有当地美食，地点选择也多，我想公司里的同事们一定会心花怒放的。譬如说去长滩岛，离台湾不远，阳光、沙滩、美食……

亚 文 ： 你这么一说，真让人心动！但是我打听到有一部分的人倾向留在国内，入住高档的六星级饭店，自由参加饭店的半日游或一日游，或是干脆留在饭店休息。按照这次公司给的补助额度，国内旅游可以吃好、住好，员工负担也比较低，有一定的吸引力。国外旅游的话，每个人自费的比例提高，会不会影响部分员工参加的意愿？

思 齐 ： 国外也可以吃好、住好，旅游规格方面交代旅行社就可以了。况且，我们应该可以跟旅行社谈谈看，请他们为我们规划合适的国外旅游路线。就我所知，今年想要出国的人占了大多数。办员工旅游没办法面面俱到，顾及到所有人的需求，还是以多数人的意愿为优先吧！

亚 文 ： 那就暂定国外旅游吧！不过，跟旅行社接洽之前，还要确认公司的补助方式和许可的旅游天数。说到补助的问题，以往补助标准都是一致的，大家一视同仁，但是今年似乎有一些改变。

思 齐 ： 是啊！今年开始有年资相关的规定，像是年资满六个月才能请领补助。另外，携伴参加的不一定要是配偶或直系亲属，而且眷属的补助也同样依年资配给。还有啊，年资超过十年的甚至自己跟一位眷属都可获得全额补助。

亚 文 ： 公司这项新的补助政策真是体恤资深员工。但是我又想到一个问题，对因工作而不克参加的人来说，不是亏大了吗？

思 齐 ： 你有所不知，董事长看到今年的连续假期这么少，天数也少，而且员工人数比去年多，就下了指示，今年员旅订在四月初的四天清明连假举办；一半员工早一天去早一天回来，另外一半员工去回都晚一天，这样应该就不会影响到工作了。

亚 文 ： 既然补助方式和天数都确定了，地点也有了初步共识，接下来就要开始了解行程和询价了。你看，我在网路上找到好几家旅行社的行程，看起来大同小异，该怎么选？

思 齐 ： 同样是旅行社，素质却大不相同，还是要拨出时间一个一个亲自打电话去问。这样，才可以看出旅行社专业度和服务的落差。我想我们先选择三个旅游地点，再请不同的旅行社提供路线、行程、航班、坑些什么等等资讯，另外把餐饮、住宿、自费项目也都列出来，这样比价的结果才客观。

亚 文 ： 那就听你的吧！我想既然是团体旅游，那就以人众化、老少咸宜的地点为主。等旅行社提供资讯以后，我们就进行公司内部的意见调查，等到投崇结果揭晓，我们两个的任务就算完成一半啰。

第8课 裁员风波

对话 Dialogue

在照护中心工作的老周面临可能被裁员的问题，所以他到律师事务所请教律师李律。

老 周 ： 李律师，我昨天忽然被公司告知不必再去上班了，一点心理准备也没有。我问老板理由，只得到「现在公司面临资金危机，必须减少人事成本」的回答。我已经快要退休了，哪里有办法再去找工作？我该怎么办？帮帮我吧，律师！

李 律 ： 你先别急，我处理过很多类似的案例，包在我身上。我国的劳基法中规定，如果雇主想解雇员工，有一定的条件和程序。尤其是当员工没有重大过失，雇主是基于经营上的理由单方面要员工走路时，一定要提早通知，还要主动支付资遣费。只要登记在案的公司，就要按照劳基法的规定来走，并不能说裁就裁，你不必太过担心。

老 周 ： 唉！发生这么无预警的事，我们所有人都很震惊。公司以往一直要我们共体时艰，我们也常常配合加班。工作虽然辛苦，可是大家都自我安慰，这起码是个稳定的差事。没想到发生这么残酷的事，叫我们这些服务了十几二十年的资深员工该往哪里去？公司的手法太粗糙了，让人心寒。

李 律 ： 刚刚你说你们公司面临资金危机，其实这个说法也是很容易被资方拿来滥用的裁员借口。劳基法第十一条的规定提到了，有亏损或业务紧缩时，雇主是可以终止劳动契约，但是否真有亏损？不能只用公司内部自制的财务报表为准。

老 周 ： 就算公司造假，我们也不知道啊！从年轻为公司努力工作，一路上风风雨雨，真的没想到会有这么一天。我们这些资深员工真的不能接受！我们该怎么自保？

李 律 ： 你先别慌，现在还不到绝望的时候。有句话说，关关难过关关过，你不要太悲观。首先，趁他们还没解雇你之前，你可以常做工作纪录，做为将来需要时的证明。只要你没有不能胜任这个工作的事实，公司也不能拿你怎么样。

老 周 ： 好的。我已经六十岁了，家里的开销都要靠这份薪水。万一一夕之间什么都没了，连退休金也泡汤了，那我该何去何从？

李　律：　你不要自己吓自己。法律规定，雇主必须先考量有没有其他工作可以安置你们，例如，转到其他关系企业工作；或尽量采取回避解雇的措施，像停止招募新人、减薪、征求自愿提早退休者等，最后才可以裁员。公司有没有这么做？

老　周：　有是有，我们都配合减薪了，可是裁员好像还是无可避免的，而且到现在为止都没有听到任何公司会替我们安排新工作的风声。加上再做五年就可以退休了，早知道会这样，我还不如早早退了算了！

李　律：　对，其实公司应该安排你退休才对。我国最高法院也认为，雇主对于已符合退休条件或将要届龄退休的劳工，只能强制其退休而不得予以资遣。如果这个时候把你裁掉，公司是站不住脚的。

老　周：　真的吗？我只能把希望寄托在跟他们好聚好散，可是现在我实在乐观不起来。万一他们还是把我解雇了呢？劳工的筹码实在太少了！

李　律：　不，相信我。不要说你的公司不能任意把你裁掉，倘若真的遭到不当解雇，你可以向法院提起确认雇佣关系的诉讼。如果怕跟老板撕破脸或不想走法律途径，也可先向劳工行政主管机关申请调解，避免旷日费时的诉讼程序。

老　周：　谢谢你，律师。我总算有个底了。我也会告知其他员工，让大家都安心一点。还好有律师你的耐心说明，要不然我们这些弱势劳工，真是求助无门！

第9课 老板与老板娘

对话 Dialogue 1

情境

杰克和萝拉一起在餐厅用餐。因两人都是在补习班工作，所以聊起自己公司的情况。

杰 克 ： 我觉得我工作的这家补习班快倒闭了，最近在考虑跳槽，想打听一下你那边的情况怎么样？

萝 拉 ： 我这里也好不到哪儿去。他们是家族企业，老板不常进办公室。另外，因为他英文不好，所以教学上很信任我们。不过他一向只在乎学生有没有流失、有没有家长抱怨而已。其他的像财务、教材的选用、排课等大小事都是老板娘在处理。

杰 克 ： 这样一来，同事间应该会勾心斗角，大家都想讨老板娘的欢心吧！

萝 拉 ： 老板娘她的确不太公正，谁跟她比较亲近，谁就能接到比较多的课。我刚开始只想把自己的事做好，不想去讨好谁；但偏偏有人的地方就有是非。毕竟我是个外师，本土老师都拿我当假想敌。

杰 克 ： 本来就不可能迎合每个人，反正真正握有大权的是老板娘，只要处处配合她、获得她的信赖就好了吧？

萝 拉 ： 可是不知道为什么她就是看我不顺眼，不但常摆脸色给我看，还总是找我麻烦。随便举个例子来说，当我上网查备课所需要的资料时，她却在旁酸言酸语，说我如果有时间逛网站，怎么不去帮补习班做电访工作。还有一次，她要求我写份学生学习报告给她，我事后申请加班费，她却说这只需几分钟就能完成，所以不准。但其实我们的薪水是以钟点来算的，那工作花了我将近两个小时的时间。

杰 克 ： 我们这一行就是这样！除了上课时间以外，下课后的备课辛劳，老板都好像没看见，认为是理所当然的。

萝 拉 ： 说到上课，我们每间教室都装有监视器，常上课上到一半就接到内线电话，跟我说哪个学生不专心，要我注意他。

杰 克 ： 我们教室也有监视器。刚开始我也不习惯。不过，站在老板的角度想，老板想从画面中了解师生的互动跟学习情况也是合理的。还好我们老板不会斤斤

计较，你的情况真让人生气，难道没有别的申诉管道吗？

萝 拉： 跟老板申诉吗？算了吧！家族企业就是这样，缺乏制度，我也不敢直接找老板沟通。再说他们夫妻感情不是很好，总把个人的情绪带到公司，动不动就在补习班里吵架，好几次都波及到我们，要我们说谁对谁错，还问我们要挺谁。

杰 克： 嗯，可以想象员工们夹在中间很为难吧！

萝 拉： 是啊！对了，换你说一说你们补习班的问题！为什么快倒了？

杰 克： 我们补习班的事说来话长，这家餐厅下午要休息了。我们找家咖啡店，点个下午茶，再慢慢聊吧！

对话 Dialogue 2

萝拉和杰克在咖啡厅聊天。杰克向萝拉抱怨自己公司的老板，最后希望萝拉帮他留意工作的机会。

萝 拉： 杰克，你为什么想离职呢？是受不了同事间的派系斗争，还是受不了老板娘强势掌权？

杰 克： 同事间表面上井水不犯河水，暗地里互相较劲的那些情况，我都还应付得来。我们老板娘平常是不管事的，对员工非常好，还常买些甜点来慰劳我们，是那种成功男人背后的伟大女人。

萝 拉： 那很好呀！不像我们的老板娘老在会议上反驳老板的意见，老板听不进去她的意见，也气老板娘没给他留面子，常常在会议上恼羞成怒，一言不合就吵起来。

杰 克： 先不说两夫妻，就算是两个合作的朋友都很难有共识。如果两人在公司的权力一样大，却又做不到公私分明的话，很难让公司正常运作。

萝 拉： 你说得对极了！像你们那样只听一个人的命令做事，员工才不会无所适从。

杰 克： 不过话说回来，我们的老板就是个传统的权威式老板。白手起家、不怕吃苦，

什么事都自己来。不出去交际开拓财源，而是坐在柜台接电话。连换洗手间的卫生纸这种小事都是他自己做，就是想省下请工读生跟清洁员的费用。

萝 拉： 听起来是夸张了点。不过，什么事都让他来决定，旁人省得烦恼也不错呀！

杰 克： 但他常一看到他校有什么新做法就兴冲冲地跟进。常常月初宣布一项制度，没过几天又说那个制度不好。我们对这种朝令夕改的情况已经麻木了，现在他如果又提什么策略，我们就当做是「当月主打」，没人认真做了。

萝 拉： 很多事情老板说了算。反正天塌下来，有老板顶着。

杰 克： 问题就出在他顶不住。他一口气开了三家分校，老师们都得跑分校，车马费不给不说，累到快爆肝了，还领不到薪水，到现在已经积欠了三个月。

萝 拉： 哇！是因为财务出问题，他发不出薪水吗？

杰 克： 是啊！有几位老师已经离职了。他要我们体谅，说现在我们都在同一条船上，要一起度过这个难关。但其实，大家为了自保，已经私下到处应征工作了。

萝 拉： 和人情相比，现实比较重要，毕竟你还有老婆小孩要养，还是得多为自己着想。

杰 克： 就是说啊！那就麻烦你帮我留意一下工作机会。

萝 拉： 那还用说！我们人在异乡，肯定是要互相帮忙的。

第 10 课 人往高处爬

对话 Dialogue 1

情境

猎人头公司的代表雅莉与出版社的平面设计师小娴视讯，希望小娴能接受去美国电子书设计公司工作。

雅 莉： 小娴，你工作态度认真又负责，而且是去年电子书设计大赛的冠军。我跟你说的这家美国电子书公司，他们有个职缺，每个月六千美金起薪。刚开始是设计师，如果你表现得好就会栽培你成为主管。

小 娴： 听起来很诱人。只是目前公司非常器重我，在薪水方面也很好。

雅 莉： 说实话，你在那家出版社工作开心吗？再说比起工作量，这家可是只有你现在的三分之一喔！

小 娴： 的确做得有点累。最近生意差，所以老板接了一些其他公司外包的案子，因此我的工作量没少过，常常加班，都快爆肝了。

雅 莉： 只不过是糊口，可别为了工作伤了身体，不值得呀！话说回来，现在都电子化了，出版业逐渐没落了，你待的那家公司，我看撑不了十年。

小 娴： 嗯！网路人口成长迅速，大家的购书习惯从纸本转移到电子书。眼看传统做字典、做百科、做食谱的出版公司几乎都已经快倒光了，而我们老板的观念却还那么保守，没考量现实环境，的确没什么前景。

雅 莉： 现在跟上数位化的产品才有商机，因此美国那家公司应该不会有倒闭这样的问题，除非你自己不愿意待下去。再说公司在设计方面的资源多、环境好，又非常珍惜专业人才。你这么优秀，有丰富的工作资历，好的人才要有好的舞台才是。

小 娴： 我的确希望我的人生能更精彩。但…那么远，我家人怎么办？

雅 莉： 根据我帮其他人处理的经验，到了美国以后，最快四个月，最慢八个月就可以拿到绿卡；工作满一年以后，就能开始试着帮家人申请移民了。

小 娴： 不过，你也知道我年纪不轻了，现在换工作有点冒险。

雅 莉： 正因为不年轻了，现在不行动，还要等到什么时候？埋头继续做，你会失去更多！这样吧！我跟那边的经理说，就让你带领一个新的团队，有他在，你

什么都不必担心，上面的人也不会多管，你就放手去干。现在市场正在成长，你要把握机会啊！

小　娴：　谢谢你。只是换工作毕竟是一件大事，我还是跟我先生商量一下再决定吧！

雅　莉：　好，是该慎重！你考虑一下，但机会不等人，你不要错过这个大好机会，我等你的好消息！

对话 Dialogue 2

情境

志龙应征出版社编辑部主编的职位，他通过了前两次的面试，现在正在和赵总经理进行第三次的面试。

赵　总：　首先恭喜你通过前两关的面试。能经过层层的筛选，相信你拥有一定的能力。上次面试，人力资源部主任就对你赞不绝口，他跟我提到你对未来出版产业以及市场的看法，令人印象深刻。

志　龙：　谢谢，不敢当。

赵　总：　从资历看来，你有非常丰富的实务经验，你觉得自己最大的优点是什么呢？

志　龙：　我做事要求完美，事情没做到令人满意的结果就不会罢手。

赵　总：　你是个相当优秀的人才。那你最大的缺点是什么？

志　龙：　嗯…我是个没什么耐心的人，例如，有时部属没把事做好，我就会将责任揽在自己身上，独自解决。

赵　总：　那么，你为什么会选择我们公司呢？

志　龙：　先不说贵公司是业界中大家梦寐以求的公司。我十分欣赏贵公司董事长的理念—开一家公司，应问对社会是否有帮助，不要只问是否能为自己带来利益。另外，我的实务经验很适合这个职缺。

赵　总：　看来你对我们公司还做了些功课，显示你不是乱枪打鸟地寄履历。但你前一份工作做不到一年，离职的原因是什么呢？

志 龙 ： 由于市场改变，那家公司的营运情形每况愈下，大家人心惶惶。我也只好重新寻找能发挥能力的舞台。

赵 总 ： 和其他竞争者相比，你觉得我们应该录取你的理由是什么？

志 龙 ： 凭我所掌握的技能和对工作的责任感吧。另外，您可以从我以往工作中的表现，看出我全力以赴的工作态度以及带领团队的能力。

赵 总 ： 那你希望的待遇是多少呢？

志 龙 ： 我对自己的能力有信心，但我不想让您觉得我狮子大开口。因此在试用期的薪资就照公司规定。接下来我们可以一起讨论部门未来经营的方向，订定应达成的目标以及应得的报酬，等我表现出我的本事，贵公司再按照我的达成率调薪吧！

赵 总 ： 你的能力很好，我开始担心我的位子很快就会被你取代了。

志 龙 ： 那至少是十五年后才可能发生的事，而在那之前，我会全力以赴地协助您管理好部门。

赵 总 ： 我的确是想找一个值得信赖的人。如果我录用你，你想怎么开始这个工作？

志 龙 ： 首先我会尽快了解和熟悉这个团队和团队的作品，接下来制定一份近期的工作计画，主要目标是提高本部门的产出率和降低成本。

赵 总 ： 不错。像你能力这么强，应该可以找到比我们更好的公司吧！

志 龙 ： 也许我能找到更有名气的公司，但应该很难像这里一样重视人才。

赵 总 ： 最后…你还有没有什么问题要问我的？

志 龙 ： 我很好奇，总经理您一路走来，是如何达到今天的成就的？

赵 总 ： 我的座右铭是「只为成功找方法，不为失败找借口」。能有今天这样的地位，我想最重要的是坚持自己的理想，坚强地面对挑战。

志 龙 ： 谢谢您给了我这么好的回馈，即使没被录取，听到这番话也值得了！

赵 总 ： 好说、好说。无论结果如何，我会尽快通知你。

志 龙 ： 好，再次谢谢您给我面试的机会。再见。

兩岸地區常用詞彙對照表

台灣用語	大陸用語
交通用語	
捷運	地铁、轻轨或城铁
公車	公交车、公交
遊覽車	旅游大巴、观光车
計程車	出租车、的士
輕型機車	轻骑
私家車	私家车、家轿
腳踏車 單車	自行车
公車站	公交站
轉運站	换乘站、枢纽站、中转
月台	站台
搭乘計程車	打的（打D、打车）
左右轉	左、右拐
住宿	
洗手間	卫生间、洗手间
觀光旅館（大飯店）	旅馆、宾馆、酒店
櫃台	总台、前台
寬頻網路	宽带
冷氣	空调
洗面乳	洗面奶

台灣用語	大陸用語
洗髮精	洗发水、香波
刮鬍刀	剃须刀、刮胡刀
吹風機	电吹风、吹风机
餐飲	
小吃店	小吃店
快炒店	大排档
路邊攤	地摊
餐廳	饭店
便當	快餐、盒饭
宵夜	夜宵 夜餐
菜單	菜谱、菜单
開瓶器	起瓶盖器、起子
鋁箔包	软盒装、软包装
調理包	方便菜、软罐头
購物	
折價 打折	打折
收執聯	回帖
收據	小票、白条、发票、收据
刷卡	刷卡
保存期限	保质期

台灣用語	大陸用語
專賣店	专卖店
量販	量販、批发
降價	降价
缺貨	脱销、缺售、缺货
發票	发票

生活

台灣用語	大陸用語
警察	公安、警察
打簡訊	短信
長途電話	长话、长途
國際電話預付卡	IP 卡
儲值卡	充值卡
通行證	通行证
警衛	门卫、保安

筆記 Note

Linking Chinese

各行各業說中文 1 課本（附作業本）

策　　劃	國立臺灣師範大學國語教學中心	出 版 者	聯經出版事業股份有限公司
顧　　問	周德瑋、紀月娥、高端訓、許書瑋、	發 行 人	林載爵
	游森楨	社　　長	羅國俊
審　　查	陳麗宇、彭妮絲、葉德明	總 經 理	陳芝宇
總 編 輯	張莉萍	總 編 輯	涂豐恩
編寫教師	何沐容、孫淑儀、黃桂英、劉殿敏	副總編輯	陳逸華

執行編輯　劉怡棻、蔡如珮
英文翻譯　范大龍
校　　對　陳昱蓉、張雯雯、蔡如珮、劉怡棻

插　　畫　連珮文
整體設計　Anzo Design Co.
錄　　音　王育偉、李世揚、吳霈蓁、許伯琴
錄音後製　純粹錄音後製公司

叢書主編　李　芃
地　　址　新北市汐止區大同路一段 369 號 1 樓
聯絡電話　(02)8692-5588 轉 5305
郵政劃撥　帳戶第 0100559-3 號
郵撥電話　(02)23620308
印 刷 者　文聯彩色製版印刷有限公司

2018 年 12 月初版・2023 年 12 月初版第三刷
版權所有　・　翻印必究
Printed in Taiwan.
ISBN　　　978-957-08-5210-3 (平裝)
GPN　　　1010800074
定　　價　900 元

著作財產權人　國立臺灣師範大學
地址：臺北市和平東路一段 162 號
電話：886-2-7734-5130
網址：http://mtc.ntnu.edu.tw/
E-mail：mtcbook613@gmail.com

國家圖書館出版品預行編目資料

各行各業說中文 1 課本/國立臺灣師範大學國語
教學中心策劃．張莉萍主編．何沐容等編寫．初版．新北市．
聯經．2018年12月（民107年）．312面＋64面作業本．
21×28公分（Linking Chiese）
ISBN 978-957-08-5210-3（平裝）
[2023年12月初版第三刷]

1.漢語 2.讀本

802.86   107018753

各行各業說中文
ADVANCED BUSINESS CHINESE

WORKBOOK 作業本

主編策劃　國立臺灣師範大學國語教學中心
MANDARIN TRAINING CENTER NATIONAL TAIWAN NORMAL UNIVERSITY

總編輯　張莉萍
編寫教師　何沐容、孫淑儀、黃桂英、劉殿敏

1

CONTENT
目次

Lesson 1　第 1 課　新人的第一天

一. 請將框框中的詞語填入下面的句中，填入代號 a-h 即可

a. 籌備　　b. 類似　　c. 品項　　d. 顯眼　　e. 更動　　f. 約聘

g. 假如　　h. 步驟

1. 請按照 _____ 一步一步來，就不容易失敗。

2. 計畫訂了以後，大家就展開忙碌的 _____ 工作。

3. _____ 人人都能為對方著想，職場生活將會更愉快。

4. 主任要求員工找出犯錯的原因，避免下次再犯 _____ 的錯誤。

5. 請把宣傳海報貼在店裡 _____ 的位置，才能達到應有的效果。

6. 本公司的 _____ 人員都必須簽一年的工作合約，表現好的話則有機會

　　成為正式人員。

7. 某些 _____ 架上沒有，倉庫裡也找不到，應該是點貨的時候出了問題。

8. 把貨架的方向小小地 _____ 一下，就能使這一區的賣場看起來完全不

　　一樣。

二. 請把左欄中的詞語放進右欄中

a. 眼

b. 力

c. 心

d. 府

e. 步

1. 寸 _____ 難行

2. _____ 疼不已

3. _____ 花撩亂

4. 全 _____ 以赴

5. 打道回 _____

三. 請選擇最合適的詞彙填入句中

(　　　) 1. 公司總是想留住 _____ 的人才。

　　(A) 顯眼　(B) 傑出　(C) 調皮

(　　　) 2. 這個商品的庫存量不夠了，快去 _____ 吧！

　　(A) 上架　(B) 補貨　(C) 到貨

(　　　) 3. 在逛大賣場時，大多數的消費者都很有 _____ 地排隊購物和結帳。

　　(A) 系列　(B) 密碼　(C) 秩序

(　　　) 4. 購買 _____ 產品一定要注意包裝上的生產日期。

　　(A) 生鮮　(B) 紡織　(C) 主打

(　　　) 5. 店員利用電腦來 _____ 庫存，不但快速，也很方便。

　　(A) 查詢　(B) 採取　(C) 展示

(　　　) 6. 特賣活動只限今天，一大早就有許多民眾 _____ 賣場。

　　(A) 登入　(B) 湧入　(C) 擁擠

（　　　）7. 把不要的紙箱堆在 _____ 裡，會讓賣場看起來又髒又亂。

  (A) 排面　(B) 後場　(C) 角落

（　　　）8. 春節、端午、中秋是大賣場的重要 _____，常有特賣活動。

  (A) 路線　(B) 流程　(C) 檔期

（　　　）9. 這個網頁上，可以查到所有客人常常 _____ 店員的相關問題。

  (A) 依據　(B) 對照　(C) 詢問

（　　　）10. 舉辦活動時，公司必須 _____ 約聘人員來解決正職人員不夠的問題。

  (A) 支援　(B) 雇用　(C) 排休

四. 請將以下詞語放在句子裡的正確位置，用「/」表示

例 全力以赴

> 與其浪費時間抱怨工作困難，不如 / 投入工作。

1 免不了

職場上，我們要與上司、下屬互動，學會溝通是很重要的。

2 除此以外

店長的工作包括經營賣場、管理庫存，帶領全體員工也是店長的責任。

3 常態性

這家運動中心提供許多課程，每個禮拜、每個月都有，喜歡運動的民眾可以多多利用。

4 人潮

由於班機不正常，這家航空公司的櫃台前面擠滿了人，等到班機恢復正常以後，才慢慢消失。

五. 利用括弧的提示回答問題

1 老　林：你的店這麼賺錢，可以教教我嗎？（店面／位於）

老　張：＿＿＿＿＿＿＿＿＿＿＿＿＿＿＿＿＿＿＿＿＿＿＿＿＿＿＿

2 小　玉：大賣場的上班時間都怎麼安排？週末可以休假嗎？（原則上）

小　飛：＿＿＿＿＿＿＿＿＿＿＿＿＿＿＿＿＿＿＿＿＿＿＿＿＿＿＿

3 店　員：我只不過請那位小姐等了一下，她為什麼那麼不高興？
　　　　（先來後到）

老　闆：＿＿＿＿＿＿＿＿＿＿＿＿＿＿＿＿＿＿＿＿＿＿＿＿＿＿＿

4 小　方：經營量販店不容易，商品種類這麼多，進貨就要花不少錢吧？
　　　　（林林總總）

小　文：＿＿＿＿＿＿＿＿＿＿＿＿＿＿＿＿＿＿＿＿＿＿＿＿＿＿＿

5 王　森：李希不是到外國去開公司了嗎？他明年還打算留在那裡嗎？
　　　　（打道回府）

張　勝：＿＿＿＿＿＿＿＿＿＿＿＿＿＿＿＿＿＿＿＿＿＿＿＿＿＿＿

Lesson 2 第2課 職場衝突

一.請聽錄音，選擇一個最合適的圖片，把圖片代號填入
　下面的方格裡。🎧 L 02

例　唉！真倒楣，才一進辦公室就被老闆批評得體無完膚；下午也
　　接了不少客戶抱怨的電話。 .... ⬚ E

1. .... ⬚
2. .... ⬚
3. .... ⬚
4. .... ⬚
5. .... ⬚

二. 詞彙練習

A. 請選擇適當的詞彙組合，每個詞只能使用一次

□ 1. 推卸　　　　a. 牢騷
□ 2. 滿腹　　　　b. 買氣
□ 3. 刺激　　　　c. 議價
□ 4. 擅長　　　　d. 責任
□ 5. 發　　　　　e. 委屈

B. 請將相反的詞連起來

1. 過時　　　　a. 仔細
2. 嚴格　　　　b. 不夠
3. 充足　　　　c. 流行
4. 粗心　　　　d. 高價
5. 賤價　　　　e. 隨便

三. 請將框框中的詞語填入下面的句中，填入代號 a-i 即可

---

a. 誤會　　b. 過剩　　c. 準確　　d. 趁早　　e. 檢討　　f. 雞蛋裡挑骨頭

g. 芝麻綠豆　　h. 計畫趕不上變化　　i. 報廢

---

1. 寧可少製造一些，才不會有商品 _____ 、最後得 _____ 的狀況發生。

2. 產品賣不出去，應該 _____ 的是行銷策略，以及檢查銷售部所提供的需求量預測數字是不是夠 _____ 。

3. 原本規劃好的行程卻因為客戶一通電話而得取消，真是 _____ 呀！

4. 剛剛的事你就別放心上，沒必要為了這種 _____ 的小事讓心情不好。

5. 如果是 _____ ，兩人最好 _____ 解釋清楚，拖下去會成難解的心結。

6. 這份企劃已經很完美了，若真要我在 _____ ，那就是字大了點。

四.請試著完成下列各圖的對話

遇到下面這樣的情況，你會怎麼開口呢？

1　我想跟你談談，＿＿＿＿＿＿＿＿＿＿＿＿＿
＿＿＿＿＿＿＿＿＿＿＿＿（發生誤會了嗎？）

你的同事都不理你，你卻不
知原因時…

2　如果是我＿＿＿＿＿＿＿＿
＿＿＿＿，那沒話講，但
＿＿＿＿＿＿＿＿＿＿＿＿

把失敗的責任推給你，而你為
自己說話時…

你：我是照你的話去做的…
主管：我當初可沒這麼說…

3　啊！＿＿＿＿＿＿＿＿＿＿＿＿＿＿＿＿

主管要你加班，但你有事情得離
開。

主管：這份文件很趕，等一下交
給我。

4

聽說 ＿＿＿＿＿＿＿＿＿＿

＿＿＿＿＿＿＿＿＿＿＿

（就事論事／一旦⋯再也⋯）

同事搶了你的客戶，你找他談，希望他下次別再這樣。

5

唉！眼看 ＿＿＿＿＿＿＿＿

＿＿＿＿＿＿＿＿＿＿

同事太混，而你的工作明顯比同事多。

6

你們兩個 ＿＿＿＿＿＿（芝麻綠豆），

這樣吧！＿＿＿＿＿＿＿＿，如何？

處理員工不合的問題。

7

你　　：我的老闆 ＿＿＿＿＿＿＿＿＿＿

朋友：老闆就是這樣，你 ＿＿＿＿＿＿＿

＿＿＿＿＿＿＿＿＿＿＿＿＿＿ 。

主管太挑剔（雞蛋裡挑骨頭）

Lesson 3　第 3 課　專業經理人

一 . 請將框框中的詞語填入下面的句中，填入代號 a-j 即可

> a. 預計　　b. 顯然　　c. 示範　　d. 迎合　　e. 違背　　f. 中斷　　g. 尋找
>
> h. 回饋　　i. 詳盡　　j. 轉型

1. 網站設計師向大家 ＿＿＿＿＿＿如何使用該網站。

2. 有人在開會時接電話，使會議 ＿＿＿＿＿＿了幾分鐘。

3. 會議＿＿＿＿＿＿要開三天，相關流程會用電子郵件寄給所有的人。

4. 客戶的意見 ＿＿＿＿＿＿可以幫助公司了解產品和服務的優缺點。

5. 行銷部門正在 ＿＿＿＿＿＿新鮮有趣的點子，為舊產品換個包裝。

6. 校長希望學校能夠慢慢 ＿＿＿＿＿＿，朝數位教育的方向發展下去。

7. 產品經理認為，公司不能為了＿＿＿＿＿＿顧客的需求，只做市場上能接受的

   產品，而 ＿＿＿＿＿＿本來的理想。

8. 張芸芸這份報告不但一點錯誤也沒有，而且每一章後面都有 ＿＿＿＿＿＿的參

   考資料，＿＿＿＿＿＿是花了很多時間和精神才做出來的。

二.請從 a-e 中選出合適的詞組，放進 1-5 的空格

a. 不無   b. 不同   c. 不成   d. 不搖   e. 不佳

1. 截然 _____

2. 反應 _____

3. 屹立 _____

4. _____ 問題

5. _____ 道理

三.請選擇最合適的詞彙填入句中

(   ) 1. 公司 _____ 月租費，來鼓勵用戶長期使用。

(A) 調降   (B) 下降   (C) 下跌

(   ) 2. 這份報告 _____ 分析了目標族群的特色和需求。

(A) 貿然   (B) 小幅   (C) 深入

(   ) 3. 我們目前 _____ 在亞洲市場的發展，暫時不考慮全球市場。

(A) 提議   (B) 專注   (C) 改版

(   ) 4. 使用合適的 _____ 來呈現資料，可以讓投影片的內容更清楚。

(A) 圖表   (B) 提案   (C) 模式

(　　) 5. 這個網站上有五千種商品，但是 _____ 顧客只能買到部分商品。

(A) 手工　(B) 海外　(C) 新創

(　　) 6. 市場調查人員把最近十年的資料 _____ 以後，才寫出一份分析報告。

(A) 推入　(B) 參閱　(C) 彙整

(　　) 7. 如果連部門內部都沒有 _____，在意見不同的情況下，怎麼開會報告？

(A) 戰線　(B) 體驗　(C) 共識

(　　) 8. 這家購物中心是「社區型百貨」，以當地的生鮮作為 _____，因此來購物的多半是家庭主婦。

(A) 地位　(B) 大餅　(C) 賣點

(　　) 9. 這個 app_____ 功能最多，並且是全中文的，在短時間內吸引大量用戶下載。

(A) 號召　(B) 號稱　(C) 說服

(　　) 10. 老闆同意增加產品的廣告預算，來提高網站的 _____。

(A) 毛利率　(B) 占有率　(C) 曝光率

四 . 語意理解

1 A: 現在起，可以在 app 上向這家百貨公司的超市買肉、買海鮮，現場就有專人幫你料理，再送到家。

B: 哇！發展這種服務，真的為顧客省時又省事。

請問 B 的意思是什麼？ ☐

(a) 百貨公司發展這種 app，實在方便顧客購物。

(b) 從訂購、料理到宅配全都包括在內的服務很麻煩。

(c) 顧客會因為使用這種服務而不再去百貨公司購物了。

2 A: 一生只有一種專業的模式現在已經不流行了。許多人開始選擇再回到學校學習第二種技能，希望能活到老學到老。

B: 是啊！為了配合這種需求而設計的成人教育課程越來越多。對他們來說，成績並不重要，重要的是教學的品質。

請問 B 的意思是什麼？ ☐

(a) 成人教育課程的設計主要是為了配合老年人的需求。

(b) 隨著一輩子不斷學習的需求出現，成人教育課程也變多了。

(c) 成人教育課程的學生希望一輩子不斷學習，所以更重視成績。

3 A: 我曾經想過辭職去追求當歌手的夢想，卻又捨不得穩定的薪水。

B: 的確很難下決定。不過我認為，與其擔心害怕，不如放手一搏！

請問 B 的意思是什麼？ ☐

(a) 擔心害怕的話，不如放棄不要做。

(b) 真的很難下決定，只能放棄一次。

(c) 不需要擔心害怕，就什麼都不管去做吧！

4 A: 對你來說，在這家網路設計公司上班，最大的好處是什麼？

B: 工作地點可以任君挑選，不一定要待在辦公室，這種自由的工作模式我特別喜歡。

請問 B 的意思是什麼？ ☐

(a) 員工可以自由決定去哪一間辦公室。

(b) 員工可以自由決定想要在哪裡工作。

(c) 這家公司沒有辦公室可以給員工使用。

5 A: 我想要自己創業，但一方面又覺得現在的工作沒有什麼不好，何必這麼辛苦。

B: 想要創業，就要先改變原本的想法，否則的話，碰到困難很容易就半途而廢。

請問 B 的意思是什麼？ ☐

(a) 要改變原本的想法，才不會碰到困難。

(b) 碰到困難的話，做了一半就放棄也沒關係。

(c) 不改變原本的想法，很容易做了一半就放棄。

五．利用括弧的提示完成對話

① A: 你這一行的工作真辛苦！讓人尊敬。（各行各業）

B:_____

② A: 公司換了一個新的部門主管，跟上一任的主管比起來怎麼樣？
（截然不同）

B:_____

③ A: 明天的會議我有一個新的提案。現在正在煩惱怎麼做投影片。
（何不）

B:_____

④ A: 這款以年輕上班族為目標族群的購物 app 應該很受歡迎。不知道市場
調查結果怎麼樣？（占有率）

B:_____

⑤ A: 王經理，這次的跨部門合作要拜託你們部門多多幫忙了！
（不成問題）

B:_____

Lesson 4　第 4 課　說話的藝術

一．請聽錄音。對的寫 T；錯的寫 F。🎧 L 04

例　A：老闆，您認為小陳的報告如何？
　　B：我非常中意他這份報告，該注意的細節都注意到了。
　　→老闆認為這份報告做得很仔細。＿＿＿＿＿＿＿＿＿＿ | T |

1. 這位小姐覺得，如果不是同事一直在旁提醒，肯定可以更早完成。…… | |
2. 這位小姐的意思是老闆想太多了。＿＿＿＿＿＿＿＿＿ | |
3. 如果其他同事還在加班，這位小姐不太好意思太準時下班。＿ | |
4. 這位小姐認為自己沒有出多少力，只是說說話給意見而已。＿ | |
5. 他們擔心他們坐的船的速度太慢，贏不了別人。＿＿＿＿ | |

二．先在空格裡寫出漢字，再把寫出來的詞填入右上方句子裡

lěngsèxì	tōngfēng	bāo	guàibùdé
dāpèi	lǐngwùlì	kāixiāo	yōumò
gérè	lìng	kěndìng	

1. 放心吧！這件事就＿＿＿＿＿＿在我身上，我＿＿＿＿＿＿不會

   ＿＿＿＿＿＿你失望的。

2. 這件衣服適合＿＿＿＿＿＿像藍色這樣＿＿＿＿＿＿的鞋子。

3. 我每個月的＿＿＿＿＿＿中，有百分之五十是房租。

4. 大家都說他是個很＿＿＿＿＿＿的人，可惜我的＿＿＿＿＿＿太差，

   常聽不懂他話中的意思。

5. 原來這件衣服是去年你生日時我送的，＿＿＿＿＿＿好像在哪裡看過。

6. 如果想在夏天節省電費，就得注意房子是不是＿＿＿＿＿＿，才不會太

   悶，也可以在窗戶上裝＿＿＿＿＿＿的紙，不要讓陽光直接照進屋內。

三.詞語搭配及完成句子

☐ 1. 現成＿＿＿	a. 預算
☐ 2. 節省＿＿＿	b. 水管
☐ 3. 控制＿＿＿	c. 家具
☐ 4. 突破＿＿＿	d. 競爭
☐ 5. 配置＿＿＿	e. 傳統
☐ 6. 同業＿＿＿	f. 開銷

請把上面搭配好的詞語填入下面句子。

例 比起買 現成家具 ，我比較喜歡訂做家具。

1. 王先生雖然已經 35 歲了，不過為了＿＿＿＿＿＿＿，還是跟父母住在一起，

   那就不用付房租了。

2. 這個客戶只願意付五萬元在裝潢上，因此無論是材料或人力，都得注意要

   ＿＿＿＿＿＿＿，不要超過了。

3. 我們新產品的規格設計應該要 ＿＿＿＿＿＿＿，否則跟不上時代。

4. 這間新買的房子裡什麼都沒有，不但要自己買桌椅，甚至得找工人來

   ＿＿＿＿＿＿＿，所以要兩個月後才能搬進去。

5. 那條街上有許多家電腦店，因為 ＿＿＿＿＿＿＿ 的關係，價格很便宜，你想

   買電腦的話，就應該去那裡逛逛。

四．請將以下詞語放在句子裡的正確位置，用「／」表示

例 開銷

> 我非常中意這份設計，一來節省了很多／，二來控制在客戶的預算內，寫得真不錯。

1 大致上

這個大廳的設計沒什麼問題，只是接待室的牆壁，換個顏色比較好。

2 作息

我每天上下班時間一樣，九點上班，中午休息一個小時，六點下班。

3 同業

最近競爭很激烈，我們同在一條船上，不能輸給別人呀！

4 交代

可是我目前手頭上還有老闆的工作，恐怕也沒辦法接下另外的工作。

五. 請將 a-e 五句話放入文章空格中

a. 低調再低調。　　　　　b. 多點頭、少搖頭。
c. 不要想像力太豐富。　　d. 主動多做些,吃虧就是占便宜。
e. 你要站的地方是山坡,山頂是給老闆站的。

　　凱文要進一家新公司了,他對這份新工作緊張得不得了,所以來寺院向大師請教。

　　凱文:「師父,請問要怎麼做才能在辦公室有好人緣呢?」

　　大師:「這個錦囊(jǐnnáng, brocade bag)給你,裡面有五張紙條,當你需要時就拿一張,按照上面寫的去做吧!」聽完大師的話,他開心地帶著錦囊離開了。

　　他到公司報到,站在門口,深吸一口氣,從錦囊內拿出一張紙條,紙條上寫著:「(1)　b　」。他記住後就進了公司。同事帶他到他的座位,桌上有很多雜物,一個小姐走過來,說:「抱歉,那些廠商型錄暫時放在你桌上兩天可以嗎?」他原本想拒絕,突然想起紙條上的話,於是點點頭。「真謝謝你!你人真好!我叫雅芳,很高興認識你。」同事給了他甜甜的微笑。這麼快就感覺到紙條的作用,他趕緊從錦囊裡拿出第二張紙條,上面寫著:「(2)　　　」正在思考這句話的意思時,另一個同事過來:「嗨!我是維德,歡迎加入我們。」

　　凱文:「請多多指教,日後有需要我幫忙的地方,請盡量開口。」

　　維德:「那太好了,我今天得交出這個裝潢預算,但剛才又接到電話,得出席客戶社區管委會的會議…這…」

　　凱文:「我替你去吧!」

維德：「這怎麼好意思呢？」

凱文：「別客氣，我也得趕快熟悉環境呀！」說完後就出發了。

那天，他和管委會的委員們在閒談中得到不少寶貴的知識，他想：「原來裝潢學問這麼大，真是沒白來。」

接下來在例行會議上，同事稱讚凱文的計畫書做得好，他心想：「那當然！」正要開口時，摸到口袋裡的錦囊，於是又打開一張紙條來看，上面寫著：「(3)＿＿＿＿＿＿＿」，他就謙虛地說：「大部分是雅芳幫我的，厲害的是她。」

老闆說：「你頭腦很清楚、做事很仔細，預算也做得非常好。」

凱文不知怎麼回應，打開第四張紙條看一眼，上面寫著：「(4)＿＿＿＿＿＿」看完他趕緊說：「我都是按照您先前的方法做的呀！」大家聽了也對老闆微笑點頭。

今天他一進辦公室，發現大家交頭接耳地說悄悄話，心想：「該不會在背後說我壞話吧？」於是從錦囊中拿出最後一張紙條，上面寫著：「(5)＿＿＿＿＿＿」，「啊！是指我太敏感了嗎？」過沒多久，同事捧著蛋糕到他面前，說：「生日快樂！組長！」手指向公佈欄，上面寫著：「凱文表現優良，下個月起升為組長。」他開心極了。

Lesson 5　第 5 課　舊瓶裝新酒

一. 請選擇適當的詞語組合 (每個詞語只能使用一次)

☐ 1. 創造		A. 能力
☐ 2. 顧及		B. 輝煌歷史
☐ 3. 引發		C. 熱門話題
☐ 4. 活化		D. 年輕的元素
☐ 5. 加入		E. 其他族群
☐ 6. 拉近		F. 不熟悉的領域
☐ 7. 顛覆		G. 充沛
☐ 8. 提升		H. 與消費者的距離
☐ 9. 資源		I. 老品牌
☐ 10. 闖入		J. 傳統模式

二. 請將框框中的詞語填入下面的句中，填入代號 a-j 即可

---

a. 符合　　b. 閒置空間　　c. 投入　　d. 腦力激盪　　e. 回春
f. 既…也顧及…　　g. 形象　　h. 文藝青年　　i. 青睞　　j. 包袱

　　艋舺，是萬華的舊稱，就是現在西門捷運站一帶。對台灣人來說是一個老城市，但它也曾經擁有過輝煌的電影街。可惜有一段時間這裡 (1)＿＿＿＿ 極差，甚至成了城市進步的 (2)＿＿＿＿。怎麼樣才能讓這個老品牌 (3)＿＿＿＿ 呢？政府近年 (4)＿＿＿＿ 大量預算，重新設計包裝，經過許多單位和設計師的 (5)＿＿＿＿，終於想出了新的藍圖。除了原來的艋舺服飾商圈、百年糊紙店，更有許多布置成 (6)＿＿＿＿ 風的咖啡店，非常 (7)＿＿＿＿ 年輕人的喜好；並且利用 (8)＿＿＿＿，改成電影主題公園。這樣，(9)＿＿＿＿ 考慮到商家的利益，(9)＿＿＿＿ 了當地文化的保存。現在每個週末不但吸引了大批人潮，更受到許多外國朋友的 (10)＿＿＿＿。真的挺有意思，有空的時候去逛逛吧！

三．請聽錄音，選擇合適的句子，完成對話 🎧 L 05

（　　）1. B: ＿＿＿＿＿＿＿＿＿＿＿＿＿＿＿＿＿＿＿

（Ａ）對政治有興趣的人，從商不一定順利。

（Ｂ）我在企業界沒有人脈，對公共議題不太有影響力。

（Ｃ）從政不是那麼簡單的，踏入自己不熟悉的領域風險可不小。

（　　）2. B: ＿＿＿＿＿＿＿＿＿＿＿＿＿＿＿＿＿＿＿

（Ａ）我一直覺得老字號的商店，應該建在風景好的地區。

（Ｂ）從銷售紀錄來看，賣得好的大部分都是老字號的產品。

（Ｃ）得創新來活化品牌，輝煌的紀錄並不能永遠維持新鮮感。

（　　）3. B: ＿＿＿＿＿＿＿＿＿＿＿＿＿＿＿＿＿＿＿

（Ａ）他的形象陽光是陽光，但和我們的產品並不一致啊！

（Ｂ）他拍的電視劇真的很紅，而且聽說他要跟女主角結婚了。

（Ｃ）他又年輕又帥，固然能引發話題，但陽光太大對產品好嗎？

（　　）4. B: ＿＿＿＿＿＿＿＿＿＿＿＿＿＿＿＿＿＿＿

（Ａ）今晚有產品直播，去實體商店買東西，人真的太多了。

（Ｂ）旗艦店的東西真的很貴，不過要他們改變形象也不容易。

（Ｃ）不一定要到店裡，他們顛覆了行銷模式，看上了，在網上按
個鍵就能買了。

（　　）5. B: ＿＿＿＿＿＿＿＿＿＿＿＿＿＿＿＿＿＿＿

（Ａ）流行用語不一定能獲得消費者的青睞，難怪不賺錢。

（Ｂ）舊瓶裝新酒，讓他們的產品產生了新活力，當然賣得好。

（Ｃ）想法很好，但是得小心，以免影響品質和找不回自己了。

（　　）6. B: _____

（A）有幾位財經界的箇中好手，不過得看他們時間能不能配合。

（B）多角化經營最大的好處是不但產品多元化，也能帶來新鮮感。

（C）我對多角化經營懂得不太多，離我本行也太遠，請找別人吧！

（　　）7. B: _____

（A）很多電玩店都賣其他東西，跟玩具店的產品差不多。

（B）不專業的經營法，會流失原來的客戶，造成虧損啊。

（C）市場上總不斷推出新的產品，產品生命週期更快結束了。

（　　）8. B: _____

（A）太誇張了，你是銷售員，竟然不知道自己客戶的地址？

（B）不舒服就先回去吧，客戶找不到你，一定還會跟你聯絡。

（C）你的品牌形象能拉近和哪一個目標族群的距離，就會被那個族群接受。

（　　）9. B: _____

（A）聽說機會總是留給準備好的人，為什麼我總是失敗？

（B）別眼高手低，唯有實實在在，才是創業的不二法門。

（C）套句玩笑話「失敗是成功的媽媽」，看來我得再付學費了。

（　　）10. B: _____

（A）形象固然重要，要是票能賣得好，對我們更有好處啊！

（B）我們的票場場都賣得很快，幾乎「秒殺」，別擔心沒有觀眾。

（C）雖然人力不足，不過只要我們有詳細的規畫，一定能面面俱到。

四. 請利用提示欄中的詞語，改寫原句，不影響原句的意思

a. 固然可以…但是 / 以免闖入　　b. 無償使用 / 一魚兩吃
c. 箇中好手　　d. 無縫接軌　　e. 眼高手低 / 經濟效益
f. 完全顛覆 / 獲得…青睞
g. 舊瓶裝新酒 / 既符合…也顧及…
h. 產學合作 / 各有所獲

1　雖然是老品牌，但是完全改變為新的內容，不但注意到年輕人的口味，也注意到老年人在意的傳統文化。

→ 雖然是老品牌，但是_____，_____

_____，_____。

2　這家公司完全改變了以前的行銷模式，終於受到消費者的歡迎，不再虧損。

→ 這家公司_____，終於_____

_____，不再虧損。

3　我希望不至於畢業就失業，能順利地繼續進入職場。

→ 我希望不至於畢業就失業，_____

_____。

4 他總是能拿到幾千萬的訂單，大家都叫他「千萬業務員」，在銷售上他的能力真的很強。

→ 他總是能拿到幾千萬的訂單，大家都叫他「千萬業務員」，＿＿＿＿＿＿＿

＿＿＿＿＿＿＿＿＿＿＿＿＿＿＿＿＿＿＿＿＿＿＿＿＿＿＿＿＿。

5 請工讀生進行日常檢查，有問題再請人修理。這樣一來，學生有了工作經驗，不至於不切實際空想，卻什麼都不會做，展館也比請專人檢查更省錢又有效率。

→ 請工讀生進行日常檢查，有問題再請人修理。這樣一來，學生有了經驗，

不至於＿＿＿＿＿＿＿＿＿＿＿＿＿＿＿＿，展館也增加了＿＿＿＿＿＿＿

＿＿＿＿＿＿＿＿＿＿＿＿＿＿＿。

6 在淡季，展館的場地免費讓學生演出使用，展演滿檔時讓學生當導覽人員，既可以推動藝術教育，又可以解決展場人力的問題。

→ 在淡季，展館的場地＿＿＿＿＿＿＿＿＿＿＿＿＿＿＿＿＿，展演滿檔時讓

學生當導覽人員，＿＿＿＿＿＿＿＿＿＿＿＿＿＿＿＿＿＿＿＿＿＿＿＿＿＿。

7 產業和學校互相幫忙，讓學生和產業端透過實際工作，雙方各自得到所需要的好處，也是有效提升學習者能力的方法。

→ 產業和學校＿＿＿＿＿＿＿＿＿＿＿＿＿＿＿＿＿＿，雙方＿＿＿＿＿＿＿＿

＿＿＿＿＿＿＿＿＿＿＿＿＿＿＿＿＿＿，也是有效提升學習者能力的方法。

8 多角化經營雖然能讓產品更多元化，不過也要注意別不小心進入陌生的環境，成了犧牲品。

→ 多角化經營＿＿＿＿＿＿＿＿＿＿＿＿＿讓產品更多元化，＿＿＿＿＿＿

＿＿＿＿＿＿＿也要小心，＿＿＿＿＿＿＿＿＿＿＿＿＿＿＿＿＿＿＿。

Lesson 6 第6課 給員工打考績

一. 請選擇適當的詞語組合 (每個詞語只能使用一次)

☐ 1. 表現	A. 低落
☐ 2. 情緒	B. 拖延
☐ 3. 改善	C. 業務
☐ 4. 故意	D. 狀況
☐ 5. 熟悉	E. 恩怨
☐ 6. 收不到	F. 業績
☐ 7. 出	G. 心結
☐ 8. 衝	H. 數據
☐ 9. 打開	I. 良心
☐ 10. 冰冷的	J. 訊號
☐ 11. 對不起	K. 有交情
☐ 12. 跟高層	L. 執行目標
☐ 13. 私人	M. 失常
☐ 14. 列出	N. 情況

二 . 請將框框中的詞語填入下面的句中，填入代號 a-j 即可

a. 指標　　　b. 彈性　　　c. 衝業績　　　d. 團體戰　　　e. 嗆聲
f. 皇親國戚　　　g. 考績　　　h. 裙帶關係　　　i. 灰心　　　j. 年終獎金

　　你玩過寶可夢 (Pokémon Go) 或其他手遊（手機遊戲）嗎？如果成績不錯，說不定就能找到不錯的工作喲！不必靠關係，不必是 (1)_____，更不必利用 (2)_____，因為很多電腦遊戲公司把打電玩當作一項考核 (3)_____，覺得知道遊戲內容跟怎麼進行遊戲，比傳統的 (4)_____ 標準更重要。他們的上班時間非常有 (5)_____，在一間高級遊戲室裡，在電玩的大戰中發揮 (6)_____ 的本事。他們不用拉客戶 (7)_____，而是電玩打得越好，遊戲中越能有團隊互相支援的精神，就能拿到越多端午節獎金、中秋節獎金或是 (8)_____。如果打輸了，他們一點也不 (9)_____，因為大家都習慣這種情況了，先不 (10)_____，安靜地走開，回去好好練習，下次再加油打出好成績。

三.請選擇合適的句子,完成對話,每個句子只能使用一次

☐ 1. 最近做什麼都不順利,總是覺得有人在背後害我。

☐ 2. 真奇怪,她以前工作總是兢兢業業,可是這個月以來卻拖拖拉拉。

☐ 3. 經理,請問我哪裡不好?為什麼考績這麼差?

☐ 4. 你女兒感冒好了嗎?噢,你太太還在學太極拳嗎?你兒子…

☐ 5. 你們主管和我們主管都很優秀,不過每次開會,為什麼幾乎都要
吵起來了?

☐ 6. 你覺得這次出缺,會是誰升經理?

☐ 7. 聽說小李利用晚上到大學去念在職企管碩士班。

☐ 8. 你上哪去了?我打了好幾次電話,你都不在辦公室。

☐ 9. 老王看起來情緒低落,到底怎麼了?真讓人焦慮,有好幾個他負
責的案子都在拖延。

☐ 10. 數據會說話,按照記錄來打考績絕對不會失準。

A. 想要更上一層樓,當然得不斷地充實自己啊!

B. 如果遲到早退、對業務一點也不熟悉,常出狀況還能有好的考績,
你覺得公平嗎?

C. 我猜不出來,我覺得陳副理和王副理的能力在伯仲之間。

D. 你不知道嗎?他們的心結可嚴重了。

E. 只看冰冷的數字,卻忘了可能有別人背後的支援,並不客觀。

F. 我也發現了,她現在的工作績效簡直跟以前判若兩人。

G. 謝謝關心,到底有什麼事,請你有話直說吧!

H. 最近績效總是差強人意,我得出去跑客戶衝業績啊!

I. 你想想看,是不是得罪什麼人了?

J. 他就是這樣,情緒一上來,什麼都放著不管,要不然,論年資的
話,他早該當主管了。

四 . 聽力練習  L 06

☐ 1. 下列哪一個<u>不是</u>造成主管打考績時煩惱的原因？
　　a. 若部屬的能力差不多，不知道怎麼打才能最公平。
　　b. 擔心考績打得不公平，會影響部屬的工作動力或讓人才灰心離職。
　　c. 考績打得不好，讓自己情緒低落不說，也影響主管未來升遷的機會。

☐ 2. 依據專家的意見打考績應該以什麼為標準？
　　a. 是否已按照年度計畫的指標，達成任務。
　　b. 部屬是否能及早發現計畫偏離主題的部分。
　　c. 部屬是不是踏實地工作，是不是聽話或很難搞。

☐ 3. 雖然已經用客觀的標準打考績，但有些案子的獎賞或績效認定還是會讓部屬產生抱怨，該如何解決？
　　a. 直接說明是團隊成績，並且清楚點出每個人的貢獻。
　　b. 推給高層，讓部屬知道每個案子的賞罰最後是由上面決定的。
　　c. 跟部屬解釋經濟不景氣對公司的影響不大，很快就能提高獎金，讓大家滿意。

☐ 4. 除了考績，在有限的獎勵資源下，專家建議還有什麼補償方法可以留住人才？
　　a. 因名額有限，答應明年一定輪到他考績優等。
　　b. 把他帶入跟自己交情好的圈子裡，成為自己人。
　　c. 交付重要或容易有表現的工作機會，讓他覺得被重視或有成就感。

☐ 5. 說話的人認為哪一種打考績的方式是最差的管理？
　　a. 把跟自己不合的人藉考績差，調到別的單位。
　　b. 憑印象、靠感覺或按照跟自己的交情好壞來打分數。
　　c. 當時不說，先把錯記下來，等打考績時再開會討論或讓部屬說明。

五. 請利用提示欄中的詞語，改寫原句，而且不影響原句的意思

> a. 嗆聲 / 鄉愿　　　　b. 數據會說話 / 跟高層交情好　　　　c. 瓶頸 / 踏實
> d. 言歸正傳 / 伯仲之間 /⋯而失常 / 執行
> e. 兢兢業業 / 差強人意 / 判若兩人　　　　f. Vs 是 Vs / 支援
> g. 打從⋯/ 總是⋯/ 從不敢⋯　　　　h. 本來⋯/ 沒想到⋯/ 反倒⋯

①　別擔心，遇到很困難的地方，想不出解決辦法，只要你多向別人請教，一步一腳印地執行，總有成功的時候。

　　→ 別擔心，遇到＿＿＿＿＿＿＿＿＿＿＿時，只要多向別人請教，＿＿＿＿＿＿

　　＿＿＿＿＿＿＿＿＿＿＿地執行，總有成功的時候。

②　你之前謹慎認真，為什麼最近的表現只能勉強讓人接受，跟以前簡直完全不同！

　　→ 你之前＿＿＿＿＿＿＿＿＿＿＿，＿＿＿＿＿＿＿＿＿＿＿，＿＿＿＿＿

　　＿＿＿＿＿＿＿＿＿＿＿＿＿＿＿＿＿＿＿＿＿＿＿＿＿＿＿＿＿＿＿！

③　他雖然很優秀，可是如果沒有其他同事在後面支持，他怎麼可能有漂亮的成績？

　　→ 他＿＿＿＿＿＿＿＿＿＿＿，可是＿＿＿＿＿＿＿＿＿＿＿，他怎

　　麼可能有漂亮的成績？

④ 誰的功勞大，數據很清楚地告訴我們，不是「一點貢獻也沒有，只不過和上面關係很好」，就能得到獎勵的。

→ 誰的功勞大，＿＿＿＿＿＿＿＿＿＿＿＿＿，不是「一點貢獻也沒有，只不過

＿＿＿＿＿＿＿＿＿＿＿＿＿」，就能得到獎勵的。

⑤ 開始合作以來，我們跟貴公司的帳一直都清清楚楚，沒有一次敢占您一毛錢的便宜。

→ ＿＿＿＿＿＿＿＿＿＿＿＿＿，我們跟貴公司的帳＿＿＿＿＿＿＿＿＿＿＿＿＿，

＿＿＿＿＿＿＿＿＿＿＿＿＿＿＿＿＿＿＿＿＿＿＿＿＿＿＿＿＿＿＿。

⑥ 你是主管，員工在背後罵公司，你不說；錯了你也不處理。你看起來是好人，但其實太討好對方了。

→ 你是主管，員工＿＿＿＿＿＿＿＿＿＿＿＿＿，你不管；錯了你也不處

理，你太＿＿＿＿＿＿＿＿＿＿＿＿＿了。

⑦ 原來以為只要我們退一步，這次的消費糾紛就很容易解決，誰知道對方反而以為我們好欺負。

→ ＿＿＿＿＿＿＿＿＿＿＿＿＿退一步，這次的消費糾紛就很容易解決，

＿＿＿＿＿＿＿＿＿＿＿＿＿＿＿＿＿＿＿＿＿＿＿＿＿＿＿＿＿＿＿。

8 別繞圈子了，還是說回主題上吧！你和王經理的能力真的差不多，可是他比較不容易因為緊張表現不出平常的水準，所以這個案子我們還是決定交給他負責去做。

→＿＿＿＿＿＿＿＿＿＿＿，你和王經理的能力在＿＿＿＿＿＿＿＿＿＿＿＿，

可是他比較不容易因為＿＿＿＿＿＿＿＿＿＿，所以這個案子我們決定

＿＿＿＿＿＿＿＿＿＿＿＿＿＿＿＿。

六 . 短文寫作

說明 你在工作上遇到瓶頸，也覺得考績不公平。所以跟同事、家人的相處都受到影響，請參考下面的詞彙寫一封信給你的主管，請求幫助。（200字）

1. 瓶頸　　2. 考績　　3. 低落　　4.（不）得罪人　　5. 優秀是優秀
6. 支援　　7. 頭痛　　8. 失準　　9. 不踏實　　　　10. 鄉愿
11. 對不起良心　　12. 言歸正傳　　13. 數據會說話

_____

_____

_____

_____

_____

_____

_____

_____

_____

_____

一．請將框框中的詞語填入下面的句中，填入代號 a-j 即可

a. 急難	b. 額外	c. 夥伴	d. 旗下	e. 羨煞	f. 犒賞
g. 眷屬	h. 處於	i. 年資	j. 況且		

1. 王老闆把集團 ＿＿＿＿＿＿ 的一家小公司交給他的兒子經營。

2. 公司邀請員工的 ＿＿＿＿＿＿ 一起參加活動是很普遍的事。

3. 大環境不景氣，目前這家公司 ＿＿＿＿＿＿ 快要倒閉的狀態。

4. 李大年表示他的時間不夠，因此拒絕了 ＿＿＿＿＿＿ 的工作。

5. 雖然你換了工作單位，但是你的 ＿＿＿＿＿＿ 還是一直在繼續增加。

6. 陳小姐的工作時間有彈性，年薪還超過百萬，＿＿＿＿＿＿ 其他人。

7. 平常辛苦工作，到了發薪水的日子，總是想好好 ＿＿＿＿＿＿ 自己。

8. 我跟小文共事五年了，我們是工作上的好 ＿＿＿＿＿＿，私下也是好朋友。

9. 我在趕時間，＿＿＿＿＿＿ 等一下還要開會，你有什麼事改天再說吧！

10. 這筆補助金是為了那些遇到 ＿＿＿＿＿＿ 事件需要幫助的人而準備的。

二.選擇適當的詞填入句中

（　　　　）1. 我們公司一直以國際化的經營當做 ＿＿＿＿＿ 目標。

　　　　　(A) 額度　　(B) 全體　　(C) 全額

（　　　　）2. 由於今年的業績很 ＿＿＿＿＿，公司打算替員工加薪。

　　　　　(A) 豐厚　　(B) 亮眼　　(C) 踴躍

（　　　　）3. 今年的大學就業展覽會一共有 275 家企業參加，提供大學生 2 萬個工

　　　　　作機會，規模與 ＿＿＿＿＿ 人數都是歷年最多的。

　　　　　(A) 徵才　　(B) 挖角　　(C) 出遊

（　　　　）4. 如果是重要客戶的話，可享受不少 ＿＿＿＿＿ 服務，像辦理手續和領行

　　　　　李。

　　　　　(A) 私下　　(B) 分批　　(C) 優先

（　　　　）5. 你這次代表公司出國開會，交通費和旅館費都可以 ＿＿＿＿＿ 補助。

　　　　　(A) 承辦　　(B) 請領　　(C) 接洽

（　　　　）6. 開會時，要鼓起勇氣提出和 ＿＿＿＿＿ 同事不同的意見，真的不容易。

　　　　　(A) 在職　　(B) 資深　　(C) 高檔

（　　　　）7. 為 ＿＿＿＿＿ 員工權益，企業應該尊重每個人的隱私。

　　　　　(A) 顧及　　(B) 傾向　　(C) 體恤

（　　　　）8. 升職的名單還沒 ＿＿＿＿＿，大家都在討論到底誰會當上經理。

　　　　　(A) 透明　　(B) 暫定　　(C) 揭曉

(　　　) 9. 因為飯店的餐會場地不夠大，所以公司決定今年的尾牙餐會，不開放 _____ 參加。

(A) 攜伴　　(B) 優先　　(C) 乾脆

(　　　)10. 公司每個月都提供常在外面跑的業務員一筆交通 _____。

(A) 本錢　　(B) 津貼　　(C) 紅利

三．請將以下詞語放在句子裡的正確位置，用「/」表示

例 不克參加

我突然有事 /，要怎麼取消已經報名的活動？

1 大同小異

你提出的這三個方案，都差不多，只在小地方做了一些改變而已。

2 老少咸宜

這座親子公園的好處是，可以烤肉，也可以玩水，最適合當成員工旅遊的地點。

3 攜家帶眷

本公司的員工旅遊歡迎各部門員工一起出遊。

4 有聲有色

王太太經營房地產事業，還投資金融保險業，簡直是女強人。

四．利用括弧的提示完成對話

1　美　琪　：我是新來的員工，參加員工旅遊也有補助嗎？（一視同仁）

　　小　林　：＿＿＿＿＿＿＿＿＿＿＿＿＿＿＿＿＿＿＿＿＿＿＿＿

2　麗　莎　：你為什麼選擇從事工作壓力這麼大的金融業？（相比）

　　凱　倫　：＿＿＿＿＿＿＿＿＿＿＿＿＿＿＿＿＿＿＿＿＿＿＿＿

3　毛　毛　：公司今年終於賺錢了，不知道年終獎金有沒有增加？
　　　　　　（就…所知）

　　阿　忠　：＿＿＿＿＿＿＿＿＿＿＿＿＿＿＿＿＿＿＿＿＿＿＿＿

4　弟　弟　：巷口新開的那家麻辣火鍋店，光一個鍋子的成本就要五千多，
　　　　　　但是每一客小火鍋只賣一百多塊！（虧大了）

　　哥　哥　：＿＿＿＿＿＿＿＿＿＿＿＿＿＿＿＿＿＿＿＿＿＿＿＿

4　業　務　：客戶的要求實在沒有道理，公司為什麼還要接受？（有所不知）

　　主　管　：＿＿＿＿＿＿＿＿＿＿＿＿＿＿＿＿＿＿＿＿＿＿＿＿

一. 請將框框中的詞語填入下面的句中，填入代號 a-j 即可

> a. 支付　　b. 起碼　　c. 自保　　d. 倘若　　e. 調解　　f. 有個底
>
> g. 撕破臉　h. 泡湯了　i. 為止　　j. 股價

1. 這家企業宣布裁員，結果卻造成＿＿＿＿＿＿持續下跌。

2. 現在的工作雖然不是很好，但＿＿＿＿＿＿讓我有一份收入。

3. 律師解釋完以後，我們心裡就＿＿＿＿＿＿，大概知道怎麼做了。

4. 業務部門這個月的業績沒有達到目標，因此獎金當然也就＿＿＿＿＿＿。

5. 主管突然告知小王，做到今天＿＿＿＿＿＿，明天起就不用來了！讓他一點心理

   準備也沒有。

6. 勞工朋友碰到像拿不到薪水、老闆跑了、被逼離職這樣的事，該如何＿＿＿＿＿＿

   呢？

7. 你雖然要離職了，但也不必跟老闆＿＿＿＿＿＿吧？說不定以後你還會有需要他

   幫忙的地方。

8. 雇主突然以表現不佳為理由解雇老李，且不願＿＿＿＿＿＿任何資遣費，讓他不

   知道該怎麼辦。

9. 勞方和資方發生糾紛的時候，可以先申請＿＿＿＿＿＿，如果成功的話，就能避

   免走法律途徑來解決。

10. _____你認為自己受到不合理的對待，甚至於被解雇時，可以向各地地方

政府的相關單位來申訴。

二. 請在空格中填上正確的字

1. 一 _____ 之間　　　　4. 好 _____ 好散

2. _____ 日費時　　　　5. 求助無 _____

3. 何去何 _____　　　　6. 站不住 _____

三. 選擇適當的詞填入句中

(　　　　) 1. 老闆說公司現在發不出薪水，必須 _____ 一部分的員工。

(A) 緊縮　(B) 資遣　(C) 招募

(　　　　) 2. 老李的年資和經驗都不夠，沒什麼 _____ 跟老闆要求加薪。

(A) 過失　(B) 籌碼　(C) 途徑

(　　　　) 3. 失業時最重要的是千萬不要對未來 _____。

(A) 樂觀　(B) 不善　(C) 絕望

(　　　　) 4. 由於在合作上問題不斷，因此雙方都同意提早 _____ 合約。

(A) 終止　(B) 迴避　(C) 縮編

(　　) 5. 這家工廠倒了，一半以上的勞工受到 ＿＿＿＿＿ 而失業。

(A) 波及　　(B) 予以　　(C) 基於

(　　) 6. 經過連續幾天的抗議，＿＿＿＿＿ 代表最後答應勞工團體將改善工作條件。

(A) 部屬　　(B) 雇主　　(C) 資方

(　　) 7. 尾牙活動不包括在工作範圍內，所以公司不會 ＿＿＿＿＿ 員工參加。

(A) 強制　　(B) 心寒　　(C) 濫用

(　　) 8. 這家連鎖企業的其中一個門市無預警停業以後，為了安撫員工的抗爭，就把他們暫時 ＿＿＿＿＿ 在全國各地的分店。

(A) 寄託　　(B) 安置　　(C) 安定

(　　) 9. 工作就像戀愛，資遣就像分手，一定要 ＿＿＿＿＿ 安排。

(A) 有意　　(B) 妥善　　(C) 任意

(　　) 10. 這一季的景氣正慢慢地 ＿＿＿＿＿，看樣子公司不會裁員了。

(A) 暴跌　　(B) 證明　　(C) 復甦

四 . 請將以下詞語放在句子裡的正確位置，用「/」表示

例　毋庸置疑

那個品牌 / 已經成為該產業的龍頭了。

1　風聲

最近有人聽到公司可能會裁員。

2　登記在案

我們公司在當地共有八百多家的連鎖分店

3　屆齡

年滿六十五歲的勞工，公司應該予以退休。

4　基層

王森從員工開始做起，一步一步升到經理的職位。

五 . 利用括弧的提示完成對話

1　阿　芳　：我一進辦公室就覺得氣氛怪怪的。發生了什麼事？（震驚）

　　維　維　：_____

2　行銷專員Ａ：主管又交給我們團隊這麼困難的任務，你覺得我們能過得
　　　　　　　了這一關嗎？（關關難過關關過）

　　行銷專員Ｂ：_____

　　　　　　　_____

3　老　李　：你不是做得好好的，怎麼突然失業了？（無預警）

　　老　陳　：_____

4　業務員Ａ：你必須常常跟客戶應酬嗎？（無可避免）

　　業務員Ｂ：_____

5　太　太　：你今年怎麼不但沒有加薪反而還減薪了？（共體時艱）

　　先　生　：_____

一. 鈴木先生與 Cindy 在咖啡廳聊天，請聽他們的對話，試著判斷
　　下面敘述的正確性。對的寫 T；錯的寫 F。🎧 L 09

1. 目前鈴木與 Cindy 是同事關係。⬚
2. Cindy 現在的學校只做到今天，所以現在急著找工作。⬚
3. 鈴木不太會討好別人。⬚
4. 鈴木的待遇不算高。⬚
5. 鈴木的同事要離職，Cindy 很高興有機會得到這份工作。⬚

二. 完成對話：請從 (1)-(6) 中選擇適合的話，完成下面的對話

> (1) 這樣一來，同事間應該會勾心鬥角，大家都想討老闆娘的歡心吧！
> (2) 我很遺憾，不過老實說，我對這樣的情況並不意外。
> (3) 那還用說？！
> (4) 什麼事都讓他來決定，旁人省得煩惱真不錯呀！
> (5) 說的也是，聽說他常在暗地裡說人壞話，我最好小心一點。
> (6) 嗯，可以想像你夾在中間很為難吧！

例　A: 我們的老闆是個傳統的權威式老闆，不怕吃苦，事事都自己來。
　　B: ⬚ 4

1　A: 其實我們公司的大小事都是老闆娘在處理而不是老闆。
　　B: ⬚

② A: 雖然這件事明顯是他的錯，但你還是別罵他，以免他不高興，在背後說你的壞話。

B: ☐

③ A: 測驗的成績公布了，我很驚訝我居然沒通過。

B: ☐

④ A: 麻煩你幫我留意一下工作機會。

B: ☐

⑤ A: 我爸媽動不動就吵架，好幾次都波及到我，要我說誰對誰錯，還問我要挺誰。

B: ☐

三．連連看：請將可以搭配的詞連起來

1. 擺　　　　　　a. 信賴
2. 獲得　　　　　b. 難關
3. 慰勞　　　　　c. 意見
4. 反駁　　　　　d. 臉色
5. 積欠　　　　　e. 薪水
6. 度過　　　　　f. 員工

利用上面連起來的詞語造個句子

例　擺 → <u>她常擺臉色給我看，也總是找我麻煩，所以我想換到別的部門。</u>

1 獲得 → _____

2 慰勞 → _____

3 反駁 → _____

4 積欠 → _____

5 度過 → _____

四 . 選擇適當的詞填入句中

(　　　) 1. 他騎車總是騎得那麼快，會發生車禍真是一點也不 _____。

　　 (A) 驚訝　 (B) 意外　 (C) 公正

(　　　) 2. 受到颱風的影響，現在電視的 _____ 非常不清楚。

　　 (A) 表面　 (B) 畫面　 (C) 監視器

(　　　) 3. 我一連三天都加班，今天總算完成了，等一下一定得大吃一頓來

　　 _____ 自己。

　　 (A) 辛勞　 (B) 辛苦　 (C) 慰勞

(　　　) 4. 庫存不夠了，聽說老闆派王小姐來看我們的工作情況，為了能讓她跟

　　 老闆多說幾句好話，大家都想辦法 _____ 她。

　　 (A) 討好　 (B) 討歡心　 (C) 討厭

(　　　) 5. 去參加比賽吧！你一定會贏的，我對你有 _____ 。

(A) 信賴　(B) 相信　(C) 信心

五. 請把左欄中的詞語放進右欄中的成語

a. 雞

b. 角

c. 河　　1. _____ 毛蒜皮

d. 心　　2. 勾 _____ 鬥 _____

e. 井　　3. _____ 水不犯 _____ 水

六. 用提示改寫句子

1 那家店看起來是一家普通的餐廳，但實際上卻偷偷在賣違法的東西。
（表面上…，暗地裡…）

_____

_____

2 在傳統的華人家庭中，年紀越大的人在家裡的地位越高。（說了算）

_____

_____

③ 很多人過了 30 歲以後，對找對象這件事，通常是認為有一份穩定的工作比外表好看重要。（…和…相比，…比較…）

_____

_____

七. 請將框框中的詞語填入下面的句中，填入代號 a-i 即可

a. 勾心鬥角　　b. 斤斤計較　　c. 說來話長　　d. 朝令夕改
e. 無所適從　　f. 惱羞成怒　　g. 一言不合　　h. 公私分明
i. 白手起家

1. 小王早上去跟客戶簽約，沒想到為了小事＿＿＿＿就打起來，不但約沒簽成，回來後還丟了工作。

2. 王老闆常要求員工加班，但不忙時也不讓員工提早下班；遲到會扣錢，加班費卻＿＿＿＿。因此，員工都做不久就離職了。

3. 小美的男友雖然是她的主管，但他＿＿＿＿，上班時間只談工作，下班後才談感情。

4. 為什麼她突然放棄準備那麼久的計畫？這其中的原因＿＿＿＿，我現在趕著去上班，以後再跟你說。

5. 大家一直拿她犯的錯開玩笑，她＿＿＿＿地發了一頓脾氣。

6. 老闆的要求＿＿＿＿＿＿＿，讓設計師白做了許多事，感到不被尊重。

7. 補習班老師說的和學校老師教的不一樣，讓學生們＿＿＿＿＿＿＿，不知道誰說的才是對的。

8. 他剛移民到這裡的時候人生地不熟，沒有任何資源，全靠自己＿＿＿＿＿＿＿，開了一家餐廳，才有今天富裕的生活。

9. 他不想再像以前那樣在辦公室過著每天和同事＿＿＿＿＿＿＿的日子，所以選擇辭職，在家經營網路購物的生意。

Lesson 10 第10課 人往高處爬

一．請聽錄音，試著判斷下面敘述的正確性。
　　對的寫 T；錯的寫 F。 🎧 L 10

1. 這個小姐興起想離職的念頭。⋯⋯⋯⋯⋯⋯⋯⋯⋯⋯⋯⋯⋯⋯⋯ ☐
2. 這個小姐心情差是因為她已經 40 歲了，卻還沒有工作。⋯⋯⋯ ☐
3. 這個小姐希望這個先生多注意一點、再考慮一下。⋯⋯⋯⋯⋯ ☐
4. 面試官認為這個先生口才很好、很會說話。.⋯⋯⋯⋯⋯⋯⋯⋯ ☐
5. 這個小姐想離職，但怕賠了夫人又折兵。⋯⋯⋯⋯⋯⋯⋯⋯⋯ ☐

二．看提示造詞

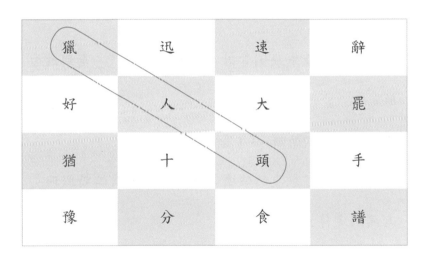

獵	迅	速	辭
好	人	大	罷
猶	十	頭	手
豫	分	食	譜

提示

1. 找人才
2. 停下來不繼續做
3. 很快
4. 介紹菜的材料和作法
5. 非常
6. 很難馬上做決定

詞語

1. 獵人頭 _____
2. _____
3. _____
4. _____
5. _____
6. _____

三.找出相反詞

☐	1. 保守
☐	2. 缺點
☐	3. 失敗
☐	4. 堅持
☐	5. 永久

a. 放棄
b. 成功
c. 優點
d. 暫時
e. 開放

四.選擇適當的詞填入句中

(　　)1. 他在跑步比賽中跌倒骨折了，但仍然_____走到最後，精神讓人尊

敬。

(A) 堅持　(B) 堅強　(C) 保持

(　　)2. 因颱風帶來了嚴重的破壞，再加上許多員工請假而_____不足，餐廳

老闆決定停止營業兩天。

(A) 人力　(B) 人才　(C) 獵人頭

(　　)3. 看同事因為工作忙碌，每天不是吃泡麵就是吃麵包，讓我不禁_____

為同事做午餐的念頭。

(A) 起來　(B) 興起　(C) 起跳

(　　)4. 公務員的工作穩定，薪水也不錯，所以每次一有_____就有一堆人搶。

(A) 職位　(B) 職業　(C) 職缺

(　　　) 5. 蘋果公司最近推出手機舊換新的活動，只要拿舊機去買新機就可

_____兩千元。

(A) 照　(B) 憑　(C) 抵

五. 請將框框中的詞語填入下面的句中，填入代號 a-i 即可

a. 昏頭　　b. 克服　　c. 失敗　　d. 座右銘　　e. 設計師　　f. 埋頭
g. 誘人　　h. 名氣　　i. 空降

1. 我的_____是「只為成功找方法，不為_____找藉口」。

2. 我同意對方開出來的條件的確十分_____，但要小心一點，多觀察，不要

　　被沖_____了。

3. _____到這裡當主管，首先得_____的是人生地不熟的問題。

4. 那位_____的作品沒什麼_____，知道的人不多。

5. 他最近壓力很大，每天_____趕報告。

六.看圖猜成語

不但沒達到目的，
反而損失嚴重。

成語：賠　　　人　　　

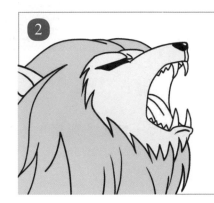

開出過高的條件或價錢。

成語：＿＿＿＿＿＿＿＿

指情況越來越糟。

成語：＿＿＿＿＿＿＿＿

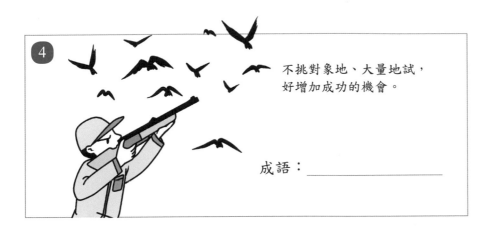

④ 不挑對象地、大量地試，
好增加成功的機會。

成語：＿＿＿＿＿＿＿＿＿

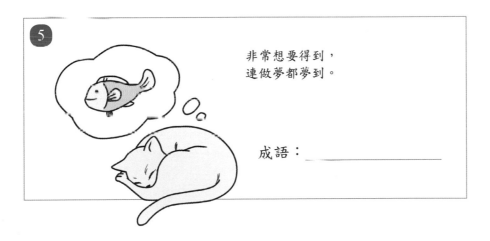

⑤ 非常想要得到，
連做夢都夢到。

成語：＿＿＿＿＿＿＿＿＿

七．改寫句子

1 我們明天還是坐高鐵去臺南開會吧！雖然坐高鐵比較貴，但是速度卻比坐火車要快三倍喔！（比起 A，B 可是只有 A 的 X 分之 Y 喔！）

2 那部恐怖電影的內容太誇張，你別因此嚇得每天都要開著燈睡覺。
（…只不過是…，可別為了…，不值得呀！）

3 火車要開了，但是大家還沒到，害得小文非常急。
（眼看…，而…卻…）

4 因為突然停電，什麼事都做不了，老闆就讓大家提早下班了。
（由於…，…只好…）

5 說到賺錢，我想先增加每個月的收入，再投資股票，最後再買房子租給別人，自己當房東賺房租。（首先…，接下來…，主要目標是…）

_____

_____

Linking Chinese

各行各業說中文 1 作業本

策　　劃	國立臺灣師範大學國語教學中心	出 版 者	聯經出版事業股份有限公司
顧　　問	周德瑋、紀月娥、高端訓、許書瑋、	發 行 人	林載爵
	游森楨	社　　長	羅國俊
審　　查	陳麗宇、彭妮絲、葉德明	總 經 理	陳芝宇
總 編 輯	張莉萍	總 編 輯	涂豐恩
編寫教師	何沐容、孫淑儀、黃桂英、劉殿敏		

執行編輯	劉怡棻、蔡如珮	副總編輯	陳逸華
英文翻譯	范大龍	叢書主編	李　芃
校　　對	陳昱蓉、張雯雯、蔡如珮、劉怡棻	地　　址	新北市汐止區大同路一段 369 號 1 樓
		聯絡電話	(02)8692-5588 轉 5305
插　　畫	連珮文	郵政劃撥	帳戶第 0100559-3 號
整體設計	Anzo Design Co.	郵撥電話	(02)23620308
錄　　音	王育偉、李世揚、吳需蓁、許伯琴	印 刷 者	文聯彩色製版印刷有限公司
錄音後製	純粹錄音後製公司		

著作財產權人　國立臺灣師範大學

地址：臺北市和平東路一段 162 號

電話：886-2-7734-5130

網址：http://mtc.ntnu.edu.tw/

E-mail：mtcbook613@gmail.com